martine charron

angèle

la pensée universelle
4, rue Charlemagne - 75004 Paris

IL A ÉTÉ TIRÉ DE CET OUVRAGE
20 EXEMPLAIRES SUR PAPIER
VELIN CRÈME
NUMÉROTÉS DE 1 A 20
ET CONSTITUANT L'ÉDITION
ORIGINALE

ISBN 2-214-06374-9

A mes parents.

A Elsa, et son immense courage.

A Jeanne Charron, la grand-mère de mes enfants, dont je suis seule à savoir tout ce que je lui dois, puisqu'elle, généreuse, l'a oublié.

Je dédie ce livre et mes remerciements à Jacky Aubry et Hervé Boitard, pour ce grand mot... LA CONFIANCE...

Bourges 1983... petite ville bourgeoise de province, et prospère... François Lefennec, honorable praticien, confortablement assis dans une Renault trente grise métallisée, ralentit devant une superbe maison de caractère rustique, close par des portes massues en chêne clair ; sur le dessus de cette porte, une petite plaque de porcelaine signale le numéro 84 de la rue Jacques-Cœur.

François, quarante-cinq ans, est un homme toujours affairé, tiré à quatre épingles, costumes bleus marine, chemises bleues ciel, cravattes noires, souliers vernis, bel homme diront les uns, fier et hautain diront les autres...

François est marié depuis huit ans, mais son installation dans la bonne ville de Bourges ne date que de trois ans...

Son cabinet a acquit petit à petit une clientèle de tous les âges, puis par la suite, il la sélectionna, transforma son cabinet en un service de gynécologie... On y vit donc aller et venir, de nombreuses femmes. Il y avait une clientèle des plus hétéroclites... cela l'ennuya... Il la sélectionna encore une fois, et l'on vit arriver dans le quartier Jacques-Cœur, une catégorie de femmes, surnommées dans le pays « le beau linge » qui désigne surtout la nouvelle bourgeoisie de l'an 2000, qui réunit, commerçants, artisans, notaires et autres membres de la justice de la province bérruyère...

Sylvie Lefennec est son épouse, blonde aux yeux bleus, menue, longiligne. C'est une femme élégante, raffinée mais froide, le regard impénétrable comme son teint, superficielle... fermée...

François et Sylvie Lefennec forment un couple apparemment sans histoires, un couple qui s'aime, discret qui ne se raconte pas, très lié, selon l'entourage...

Au numéro 85 de la même rue...

Mme Renoir, charmante vieille dame de soixante-dix ans, aux cheveux grisonnant, prépare son dîner... une bonne odeur de poireaux flotte dans la cuisine...

Celle-ci perçoit derrière la porte de sa véranda, de petits cris plaintifs. Croyant à un petit chien errant qui désire s'abriter chez elle, la vieille dame ne se presse pas trop pour aller ouvrir, elle hésite même... excès de coquetterie et de propreté sans doute pour ce petit trois pièces cuisine si bien entretenu...

En effet, la pluie tombe à torrent ce soir-là.

Mme Renoir ferme ses volets, tourne la clef de la porte principale ; allume la télévision, s'assoit dans son fauteuil d'osier, armée d'un crayon de papier et d'une page blanche, fin prête pour l'émission télévisée « les chiffres et les lettres ».

A chaque moment de recherches donc de silence de l'émission la vieille dame perçoit toujours les plaintes du petit animal, tapit derrière la porte...

Agacée, elle se lève, ronchonne entre ses dents tout en se dirigeant vers la porte de la véranda, elle allume les lumières au passage, soulève le couvercle de la cocotte qui mijotte sur la cuisinière, puis elle actionne le verrou de la véranda... et ouvre...

Son cœur se met à battre très fort, elle sent ses cheveux se mouiller dans le creux de sa nuque, ses mains sont moites, elle étouffe une exclamation de surprise... en soixante-dix ans aucun souvenirs extraordinaires ne l'a vraiment frappé... rien...

Et aujourd'hui, une petite bête en boule devant sa porte attend du secours.

Non ! pas une petite bête... mais un enfant... aux yeux immenses, pleins de larmes, des yeux si tristes et des joues si pâles, que Mme Renoir en est bouleversée.

Un petit enfant devant sa porte, comme un paquet de linge sale, en guenille, hirsute, les cheveux collés de crasse, pieds nus, boueux jusqu'au cou...

Emplie d'émotions, sans se poser de questions, la vieille dame, humaine affable, prend dans ses bras le petit être craintif, referme la porte, pénètre dans le salon, dépose l'enfant sur le canapé de velours grenat, le recouvre d'une couverture de laine.

Mme Renoir lui réchauffe les mains, les pieds... L'enfant est glacé. La vieille dame s'empresse, va, vient dans la maison, prépare un bol de potage bien chaud, elle n'écoute que son bon cœur, elle approche des lèvres de l'enfant, le breuvage réconfortant.

Péniblement celui-ci ingurgite le bouillon...

Ses yeux de chien battu ne la quitte pas un seul instant, aux aguets de chacun de ses mouvements...

La vieille dame s'agite, prépare une bassine d'eau chaude, et entreprend de déshabiller l'enfant, de le laver...

Soudain, celui-ci se met à gémir.

La brave femme se met à le rassurer d'une voix douce, à le consoler, et le caresser même à sa grande surprise...

— N'ai pas peur mon petit, je vais te soigner, mais avant, il faut que je retire ces vêtements qui te collent à la peau... comment t'appelles-tu ?

Soudainement la stupeur se lit sur le visage de la vieille dame... L'enfant est nue devant elle, de sexe féminin, d'une saleté repoussante mais ce qui la stupéfie, ce sont ces marques bizarres, de crevasses mal guéries, de taches rougeâtres, noirâtres par endroit de ce petit corps malingre, de petites cloques pleines d'eau suppurent sur le bas de ses cuisses... le bras gauche se trouve légèrement dévié sur la droite, quand la vieille femme essaie de le bouger, un hurlement jaillit de la gorge de la fillette...

Mme Renoir s'en veut de lui avoir provoqué cette douleur, les larmes jaillissent, elle se sent impuissante devant une telle détresse... Après avoir baigné tant bien que mal la petite fille, après avoir découpé une de ses chemises de coton et l'en avoir enveloppée, la vieille dame l'allonge sur le canapé, délicatement, après avoir repoussée des mèches de cheveux encrassées par la boue et le sang séché, Mme Renoir s'aperçoit qu'à ce contact la fillette gémit... elle soulève donc les cheveux poisseux et y découvre une petite oreille ensanglantée... elle parcourt ensuite du bout de ses doigts, le crâne de la fillette, et sent effarée, au toucher, que le relief en est bosselé, coupé même à certains endroits... la vieille dame écœurée par tant de méchanceté, marmonne de la colère entre ses dents...

Elle se lève, prend le téléphone, compose un numéro d'appel... ses mains sa voix tremblent, elle ne sait plus si c'est de la colère, de la peur devant une cause inconnu d'elle, ou si c'est tout simplement sa santé de vieille femme qui lui joue des tours... elle qui n'a jamais eu d'enfant, elle se sent soudain désarmée devant cette petite fille qui ne la quitte pas des yeux...

— Allo docteur Maillard, ah excusez-moi, bonsoir madame, est-ce que le docteur est ici ?

— Non, lui répondit l'interlocutrice, il ne devrait plus tarder à rentrer maintenant, voulez-vous que je laisse un message ?

— Oui, oui, merci beaucoup, je voudrais qu'il vienne à la maison le plus vite possible, c'est très urgent !

— Bien entendu, mais qui êtes-vous ? Laissez-moi votre adresse !

— Mme Renoir, rue Jacques-Cœur, au 85, oui, c'est ça, il est tard ! viendra-t-il, c'est vraiment urgent ?

— Bien entendu qu'il viendra, ne vous inquiétez

pas, je ferai le nécessaire à ce sujet, c'est ça, bonsoir madame !

La vieille dame raccroche l'appareil, et s'affaire auprès de la petite désespérée, dépose sa main fraîche sur le front de la fillette qui somnole...

« Tout va bien de ce côté-ci, elle est réchauffée. »

Elle se dirige dans la cuisine, s'aperçoit que la télévision marche encore, l'éteint, puis retourne près de l'enfant... s'assoit dans le fauteuil, excitée, par la mésaventure qui lui arrive, dans l'attente du médecin, elle regarde la petite endormie, qui respire faiblement... enveloppée dans une chaleur amie... cette petite qui était venue donner un coup de balai à la monotonie...

Il est vrai qu'en soixante-dix ans, Mme Renoir, femme appréciée de son entourage, aimée de ses proches, n'a jamais eu un seul accroc dans sa vie choyée, entourée par sa famille, sa vie s'est passée, toute droite, toute simple, sans encombres, sans mari, sans enfant, et pourtant, elle avait mené une vie active, auprès d'associations de bienfaisance d'un côté, d'un travail aux écritures à la mairie de Bourges, de l'autre.

Ses parents lui avaient laissé une petite maison comme héritage, qu'elle avait soigneusement conservé.

Elle eut un chien, un vieux compagnon de route, pendant quatorze ans il lui tint compagnie, à sa mort, son chagrin fut si intense qu'elle se jura de ne plus posséder aucun autre animal, elle les appelait « des bêtes à chagrin » quand elle compatissait chez une amie, au décès de l'un d'eux. Elle combla ce vide, en se liant avec un club d'amitié prévu pour le troisième âge.

Elle allait donc tous les jeudis, déjeuner avec ses amis au restaurant de la salle municipale, puis l'après-midi, ils jouaient aux cartes... Les journées passaient très vite sans histoires...

Elle partait aussi dans les voyages organisés à leur intention, et les jours plus calmes, elle aimait rester chez elle, elle lisait, faisait du crochet, écoutait la radio, regardait la télévision.

Elle ne connaissait pas les tumultes du cœur, les angoisses, la peur du lendemain, le malheur ne se passait que chez les autres...

Au cours de reportages de télévision, sur la faim, la misère de l'homme dans le monde, elle ne connaissait pas bien l'ampleur du problème, elle compatissait, s'excusait, elle s'apitoyait bien sur le sort des gens, mais elle ne voyait pas qu'elle pouvait être à son âge, la solution, elle ne savait tout simplement qu'être très bonne, gentille...

Cela fait maintenant dix minutes qu'elle se trouve devant ce petit animal blessé, à le regarder à penser au passé sans couleur... mais... rien... sa tête, ses pensées sont vides...

Quand soudain, elle entend une voiture s'arrêter, une portière claquer, et des pas, enfin... résonner sur le trottoir.

La vieille dame se précipite, ouvre la grande porte de l'entrée, illumine la cour... la pluie tombe à grand fracas... le docteur Maillard arrive à grands pas pressés... la vieille dame lève la tête, et aperçoit deux ombres s'agiter derrière la fenêtre de la maison d'en face, au 84, toutes les lumières de la maison sont allumées...

« Tiens, pense Mme Renoir, les Lefennec reçoivent ce soir ? »

— Bonsoir madame Renoir, quel temps de chien, il pose sa malette sur la table de la cuisine, alors qu'est-ce qui ne va pas ?

— Si vous saviez, venez avec moi !

Elle conduisit le praticien près de la fillette endormie... La vieille dame soulève délicatement la couverture ainsi que la chemise de coton montre les jambes et les cuisses pleines d'ecchymoses, bleues, rouges, violettes...

Le médecin aussitôt prend le poignet de l'enfant, regarde sa montre, à ce moment-là, la petite sursaute, s'éveille et se met à hurler... Ses yeux d'un bleu pur se sont agrandis par la peur devant ces deux étrangers.

La vieille dame, la caresse, la cajole, la rassure, et

montre discrètement l'oreille séchée de sang, au médecin...

La petite fille se pelotonne contre la poitrine de la vieille femme.

— Je ne peux vous en montrer plus, c'est affreux, son corps, tout quoi ! Là doucement, lui dit-elle.

— Il faut que je l'ausculte, rassurez-la !

La vieille dame se saisit de la main du praticien, la pose délicatement sur sa joue, sourit à la fillette, ensuite la met de la même façon sur la petite mine pâle, ainsi de suite, elle en fait le va et vient, tout en la berçant contre elle...

L'enfant craintive, laisse faire cette main amie la chercher.

— Le monsieur ne te veut pas de mal, simplement regarder les bobos que tu as dans le dos, il va bien te soigner, mieux que moi, sois gentille ! Oui, comme ça, tout en lui adressant des paroles réconfortantes, la vieille dame a soulevé la chemise de coton.

— Elle est mignonne cette petite, elle s'est laissée laver, panser sans rien dire, elle m'a adopté tout de suite, ne touchez pas son bras, elle hurle de douleur, il est comme tordu, regardez !

Front plissé, le praticien examine la fillette puis la recouche, la recouvre soigneusement sans un mot... il fait signe à la vieille femme de le suivre...

— Dors mon petit, dors, je reviens !

Face à face, le médecin, le visage grave, rédige une ordonnance...

— C'est scandaleux, qui a pu lui faire ça ? cela ne porte même pas un nom je me suis déjà trouvé dans des cas de ce type mais pas à ce point-là ; il faut la faire hospitaliser sur-le-champ, son bras est cassé, et toutes ces brûlures, c'est infect !

— Docteur, je vous en prie, laissez-là ici cette nuit, demain matin je la ferai hospitaliser, cette petite manque de sommeil, à l'hôpital ils ne lui laisseront aucun répit !

— Madame Renoir, nous devons faire notre devoir,

signaler ce cas à la police, celui ou celle qui l'a maltraité de cette façon, ne mérite aucun pardon, ils sont peut-être en train de la réclamer, ils ont bien dû se rendre compte de sa disparition, nous devons aider la justice !

— Je vous en prie, laissez-la ici, finir sa nuit, ensuite je ferai ce que vous pensez être le mieux, je vous le promets !

— Soit, mais je passe à la gendarmerie à la première heure demain matin, tenez-moi au courant de la santé de la petite avant de partir, je ne manquerai pas de la suivre, cette histoire ne me dit rien de bon !

Quand Mme Renoir accompagna le praticien sur le pas de la porte, la pluie avait cessé de tomber, il était une heure du matin, au 84, le couple allait et venait, claquait les portes, apparemment, ils se disputaient...

Mme Renoir percevait des éclats de voix, des bruits sourds de portes que l'on ferme avec force, elle percevait des ombres, gesticuler derrière le store de percal blanc.

Elle haussa les épaules, éteignit les lampes de la cour, du couloir... elle s'habilla chaudement pour passer la nuit dans le fauteuil, près du chevet de la fillette qui dormait profondément.

Ce fut sa première nuit blanche, elle était fourbue, courbaturée... Il était sept heures trente... Elle se fit chauffer un café, emmena un bol de lait bien chaud à la petite qui était réveillée, recroquevillée sur elle-même...

— Bonjour mon petit !

La vieille dame lui soutenait délicatement la tête et l'aidait à boire... Le visage de la fillette grimaça douloureusement...

— C'est bon, s'inquiéta la vieille dame ?

La petite fille secoua la tête en signe d'assentiment.

Mme Renoir fut heureuse de ce petit signe, elle pensait qu'un dialogue pourrait s'engager entre elles deux.

Elle tapota les coussins, installa la fillette du mieux qu'elle put, avec de multiples précautions, elle lui écrasa quelques biscottes avec un peu de lait, y ajouta du miel, puis elle commença à la faire manger...

— Tu as faim ?

Elle secoua la tête encore une fois.

Elle lui mit délicatement la petite cuillère dans la bouche, la fillette grimaça, mais avec beaucoup de précautions, elle arriva à avaler petit à petit ce dont la vieille dame lui proposait si gentiment.

— Comment t'appelles-tu ? Colette, Annie ?

Pas de réponse ses yeux étaient d'un bleu intense, immensément ouvert, sa petite mine était frippée, c'était un amour de petite fille, elle sentait que son regard voulait lui dire quelque chose, mais quoi ?

Mme Renoir lui fit un peu de toilette, ces yeux étaient cerclés d'un grand cerne noir, il y avait quelque chose, un appel qui émanait d'elle, la vieille dame ne comprenait pas, et pourtant, elle mettait tous ses efforts à sa portée, mais en vain, la fillette voulait lui parler de cela, elle en était sûre.

Le jour se levait, Mme Renoir entreprit d'ouvrir ses volets et de faire entrer la vie dans sa pauvre maison.

Au 84, les lumières étaient toujours allumées, il n'y avait aucune voiture devant la maison de ses voisins, et pourtant la vieille dame avait un pressentiment, qu'il était arrivé une mauvaise nouvelle chez ce jeune couple, un malheur, peut-être ? Elle ne savait pas sur quoi se baser, mais elle le pressentait, elle secoua la tête, ferma la fenêtre et repartit près de la fillette, qui la suivait des yeux et ne perdait pas une seule bouchée de ses faits et gestes...

L'ambulance arriva vers huit heures trente devant la cour, elles partirent toutes les deux pour l'hôpital.

Mme Renoir attendit très longtemps dans la salle d'attente glaciale. Le personnel de l'hôpital prit soin de la fillette, elle passa de salles de soins en salles de radiographies, sans un mot, elle gémissait quand le chirurgien la palpait à certains endroits de son corps, elle hurlait quand il lui fit bouger son bras...

Elle fut pansée, platrée, amenée dans un lit de drap

blanc, dans un dortoir, où il y avait déjà une dizaine d'enfants alités, avec des visages de misère.

Vers midi, le chirurgien de l'hôpital se dirigeait vers la salle d'attente...

C'est une vieille femme angoissée, qu'il trouva devant lui...

— Vous êtes la grand-mère ?

— Non, oui, Monsieur, enfin elle ne savait que répondre...

— Qui l'a mise dans cet état ? C'est ignoble...

On sentait dans sa voix de la colère.

— Je ne le sais pas !

— Comment, vous ne savez pas ?

— Elle n'a pas parlé, je ne sais rien !

— Elle ne peut guère parler en ce moment, elle a un éclatement du palais, quatre dents de cassées, brûlures de cigarettes, enfin d'autres brûlures suspectes, des coups sur tout le corps avec un objet lourd, dur, éclatement du cuir chevelu, et, un bras cassé qui s'est ressoudé je ne sais trop comment, et, qui a été recassé, et vous ne savez rien ? Je suis obligé madame, d'en avertir la gendarmerie, les faits sont trop graves, pour les taire...

— C'est déjà fait monsieur, la tête basse, Mme Renoir se met à pleurer à l'énoncé du verdict de la pauvre enfant...

— Comme elle a dû souffrir, quand sortira-t-elle ?

— Nous la plâtrons aujourd'hui, ses plaies seront cicatrisées dans une semaine environ, d'autres seront plus tenaces, mais cela partira, pour qu'elle soit rendu à sa famille, il faudra attendre que la justice donne son accord, pour ma part, je ne peux plus rien maintenant, mon travail est fait !

Au fond du couloir, des chaussures claquaient sur le carrelage froid, un homme d'une quarantaine d'années, vêtu d'une gabardine beige, accompagné d'un agent de police arrivait sur les lieux...

— Madame Renoir, commissaire Durand !

Cordialement, il lui tendit la main.

— Où est notre protégée ?

— Dans la salle Goullet au premier étage, répondit le chirurgien...

— Pouvons-nous la voir et obtenir un double de dossier d'entrée la concernant, s'il vous plaît ?

— Bien entendu, dans quelques instants, la secrétaire vous le confiera, ceci n'est plus de mon ressort !

— Merci !

Le commissaire prit par le coude la pauvre femme qu'il sentait désemparée.

— Alors madame Renoir, remettez-vous, elle est en bonne voie de guérison et dans de bonnes mains, croyez-moi, mais notre tâche ne s'arrête pas là, allons voir cette petite !

Arrivés sur les lieux, le regard de la fillette s'accrocha à celui de la vieille dame, celle-ci lui prit la main, lui souriait, confiante...

— Vous la connaissiez avant ?

— Non, c'est la première fois que je la vois !

— Mais elle vous regarde comme si...

— Probablement comme la première personne qui l'a secourue et choyée, elle est effrayée, je le sens !

— Partons, accompagnez-moi, voulez-vous ? Quand elle ira mieux, elle nous racontera ce qu'elle sait !

Mme Renoir se baissa, donna un baiser plein de douceur sur les deux paupières de la fillette, qui se cramponnait à ses mains, ses yeux l'imploraient, l'appelaient au secours, elle avait peur semblait-il de cet endroit.

— Ne crains rien, mon petit, je reviendrai demain, tous les jours, jusqu'à ce que tu sois guérie, elle lui souriait...

Peinée, émue, le cœur gonflé de larmes, elle accompagna le commissaire Durand.

Dans le véhicule qui les emmenait, le silence s'était installé à l'insu de la vieille dame qui ressentait une grande lassitude...

Le commissaire Durand n'insista pas, la laissa dans ses pensées, son visage reflétait la bonhomnie, il savait qu'elle collaborerait de toute son âme, pour sauver cette enfant, mais pour l'instant, les choses n'étaient pas simples, une enquête de rigueur allait être menée.

« Si seulement la fillette pouvait parler ».

Ils s'installèrent dans le bureau, terne, classique, avec des portes ou des fausses portes, elle ne le savait pas, il y avait de la boiserie tout autour de la pièce, les peintures étaient défraîchies.

Un agent en uniforme déposa un dossier sur le bureau du commissaire, puis s'adressa à la vieille dame...

— Voulez-vous boire une boisson chaude, le patron en a pour un moment avec vous, cela vous réconfortera un peu !

— Non, merci, un peu plus tard peut-être !

— Bien, s'exclama le commissaire, Blanchet, tu t'assoies derrière ta machine à écrire, et tu notes...

Mme Renoir je m'excuse d'accaparer votre temps, mais voyez-vous, les circonstances en sont pressantes...

Tout d'abord, je voudrais que vous sachiez qu'aucune plainte n'a été faite sur une disparition d'enfant, de fugue, etc.

Ni ici, ni à la gendarmerie, pas plus aux journaux locaux, que dans un établissement hospitalier de la région, rien. Nous avons remué ciel et terre toute la nuit, j'ai bien peur que ces gens ont bien des raisons de ne pas se découvrir, le scandale, les journaux, les tribunaux c'est pourquoi, madame Renoir, je vous demande toute votre attention aux questions que je vais vous poser, je prends quelques minutes pour lire ce dossier, avant de le donner aux experts de la maison...

Au bout de quelques instants, le visage impassible, il appuie sur la touche de l'interphone...

— Jugnot, venez chercher le dossier 404 !

Devant le regard interrogateur de Mme Renoir...

— Eh oui, cette petite ne possède qu'un numéro, en attendant de connaître son nom, sa situation. L'aviez-vous déjà rencontré quelque part, cette petite, essayez de vous souvenir, c'est très important, car il est curieux qu'elle se soit réfugiée chez vous...

— Non monsieur, je ne me souviens pas, je vous le dirais, pensez bien...

— Est-ce que son visage vous rappelle quelqu'un, cette petite fille est venue chez vous, elle n'a pu faire beaucoup de kilomètres dans l'état où elle se trouvait...

— Elle était pleine de boue et glacée, cela ne veut rien dire.

— Connaissez-vous bien votre quartier ?

— Oui, cela fait soixante-dix ans que j'y habite, bien sûr, il s'est transformé au fil des années, d'un quartier bourgeois reposant, il est devenu un quartier de commerçants, touristique, très actif...

— Vous connaissez les habitants de ce quartier ?

— De vue, simplement de vue, les gens partent, arrivent, ce n'est plus ce que c'était, les gens voyagent, déménagent, il y a beaucoup de nouvelles têtes, puis à la longue, on se désintéresse complètement, le monde bouge, on ne peut plus communiquer, personne n'a plus le temps.

— Avez-vous connu des familles avec des enfants par exemple ?

— Pas trop, mais maintenant, les enfants sont grands, ils sont partis...

— Regardez-vous derrière votre vitre, la rue, les maisons, la vie, vous est-il arrivé d'y apercevoir quelque chose de dérangeant, de suspect ?

— Non, à première vue, non, cette rue est tellement passagère, que voulez-vous, je regarde, je perçois la vie derrière mes fenêtres, mais sans plus...

— Connaissez-vous des gens qui soient susceptibles de répondre à mes questions, des gens crédibles de bonne foi ? Réfléchissez bien, madame Renoir, c'est très important, on ne peut pas laisser en liberté les lâches qui ont fait cela !

— Mais non, monsieur le Commissaire, je voudrais bien vous aider, mais vraiment je ne vois rien qui puisse éclaircir cette affaire... et pourtant, il y a un couple de médecin juste en face de chez moi, au 84, un gynécologue, enfin un médecin qui soigne les femmes enceintes, lui... peut-être...

— Comment sont ces gens ?

— Je ne connais pas, il y a trois ans qu'ils habitent là, mais je ne vais pas dans ces consultations, à mon âge, le planning familial et le reste !

Le commissaire Durand sourit à l'allusion...

— Bon, très bien, je ne vais pas vous garder plus longtemps, je passerai vous voir, quand je serai dans votre quartier, je vais aller retrouver mes hommes sur place...

— Est-ce que je pourrai aller voir la petite à l'hôpital, elle n'est pas à moi, mais sa vie m'appartient un peu maintenant !

— Bien entendu chère madame, personne ne vous en interdira l'entrée, je ne vous retiens pas, bonsoir madame, à bientôt !

— Bonsoir monsieur le commissaire, merci !

Après s'être fait un brin de toilette, la vieille dame se fait chauffer une tasse de thé à la menthe, puis s'assoit près de la fenêtre, soulève le rideau bonne femme, et entame comme par le passé, son tapis de crochet, de temps en temps, elle lève les yeux et par-dessus ses lunettes, regarde le va-et-vient de la rue...

« C'est vrai, pense-t-elle, je n'ai jamais fait très attention aux mouvements de la rue, et pourtant, je la regarde très souvent...

Puis elle lève la tête, et aperçoit au numéro 84, Mme Lefennec, derrière les carreaux, celle-ci visionne la rue...

C'est bien la première fois, que la vieille dame aperçoit sa voisine s'attarder si longtemps...

« On dirait qu'elle attend quelque chose ».

Le commissaire Durand, après avoir récupérer tout son monde devant le palais Jacques-Cœur, lieu de leur rendez-vous donne des ordres... Puis, toujours accompagné de Blanchet, il se dirige vers le numéro 84 domicile de M. et Mme Lefennec.

Ceux-ci pénètrent dans la salle d'attente, et demandèrent à la secrétaire d'accueil de bien vouloir déposer leur carte de visite sur le bureau de son patron, qu'ils désirent avoir un entretien avec lui... maintenant.

— Bien monsieur, perchée sur de hauts talons, étriquée dans une blouse de coton, la jeune fille s'éloigne en trottinant, revient le sourire aux lèvres.

— Vous attendez que la patiente sorte du cabinet, et ce sera à vous ! M. Lefennec viendra vous chercher, asseyez-vous en attendant ! Elle leur désignait des sièges de rotin, sur lesquels trônaient des livres de mode, délaissés par d'anciennes patientes.

L'attente ne se fit pas longue, un homme brun, svelte, souriant, les invita à pénétrer dans le bureau, tapissé de papier aux couleurs printanières vert pomme, les lampes étaient recouvertes de petits parapluies pastels, tout y était tendresse, bonheur et joie...

— C'est charmant, pour recevoir vos malades !

— Monsieur le commissaire, il est fini le temps où les femmes angoissées allaient au dispensaire de quartier, en consultation, ces endroits étaient sordides, convenez-en ? Une femme qui ne désirait pas son enfant, ne pouvait en aucun cas être motivée par l'encadrement et le décor de l'époque... tout, fait un tout, la femme actuelle désire son enfant, elle le programme pour ainsi dire, elle attend de la gynécologie et de l'encadrement hospitalier beaucoup de douceur et d'amour, le milieu médical ne doit être en aucune façon une agression contre elle et son enfant, bien au contraire, la future maman se prête admirablement à la préparation de l'événement qui va lui emplir la vie, pour qu'elle s'épanouisse, il ne lui faut rien de rébarbatif.

Le commissaire lui coupa la parole :

— Bien entendu, vu sous cet angle, cela se discute, aujourd'hui ces dames savent ce qu'elles veulent, monsieur Lefennec, je vous rends visite, non pour l'installation de votre cabinet, qui est très accueillant, je le conçois, nous faisons une enquête de routine dans votre quartier, et il se trouve que, vous êtes la personne la plus susceptible de nous fournir quelques renseignements !

— Si je puis vous aider !

— Et bien voilà ! Auriez-vous dans votre clientèle, une patiente qui aurait un enfant de santé malingre, de huit ans environ, et qui supposerait avoir de petits problèmes de soins ?

— De quel ordre ?

— Cet enfant aurait des hématomes, des bleus, quelquefois, des traces de brûlures !

Le docteur Lefennec semblait réfléchir...

— Pas à ma connaissance, je consulte la femme enceinte, puis je l'envoie chez un de mes confrères pédiatres, c'est donc pourquoi, je côtoie très peu d'enfant dans mon cabinet.

— Il peut tout de même arriver une consultation de ce genre ?

— En effet, mais ce n'est pas le cas, ces derniers temps, il faut vraiment que cela soit le dernier recours, l'âge de mes clientes se situe entre quinze et soixante quinze ans, mais quatre-vingts pour cent de ma clientèle, sont des femmes qui attendent un heureux événement, je suis navré de ne pouvoir vous indiquer de plus amples renseignements, mais je vais y réfléchir !

— Très bien, je vous rappelle à l'occasion, bonsoir docteur !

Quand ils se retrouvèrent dans le hall de l'habitation, celui-ci était cossu, Blanchet leva le nez en l'air, regardait la corniche sculptée, dans le milieu du plafond... Dans le coin de l'œil, il sentit une présence le guetter... Il tourna légèrement la tête, et tout en s'enthousiasmant sur la beauté de l'architecture, il apercevait une femme jeune, qui ne bougeait pas de sa cachette...

« Que faisait-elle là, pourquoi ne descendait-elle pas se présenter, si elle était la maîtresse de maison ? »

Ils sortirent... le commissaire Durand s'adressa à ce moment-là à son coéquipier :

— Tu as vu l'intérieur de son cabinet, dis donc, ils ne se privent de rien, cela rapporte gros la gynécologie, comment l'as-tu trouvé ?

— Qui ça ?

— Bien le docteur Lefennec, enfin voyons, où es-tu ? Tu dors, c'est pas le moment, alors ?

— Très bien, de belle allure, il en impose, mais cela passe bien, vous croyez qu'il va nous aider ?

— N'y compte guère, à première vue ce n'est pas le genre d'homme qui s'occupe de son entourage.

— Vous avez vu cette femme dans le hall en haut de l'escalier, elle nous épiait.

— C'était sûrement Mme Lefennec, pourquoi se cachait-elle ? Les gens sont bizarres, tu le sais, Lefennec serait-il un homme jaloux, cela ne m'étonnerait pas, il va falloir chercher une autre piste, chez lui, c'est peine perdue !

— Comme tu voudras, mais je pense que... Quand même cette femme m'intrigue, dit Blanchet, quand nous en aurons fini avec cette enquête, je viendrai faire un tour par ici, pour voir...

— Comme tu voudras, mais je pense que tu perdras ton temps, enfin si cela t'amuse, on continue ?

Pendant ce temps, Mme Renoir a repris ce soir les jeux télévisés, sans convictions cette fois-ci, sa tête était pleine de drôles de pensées...

Le lendemain matin, reposée, emmitouflée, la vieille dame revient d'un pas alerte de faire ses achats domestiques.

Elle vide son panier sur la table, range son alimentation dans le buffet puis installe sur la table, les deux journaux locaux du matin...

Elle en ouvre la page des faits divers... puis, se met à lire le contenu, y découvre avec stupeur, un compte rendu romancé du mystère de la fillette puis des aventures rocambolesques de la vieille dame qui s'exclame :

— Quelle saleté ces journaux, comment la gendarmerie accepte de collaborer avec ces rapaces.

A ce moment-là, le téléphone se met à sonner...

— Oui, allo !

— Bonjour madame Renoir, ici la Nouvelle République du Centre, nous aimerions prendre rendez-vous afin d'avoir un entretien, et de connaître davantage vos aventures avec l'enfant martyre de la rue Jacques-Cœur.

— Comment osez-vous, je n'ai rien à vous dire monsieur, vous avez assez d'imaginations pour vos lecteurs, je l'ai remarqué ce matin sur votre torchon !

La vieille dame raccroche l'appareil nerveusement, le téléphone sonnera quatre fois à la suite, mais celle-ci ne répondra pas, agacée, elle en décrochera les fusibles.

Elle reprit enfin son travail journalier comme par le passé...

Aujourd'hui, elle décida de ne pas aller au foyer, la petite l'attendait sûrement, « Elle ne devait pas la décevoir, pensait-elle. »

Elle entreprit de faire un peu de nettoyage dans la maison, elle ouvrit bien grandes les fenêtres, un froid sec pénétra dans la maison, le ciel était bleu, le soleil brillait, tapis, chiffons et balais, étaient secoués énergiquement, de petits nuages de poussière voletaient dans l'air.

Mais... à chaque fois qu'elle apparaissait à la fenêtre, elle se sentait épiée... Elle leva les yeux... Sa surprise fut... de surprendre sa voisine du 84 la regarder, était-ce une idée ? Peut-être que cette femme ne regardait que l'animation de la rue commerçante, mais Mme Renoir, se sentait mal à l'aise, agressée, il lui semblait... Une intuition gratuite sans doute... Elle secoua la tête... chassa ses mauvaises pensées, puis reprit avec entrain son travail ménager. Quand tout fut nettoyé, elle referma ses fenêtres, puis entama les pluches afin de préparer le repas du soir...

La matinée passa très vite, à quatorze heures, elle partit d'un pas très alerte, en direction de l'hôpital.

Quelle ne fut pas sa surprise quand elle pénétra dans la salle Goullet, une horde de journalistes attendait, entourant l'enfant recroquevillée sur elle-même, elle semblait terrorisée...

Mme Renoir, fit demi tour, interpella une femme de service, lui ordonna de faire cesser l'agression dont la fillette était l'objet, l'employée levait les bras au ciel, lui exprimant son impuissance devant tant de monde, son inefficacité écœurait la vieille dame, révoltée... elle interpella une infirmière de service qui passait à ce moment-là dans le couloir où se bousculait beaucoup de monde, à l'affût d'un futur scandale.

La colère de Mme Renoir grandit, elle lui demanda de lui passer au téléphone le chirurgien de service, enfin n'importe qui, pourvu que tout ce monde dégage les lieux immédiatement...

— Il n'est pas là madame, c'est l'heure des visites, le personnel est restreint, l'interne de service ne sera à votre disposition que dans la soirée, pour l'instant, il effectue des consultations urgentes en salle de soins, il ne peut être dérangé pour si peu...

— Si peu ! Vous en avez du culot, vous ne voyez pas que cette petite crève de peur, vous ne la trouvez pas assez traumatisée peut-être, d'après vous elle peut en subir davantage ?

— Ils font leur travail, madame !

— C'est du propre, si jétais le directeur de cet établissement, je vous renverrai sur-le-champ ! Outrée, la vieille dame s'éloigne, s'approche de la fillette, qui en l'apercevant, lui tendit ses bras et se mit à pleurer... A ce moment-là, ce fut un crépitement de flash, la vieille dame au visage cripée, prit la fillette dans ses bras, l'embrassa tout en lui disant, chuchotant à l'oreille...

— Mon petit, n'aie pas peur, je vais partir, mais je vais revenir de suite, je ne vais sûrement pas te laisser avec ces gens-là, je vais te recoucher, tu vas te recouvrir le visage avec le drap du lit, et tu ne bouges pas jusqu'à mon arrivée, fais-moi confiance... La fillette lui fit signe qu'elle comprenait son message... Elle se pelotonna contre sa poitrine, elles s'embrassèrent, le spectacle était émouvant...

Mme Renoir, la recoucha doucement, la recouvrit, puis repartit d'un pas vif, suivit d'une meute d'hommes affamés de nouveauté...

Elle ne leur dit pas un mot de cette affaire, ces gens l'écœuraient...

Quand elle pénétra chez elle, elle prit le téléphone, composa un numéro elle se surprit de son calme, elle ne tremblait pas...

La venue de cette petite lui faisait découvrir une énergie qu'elle ne se connaissait pas...

— Allo, taxi, voulez-vous venir au 85 de la rue Jacques-Cœur s'il vous plaît, dans dix minutes, très bien merci, je vous ferai signe, je serai dans la rue ! Merci.

Elle raccrocha l'appareil, s'activa, prit un sac de voyage, y mit une couverture, de grosses chaussettes de laine, un châle... Elle tira la fermeture éclair d'un grand coup sec, sortit vivement de la maison, elle verrouilla ses portes puis la grille afin d'éloigner d'éventuels curieux...

Le taxi arriva dans la rue, ralentit son allure, stoppa le long du trottoir... il prit en charge la vieille dame, qui assise rapidement dans le véhicule, s'adressa au chauffeur de taxi :

— A l'hôtel Dieu !

— Très bien !

En cours de route, elle lui donna des instructions, elle n'avait qu'une peur, la rencontre des journalistes...

— Vous m'attendrez à l'hôpital, j'en ai pour cinq minutes, je vais chercher ma petite fille !

— Très bien madame !

La distance était courte, mais elle fut interminable pour la vieille dame, feux rouges et obstructions de la chaussée, l'énervait...

Le chauffeur lui en fit la remarque.

— Faut pas vous énervez comme ça la p'tite dame, nous y arriverons ben !

Elle ne répondit pas...

Quand la voiture s'engagea dans la grande cour de l'hôpital, elle en descendit rapidement, elle s'engouffra dans le hall, à sa grande surprise les journalistes avaient disparu, seules, les familles étaient présentes près de leur malade...

Mme Renoir profita de la diversion de celles-ci, et du manque de personnel, pour chausser la fillette, l'envelopper dans la couverture de laine, et s'enfuir de la salle.

Elle ne voulut pas courir pour ne pas donner l'alerte, mais elle serrait fort la fillette contre elle, son cœur battait à grands coups, sa frayeur était qu'il y eut quelqu'un derrière elle, lui mettre la main sur l'épaule, l'arrêter dans ses élans.

Le chauffeur de taxi crut à une sortie habituelle, il aida la vieille femme à installer confortablement la fillette platrée, sans trop la bousculer.

Ils arrivèrent au 85 de la rue Jacques-Cœur sans encombres... Mme Renoir souffla... elle se sentit enfin en sécurité chez elle... Jamais elle n'avait eu si peur...

La fillette fut transportée dans la chambre de la grand-mère... Celle-ci remercia le chauffeur de taxi, verrouilla toutes les portes, dès son départ, elle ferma tous les volets de la maison...

Elle prit ensuite le téléphone...

— Allo ! le commissariat ? Je voudrais parler au commissaire Durand, merci !

Elle attendit quelques instants...

— Allo, bonjour monsieur, je voudrais vous voir tout de suite, c'est urgent s'il vous plaît, c'est très important !

— Que se passe-t-il ?

— C'est au sujet de la petite, je vous attends !

Puis, sans autres commentaires, elle raccrocha...

Elle se dirige vers la salle de bains, entre dans les toilettes de la maison, grimpe sur un escabeau, ouvre le vasistas, et se met à guetter la rue... Elle lève les yeux, et soudain... surprend la voisine du 84 qui la regarde, l'épie serait le mot juste, mais l'épier dans une petite boîte noire, puis disparait prestement derrière ses rideaux de reps verts. La vieille dame pousse un juron de colère...

— Mais... c'est chez moi qu'elle regarde celle-là ; dans des jumelles, que peut-elle bien me vouloir ?

Soudain arrive à grande allure la voiture de police, qui freine devant la maison de la vieille dame...

Les deux hommes s'engagent dans la cour, Blanchet ferme à clé la grille à la grande surprise de Mme Renoir... elle descend donc du petit escabeau, va leur ouvrir la porte d'entrée...

Les deux hommes s'engouffrent dans le couloir, et, la colère qui animait le commissaire, fond à la vue de la vieille dame qui ressemble tellement à sa mère...

Elle ouvre la bouche, mais...

— On peut dire que vous avez fait du joli travail, un rapt maintenant, à l'hôpital, enfin voyons madame Renoir, soyons sérieux, vraiment vous me surprenez, je me demande quels sont vos intérêts dans cette affaire, cette petite n'a aucun lien de parenté avec vous ? Laissez la justice se préoccuper d'elle, vous allez avoir des ennuis, la DASS a pris en charge cette petite au moment où vous l'avez déposé dans un établissement hospitalier, cette histoire n'est plus de votre ressort, que vous le vouliez ou non, que voulez-vous, il y a des milliers d'enfants dans son cas malheureusement !...

— Et bien justement, à mon âge, on n'a pas à me dicter ce que je dois faire, je n'ai jamais eu d'enfants moi ! Et vous vous apitoyez sur ces gens-là ! Ce ne sont pas des milliers d'enfants qui sont venus se réfugier chez moi, devant ma porte, mais un seul, qui a été maltraité dans sa propre famille et que vous laissez ensuite agresser par des gens peu scrupuleux, dans un endroit appelé « hôpital », où l'on reçoit des malades, ce n'est pas comme cela que vous les soignerez, et toutes ces saletés ce matin sur les journaux, ah c'est joli ! Ils sont propres ces journalistes, un joli travail qu'ils font là !

— Mais... madame Renoir, ils font leur travail, comme ils ne savent rien de nos services, ils enjolivent les événements, cela se vend bien paraît-il ces jours-là, les maisons de la presse font recettes, que voulez-vous, notre société est ainsi faite, mais cela ne me dit pas ce qu'il vous a pris de ramener la fillette ici ? Nous attendons sa guérison pour lui poser quelques questions, elle n'a pas dit un seul mot jusqu'ici, même le personnel de l'hôpital n'a pu lui soustraire une syllabe, soit elle est muette, ou têtue ?...

— Comment osez-vous ! Cette petite ne parlera que devant des personnes amies elle m'a fait signe ce matin, elle comprend très bien ce que je lui dis elle a simplement peur, quand son palais sera cicatrisé, vous verrez elle ne demandera pas mieux que de s'exprimer et rire comme les autres enfants, que croyez-vous donc, si vous aviez vu cet après-midi, ils m'ont littéralement mitraillé avec leurs appareils photos, elle était recroquevillée sur elle-même, elle tremblait de peur !

Elle ne partira pas d'ici, je vous aiderai, elle me parlera, je serai patiente, mieux qu'à l'hôpital, elle ne manquera de rien, je vous l'assure, elle n'est quand même pas venue se réfugier chez moi, pour que par la suite je la livre à des loups !

Elle ne s'attendait pas la pauvre enfant à ce que je lui retire ma confiance, après l'avoir consolée, une bonne partie de la nuit, elle ne partira pas d'ici je vous l'dis !

— Madame Renoir, vous risquez d'avoir de sérieux ennuis, vous avez soustrait cette enfant à la justice, bien entendu cette situation est bien regrettable pour tout le monde, mais cette petite doit réintégrer l'hôpital, ensuite, nous ferons le nécessaire, et nous réfléchirons à la proposition que vous venez de me faire, j'admets en toute franchise qu'elle se trouve intéressante, mais...

— Combien de temps la garderont-ils si je la ramène à l'hôpital ?

— Quelques jours, l'administration jugera, ce sera long, les formalités, comment vous faire comprendre !

— Il n'y a rien à comprendre, l'administration ! Je garde la petite, je vous demande simplement de venir me rendre visite tous les jours, seul ! Je m'arrangerai à ce que vous fassiez connaissance ; vous verrez, elle parlera, c'est mon affaire, l'administration sera plus rapide ! Laissez-moi rire, je sais de quoi je parle, j'ai travaillé quarante ans, aux écritures à la mairie de notre ville, et croyez-moi, je sais de quoi je parle ! Tenez, je vous donne la clé de la grille, c'est une preuve de confiance, il n'y a que vous et mon amie Jeanne qui pénétreront dans cette maison dorénavant...

— Qui est Jeanne ?

— Une vieille amie, qui me ravitaillera, tant que cela sera nécessaire, tout le club du troisième âge me sera solidaire !

— Bon, je n'insiste pas, je vais en avertir mes

supérieurs, je reviendrai vous voir, mais je ne vous promets rien !

— Seul ! Vous rentrerez dans la cour, mais pas dans la maison si vous êtes accompagnés !

Le commissaire Durand baisse les bras...

— D'accord, seul ! Il fait signe à Blanchet de le suivre.

Sur la route du retour, qui les mène au commissariat, Durand est sombre.

— Tu te rends compte si les grands-mères et les grands-pères s'en mêlent, où va t'on ?

— C'est de bonne guerre, je trouve !

— Ah toi ! j't'demande pas d'en rajouter !

A cet éclat de voix, Blanchet s'enfonce davantage dans le fauteuil du véhicule, et regarde à la vitre, la circulation...

— Il faut dire, reprend le commissaire Durand, que sa proposition est plus honnête que la nôtre, et plus efficace que les pouvoirs publics, qu'est-ce que je vais raconter au patron, l'enquête piétine, nous n'avons rien comme indices depuis cette nuit, elle sort bien de quelque part cette gamine, et si pour une fois l'on essayait la proposition de Mme Renoir, elle me plaît bien moi, cette grand-mère, pas toi ?

— Ah oui alors !

— Bon, bon, du calme, je vais essayer...

C'est à grands pas que les deux hommes arrivent dans le hall du commissariat de police, un attroupement se forme autour d'eux et les flashs crépitent à tout va, les plus hardis posent des questions, maladroitement le commissaire Durand se fraye un passage, tout en s'adressant aux journalistes.

— Je n'ai rien à vous dire sur l'affaire Renoir, laissez-moi faire mon travail s'il vous plaît messieurs !

— Que va entreprendre la justice contre Mme Renoir ?

— Où en êtes-vous ? L'enquête piétine, la population se pose des questions sur l'efficacité de sa police ?

— Laissez-la se poser des questions, messieurs, je

vous prie de ne pas harceler Mme Renoir et cette petite, l'enquête suit son cours, et pour sa bonne marche, je vous demande d'être discret sur cette affaire, bonsoir messieurs !

A ce moment-là, le commissaire Durand pénètre chez Levasseur, dit le grand Patron du commissariat.

— Bonjour monsieur !

— Bonsoir commissaire, il faut vraiment une affaire épineuse pour que j'ai le plaisir de vous voir dans mon bureau !

Comment allez-vous, et l'enquête, où en êtes-vous ? Une poignée de mains chaleureuses confirme l'amitié qu'il y a entre les deux hommes.

— L'enquête piétine, et Mme Renoir est venue compliquer les événements, cette brave femme a enlevé la fillette cet après-midi à l'hôpital à la barbe de tout le monde, et, l'a ainsi emmené à son domicile, elle me demande de venir voir cette petite, tous les jours, elle me soutient qu'avec beaucoup d'affection, cette petite parlera, sans être traumatisée par les médias...

— Ça ! elle n'a pas tort mais depuis quand, les grands-mères se mettent à imiter Mandrin, on aura tout vu, et bien sûr, comme vous n'êtes pas pour une justice de force et de la façon que vous m'expliquez cette fâcheuse histoire, je dois en déduire, que vous êtes solidaire de cette grand-mère, que vous avez accepté sa proposition, vous rendez-vous compte dans la situation que vous me mettez ! La DASS et Cie vont nous tomber dessus, vous pouvez en être sûr ! Et bien sûr, si le club du troisième âge s'y met, alors là, que vous dire ?

— Je suis persuadé monsieur, que cette femme va nous aider !

— Et bien qu'elle fasse vite, je m'incline, mais je ne garantis rien, ni pour elle ni pour vous !

— Merci monsieur !

— En dehors de cette affaire à quand notre prochaine sortie de pêche !

— Le brochet devrait mordre, dans quelques jours, j'ai repéré un coin, cela devrait être bon !

— Alors tenez-moi au courant, pour les deux affaires, allez, je ne vous retiens pas, je me charge du reste, bonne chance !

A sa sortie, Blanchet inquiet, l'attendait dans le coin du couloir...

— Alors ? lui dit-il.

— Et bien mon ami, notre grand-mère a gagné, enfin à court terme, elle a intérêt à s'activer...

— Ah tant mieux ! je me voyais mal la rudoyer pour lui redonner la raison.

— Je lui téléphone de suite !

Près de son bureau, il effectue le numéro de sa correspondante... pas de réponse...

— C'est occupé, la poisse ! Bon, et bien on rentre chez nous, je la verrai demain, allez Blanchet à demain, bonne soirée !

— Bonsoir commissaire !

— Salut Blanchet !

Et chacun rentre chez soi, après une journée bien remplie et pleine d'imprévus.

Au 85 de la rue Jacques-Cœur, la vie avait repris son cours, une nouvelle famille s'était fondée en quelques jours, ce n'était qu'allées et venues de personnes âgées, les bras chargés de colis, le sourire aux lèvres, les journaux ne parlaient plus de l'affaire Renoir, d'autres scandales avaient pris place à la une...

Mme Renoir s'activait auprès de la petite, elle la pansait, la lavait, lui prodiguait les meilleurs soins, elle devenait une maman, elle s'appliquait à vouloir y faire oublier sa tragique histoire.

Aujourd'hui, elle lui mit une nouvelle chemise, et à sa taille cette fois-ci, elle était rose à petites fleurs, avec un petit col Claudine, qui lui allait à ravir, elle ressemblait ainsi à une poupée, elle cicatrisait, le plâtre de son bras la gênait un peu, mais à côté de tout le reste, c'était le bonheur pour la fillette...

La vieille dame la faisait manger, la consolait, l'embrassait, elle l'aimait déjà beaucoup, la fillette la regardait émerveillée, quelqu'un l'aimait enfin si fort qu'elle avait envie de lui raconter toute sa misère, qui lui obstruait la gorge, mais sa bouche lui faisait si mal... Mme Renoir entreprit ce jour-là de lui poser quelques questions, qu'elle noterait par la suite sur un cahier, à l'insu de la fillette quand celle-ci, par exemple sommeillerait, puis ferait lire ensuite ses notes au commissaire Durand, sa mémoire lui jouait quelque fois des tours il n'y avait que ce moyen pour aider cet homme, après tout, il avait un air bien sympathique, elle l'aimait bien, la petite attendait ses visites avec impatience, donc, de ce côté-là, tout allait pour le mieux.

Elle ressassait plein de projets, elle comptait beaucoup sur son aide, et sur celui du club, ses amis, qui lui étaient si chers.

Les journalistes stationnaient sur le trottoir, avec l'espoir, de voir les deux séquestrées, et d'en faire un scoop...

Mais, Mme Renoir et la fillette ne se plaignaient pas de leur sort, bien au contraire, elles apprenaient à vivre ensemble, elles s'aimaient de toute façon, la vieille dame ne se posait pas de questions, surtout celle « comment ne pas aimer une enfant aussi charmante » était inconcevable. Elles s'aimaient toutes les deux, l'une parce que la vieillesse était là, et peut-être même bientôt la mort, avant que n'arrive la fin, elle aurait connu un immense bonheur, grâce à cette petite venue se réfugier chez elle.

L'autre parce que la lumière qui reflète dans le visage de cette grand-mère, fait qu'elle ne peut que l'aimer, la douceur de sa voix douce, l'amour qu'elle porte dans son regard, la confiance qui émane d'elle, lui fait battre le cœur...

Les journées passaient très vite, une chaîne d'amitié s'était créée autour de ce petit pavillon du 85 de la rue Jacques-Cœur...

Le commissaire Durand passait régulièrement tous les jours, l'enquête stagnait au grand bonheur de la vieille dame qui rêvait de garder la petite, aucune déclaration de disparitions n'avait été faite depuis, un mystère planait autour de la fillette.

Grâce, à l'appui du commissaire Durand et de son patron, ils possédaient à eux deux, de nombreuses relations efficaces et sûres...

La justice fermait les yeux sur cette affaire, l'enquête traînait en longueur, la petite se trouvait en bonne main, personne ne la réclamait à quoi bon l'enfermer dans une institution, où elle serait marquée à jamais dans sa chair, la vieille dame vivait un amour sans bornes, avec ce petit oiseau tombé du nid, mais sa joie aurait été sans nuages s'il n'y avait eu cette femme...

Depuis un mois que la grand-mère vivait avec la fillette, sa voisine du 84 vivait totalement derrière ses rideaux, le regard braqué chez elle. Agacée, Mme Renoir, en fit la remarque au commissaire Durand devenu son allié, qui la rassura...

Personne ne parlait plus de l'enquête, chacun savait qu'elle était dans un tiroir d'un bureau inoccupé de la brigade...

Personne n'en parlait plus, les journalistes de guerre lasse avaient désertés la rue Jacques-Cœur...

Le plâtre de la petite était retiré, ses blessures cicatrisaient enfin, d'anciennes brûlures restaient tenaces, mais se refermaient devant l'ardeur du combat de la vieille dame...

Un petit appareil dentaire avait été placé, afin de remettre de futures dents en place, son palais reprenait sa forme, elle commençait à rire, à chanter, et à parler...

Quand les sons devinrent des mots, Mme Renoir voulut lui donner un prénom, sous un petit front volontaire, la fillette s'exclama tant bien que mal, son appareil dentaire de rééducation lui faisait déformer son langage, les S, les C, les JE, donnaient des Ch amusants...

Elle avait une voix claire et cristalline...

— Anchèle ! qu'elle disait...

Emue, la grand-mère l'embrassait, elle comprenait, elle avait gagné...

— Angèle ! mon petit comme c'est joli, quel âge as-tu ?

— Huit ans ! et elle souriait de l'émerveillement qu'elle procurait à sa grand-mère, sans aucun doute pour elle, c'était bien sa grand-mère, sa mère ne lui avait jamais témoigné autant d'intérêts...

— Tu parles bien ma chérie, tu as déjà été à l'école ?

— Non, mais che chai che que chai, ch'ai une grande maichon avec pleins de petits enfants comme moi, ils apprennent à lire et à écrire, une dame leur echplique tout ! Et elle éclate de rire devant l'étonnement de la vieille dame...

— Pourquoi, tu n'y allais pas, tu sais pas lire, ni écrire alors, à huit ans, tous les petits garçons et les petites filles savent lire et écrire...

La petite prend un air pincé et sérieux...

— Mais chi, che chais lire et écrire, maman m'a appris à la maichon !

— Mais pourquoi tu n'allais pas à l'école, ç'aurait été bien plus simple ?

— Maman et papa ne voulaient pas.

La conversation fut interrompue, quand la grille grinça, quelqu'un entrait dans la cour.

C'était Jeanne, elle entrait avec sa clé, refermait soigneusement la grille, puis pénétrait dans la maison...

Les deux femmes s'embrassaient, de gros baisers claquaient sur les joues de la petite, et s'exclamait :

— Regardez ce que je vous ai apporté, de la crème à la vanille, et une brioche, elle déposait le panier et les victuailles sur la table de la cuisine, la fillette riait aux éclats et, tapait dans ses mains...

— Et bien moi aussi, j'ai une surprise pour toi, devine comment notre protégée s'appelle ?

La fillette tapait du pied en disant...

— Anchèle, che m'appelle Anchèle na !

Les deux femmes étaient prises d'un fou rire, et, embrassaient la petite.

— Comme c'est beau, dit Jeanne, cela te va bien, mais qu'est-ce que c'est cette petite ride au milieu du front ?

— Che croyais que tu avais pas compris ! Dis quand est che que ch'est que tu m'emmènes chez toi ?

— Bientôt ma chérie, bientôt !

— Tu sais que nous devons être patientes, avant de sortir, nous devons écarter le danger, disait Mme Renoir, si tu prenais tes crayons de couleurs, et tes papiers, j'aimerais que tu m'écrives une jolie lettre, avec un beau dessin, mets-toi sur la table de la cuisine !

En s'adressant à son amie...

— La surprise est, qu'Angèle sait lire et écrire !

— Elle va nous faire découvrir bien des choses cette petite, répond Jeanne, si nous prenions nos crochets, nous allons nous mettre près de la fenêtre, ouvrir les volets sera plus agréable !

— Il y a bien longtemps que je n'ai vu l'animation de mon quartier, un samedi après-midi !

— Tu vis en recluse ma pauvre amie, que de soucis, tout en étant prudente tu peux bien rouvrir tes volets sur la façade, si tu mets des rideaux de coton épais, tu auras le jour et le soleil chez toi, sans être dérangée par des regards indiscrets...

Tout en écoutant son amie, Mme Renoir ouvre ses persiennes de bois et ses yeux se collent sur le regard sombre de sa voisine du 84, puis répond soudain contrariée !

— Tu crois vraiment que je ne serai pas regardée, lève la tête, et approche-toi de moi, regarde ! Cette femme m'irrite de plus en plus, elle est continuellement derrière sa fenêtre à m'épier !

— Tu es sûre de ce que tu dis ?

— Mais oui, je ne suis pas encore gâteuse ! Cette femme me contrarie, je vis en recluse, cachée derrière ces volets, à chaque coup de sonnette, je monte sur l'escabeau des W.C., pour voir qui arrive chez moi et à chaque fois que je lève les yeux, elle est là !

— Elle s'ennuie peut-être ? Les jeunes femmes d'aujourd'hui ne connaissent pas les travaux manuels, elles s'ennuient, c'est logique !

— Tu regarderais ta voisine avec des jumelles toi ?

— Evidemment, ça se complique, tu en as parlé au commissaire ?

— Non ! je n'en vois pas l'urgence, mais j'avoue que cette femme et son comportement m'intrigue, bon ! Qu'est-ce que tu as fait de beau cette semaine au foyer ?

— Nous avons commencé des tapis de crochets en

coton, pour mettre sur des fauteuils, c'est la grande mode paraît-il en ce moment, ce sera peut-être bon pour notre petite fête, que nous organisons pour la fin février, cela devrait bien se vendre !

— Eh bien, fais-moi voir ton travail, ah ! C'est marrant, ils sont rectangulaires, je vais en faire des ronds, tu me ramèneras des fournitures, il va me falloir du coton écru cette fois-ci, de la laine aussi, je voudrais confectionner une robe pour Angèle, tu as vu comme cette enfant est jolie et intéressante, je pense que je vais pouvoir lui poser quelques petites questions, le commissaire trouve le temps long !

— Ne t'en fais pas, je crois qu'il affectionne la petite, c'est un vieux célibataire, à part son travail, il n'avait que la pêche, et bien aujourd'hui, il s'est trouvé un pôle d'attraction, c'est chez toi !

— Crois-tu ? Tu racontes des bêtises.

— Mais non, il est venu l'autre jour au foyer, avec de la laine, du tissu et, tiens-toi bien, il nous a demandé de confectionner le plus vite possible un pull et un pantalon pour la petite, il a même acheté un blouson de velours rouge et de magnifiques mocassins montants !

— Quand tout cela sera fini, il faudra rendre la petite, je m'y suis attachée moi, elle est un peu à moi ! Je ne lui ai jamais fait de mal, et c'est moi que l'on va juger « de mère abusive » la justice est bien mal faite !

— Attends un peu, personne ne la réclame, quand la justice aura fait son travail, tu pourras peut-être l'adopter, qui sait ? La vie réserve bien des surprises quelquefois.

— Tu dis des bêtises ma pauvre Jeanne, je sais bien que tu veux me rassurer mais à mon âge, une adoption... n'est sûrement pas possible, il faudrait quelqu'un de jeune et qui veuille bien s'occuper de la petite et l'aimer, elle a besoin d'aide, plus qu'un autre enfant, combien de fois avons-nous vu sur les journaux, les échecs des familles adoptives pourtant dévouées, confrontées et impuissantes devant le problème de l'abandon, et des ravages affectifs qu'elle provoque !

— Ma pauvre Lucie, tu sais, je n'ai pas suivi mes études comme toi, mais je comprends bien que cette petite tu l'aimes et que tu ne veux pas la perdre, mais nous, au foyer, nous avons décidé de t'aider, je ne sais pas comment, nous ne sommes pas encore gâteux, mais on t'aidera !

Puis soudain, elle se mit à chuchoter...

— Dis donc, tu as vu en face, elle n'a pas quitté sa fenêtre cette bonne femme m'inquiète, tu devrais en parler au commissaire, qu'est-ce qu'elle te veut ?

Mais, Angèle vint interrompre leur préoccupation, elle tendait à la grand-mère une feuille de papier sur laquelle elle avait écrit et dessiné...

— Che peut aller goûter, pendant que tu regardes mes dechins ?

— Va mon petit, va !

Les deux vieilles femmes en tête à tête, se mirent à lire la page blanche sillonnée de ramages de couleurs...

L'écriture était appliquée, fine, mais on sentait entre les lignes une grande tristesse craintive...

« Chère mémé,

Je t'aime, et je voudrais te garder toujours, tata Jeanne vivrait avec nous, et tonton Georges aussi, nous serions heureux tous les trois, et j'aurais comme à la télé une grande famille qui m'aime.

Angèle... »

En dessous, elle avait dessiné une vieille femme avec des lunettes, qui était semble-t-il, Mme Renoir, et à côté, il y avait une dame avec de grands yeux bleus, des cheveux longs lui tombant sur les épaules, elle était chaussée, de talons très hauts, elle avait à la main droite, une cigarette qui se consumait, mais elle était très longue coupée au milieu par une bague colorée, en dessous de ses pieds, il y avait des traits verts, comme si, elle marchait dans l'herbe haute.

Intriguée, Mme Renoir, appela la fillette, et, la fit asseoir sur ses genoux, son amie Jeanne ne disait mot, trop émue...

— Mon petit, ton dessin est très joli, ta lettre est charmante et bien écrite, mais qui est cette dame près de moi, une maîtresse d'école ?

— Mais non mémé, ch'est maman, tu vois, elle a une chigarette allumée dans cha main, elle en a touchours une !

— Explique-moi ton dessin, je ne le comprends pas bien !

Candidement, la fillette raconte un entrefilet de sa vie d'enfant...

— La dame, ch'est ma maman, elle a de grands cheveux comme les miens, et des chauchures qui claquent chur les carreaux du couloir, elle a touchours une chigarette dans les doigts, il y en a partout, papa la dispute, et lui dit qu'elle mettra le feu un chour !

— C'est que tu as un grand jardin, que ta maman marche dans l'herbe ?

— Mais non, mémé, elle marche dans le feu, che voudrai qu'elle che brûle, et que chela lui fache mal, comme à moi !

— Pourquoi, tu dis cela, une maman aime son enfant, comme toutes les mamans !

La fillette se met à pleurer et, se pelotonne contre la poitrine de la vieille dame, et cache sa tête dans le creux de son cou...

— Ne pleure pas, ma chérie, si mémé te pose des questions, c'est pour t'aider, tu veux bien me répondre ?

La fillette hoche la tête, lui fait signe que oui...

— Tu aimerais rester chez mémé, toujours ?

— Oh oui mémé chérie !

— Qui t'a appris à lire et à écrire ?

— Ch'est maman.

— Cela se passait bien, elle était comment ta maman, douce, patiente ?

— Des fois, chans chela, elle me punichait !

— Ah bon, elle te privait de bonbons sans doute ?

— Non, elle appuyait cha chigarette chur mes doigts, ou chur mes cuiches et cha me brûlait, cha me faisait mal, quand papa arrivait, il fallait pas que che pleure, elle me donnait pleins de bonbons !

— Et tu ne pleurais pas ?

— Chi, alors papa qui était fatigué, par chon travail, me renfermait dans le placard à chauchures.

Le visage défait par les larmes et ses souvenirs, elle racontait tant bien que mal, tous les malheurs, que sa famille lui avait fait subir, c'était peine à voir, Jeanne pleurait et serrait son mouchoir, angoissée par le récit de la fillette, Mme Renoir gardait son sang-froid, caressait, les cheveux de la fillette, l'embrassait.

— Tu y restais longtemps ?

— Chai pas, che dormais !

— Tu dormais ?

— Ch'avais mon couchin, mon lit, mes poupées, elle secouait la tête...

— Ton lit ! Tu dormais dans le placard ?

— Ch'est ma chambre, toutes les petites filles en ont une, ch'est maman, qui me l'a dit !

— Ta maman a une chambre comme la tienne ?

— Ah non, mémé, maman a une chambre toute blanche et roche, pleine de dentelle, comme la princheche Blanche Neiche !

— Pourquoi, tu n'as pas une chambre comme ta maman ?

— Parche que y avait pas achez de plache !

— Tu étais bien dans cette chambre ?

— Oh non, ch'avais peur, ch'étais touchours dans le noir !

— Tu mangeais où ?

— Dans ma chambre !

— Tu mangeais pas avec papa et maman ?

— Papa voulait pas, il dit que che chuis pas cholie, et que che l'agache touchours, et que che chuis chale et que che pue !

— Mais si tu es jolie !

La grand-mère essayait avec peine de conserver en elle, la colère qui l'envahissait...

Son amie Jeanne faisait celle qui n'écoutait pas, elle continuait son crochet pour ne pas éveiller l'attention de la fillette, qui était lancée dans les confidences, Lucie aurait voulu être sourde, et n'aurait pas voulu entendre ce chapelet de méchanceté et d'horreur qui avait été commis sur la fillette...

Celle-ci se sentant encouragée, secourue, continuait de répondre aux questions de Mme Renoir, qui essayait d'avoir l'air le plus détaché du monde...

— Dis-moi, tu avais mal à ton bras quand tu es arrivée chez moi, qui t'a fait cela ?

— C'est papa, c'est pour mon anniverchaire, che voulais pas mancher le gâteau que maman avait fait.

— Pourquoi, il était pas bon ce gâteau ?

— Ch'aime pas la crème, cha me donne envie de vomir !

— Alors que s'est-il passé ?

— Papa m'a fait mettre à chenoux, et m'a tordu le bras, pour que che dise que che voulais bien en mancher, mais che voulais pas, che voulais qu'il me laiche aller dans ma chambre, il voulait pas, ch'avais mal, che criais, il voulait pas !

— Ne pleure pas ma petite, tout ça c'est fini, mais il faut que je sache, pour les punir, si on les retrouve, tu comprends ? Et ta mère, que disait-elle ?

— Elle riait et échayait de me faire mancher la crème, elle me donnait des coups de pieds dans les chambes !

— Mais... c'est atroce, ah ma pauvre Jeanne, je suis retournée, j'en suis malade !

La petite fille inquiète, se cramponnait à la vieille dame...

— Dis mémé, tu vas pas être malade, tu vas pas mourir ?

— Rassures-toi ma petite, ce n'est rien, elle la serrait contre elle davantage, ce qui lui laissa le temps de se reprendre, et la crème ma chérie, l'as-tu mangée ?

— Oui, mais che l'ai vomi tout de chuite, après ils m'ont battue, che ne voyais plus rien, ma tête cognait fort quand che me chuis réveillée, ch'étais dans la challe de bain, puis ch'est là que che me chuis chauvée.

— Tu t'es réveillée, tu es venue comment chez moi ?

— Ch'ai pas !

— Ça n'a pas d'importance, rassures-toi, as-tu envie de regarder la télévision, il y a une émission pour les enfants aujourd'hui ?

— Oui mémé, che veux bien !

— Et bien allume-la, tu es grande maintenant, tu dois pouvoir te servir toute seule, allez... va ! sers-toi un verre de lait !

La fillette partie, les deux femmes se regardent, muettes devant tant d'horreur...

— Ma pauvre Jeanne, les bras m'en tombent, je ne sais quoi te dire !

— Ne dis rien ma bonne Lucie, il faut surtout aimer cette petite, du mieux que l'on pourra, tu penses en parler au commissaire ?

— Je dois lui dire la vérité, surtout celle-là !

— Dis donc, l'autre en face, elle est toujours là, tu crois pas qu'il y aurait un lien avec la petite ?

— Mais non, ils n'ont jamais eu d'enfants !

— Souviens-toi, le commissaire a dit que la fillette n'a pu faire beaucoup de chemin, dans l'état où elle se trouvait.

— C'est vrai, tiens le voilà justement, ma bonne Jeanne, va lui ouvrir, j'ai les jambes coupées, je me sens bien lasse tout d'un coup !

— Tu ne vas pas tomber malade maintenant, la petite à besoin de toi, et puis tu es si gaillarde, tu ne vas pas nous lâcher ?

— Mais non, va ouvrir, il va s'impatienter !

Quand il entra dans la salle à manger, il se frottait les mains, il semblait joyeux, quand il s'aperçut de la mine défaite de Mme Renoir, il s'empressa vivement auprès d'elle, lui prépara un thé qui chauffait sur le

Godin du salon, il remplit les petites tasses de porcelaine, puis s'assied entre les deux femmes, sur un gros pouf ouvragé par le foyer, offert par celui-ci quelques jours plus tôt...

— Alors, racontez-moi ! Je vois bien que la petite s'est manifestée, et cela me paraît de bien mauvais augure !

— Mon pauvre commissaire, Angèle nous a fait découvrir un monde de cruauté, que je ne soupçonnais pas, je ne puis vous en dire davantage, Jeanne vous accompagnera, et vous racontera les faits, ce n'est pas beau à entendre, croyez-moi, je ne me sens pas assez forte pour vous en faire part !

— Je m'en doute, vous avez bien mauvaise mine, voulez-vous que j'appelle le médecin ?

— Mais non cela va passer, il faut me laisser le temps !

— Dans l'état que vous avez recueilli votre petite protégée, je me doute bien à entendre des confidences désagréables, vous savez que, dans mon métier ; la vie que nous rencontrons chez ces enfants, n'est pas belle.

— Qu'ont-ils fait pour être si mal aimé ?

— Rien ! D'être là, seulement d'être là, balloté par l'un, rejeté par l'autre, ils deviennent par la suite de petits chiens sans collier !

— Mais... c'est affreux ! s'exclame Lucie.

Après un long silence, ils dégustèrent la brioche de Jeanne, quand celle-ci s'écrie :

— Je n'ai pas cessé de guetter la fenêtre, et bien ma pauvre Lucie, cette bonne femme me fiche la trouille, regardez commissaire, elle nous épie dans des jumelles, je le parierai ! Depuis que je suis arrivée, elle guette cette fenêtre, rien ne lui échappe, c'est tout de même curieux ! Le commissaire Durand tire légèrement les rideaux de coton, fronce les sourcils...

— Il y a longtemps que dure ce petit manège ?

— Depuis le début, je vous l'ai dit, mais je pensais qu'elle s'amusait !

— Mais encore ?

— Depuis le matin où les journaux ont fait savoir que la petite était chez moi.

— Avez-vous cotoyé ces gens, en désignant du menton la maison d'en face !

— Non, jamais !

— Je vais suivre les conseils de mon ami Blanchet, faire une enquête par chez eux, et la nuit ?

— Vous savez je ferme mes volets, mais il m'arrive de me lever la nuit, vous savez à mon âge, on a plus beaucoup de sommeil, et bien, je monte sur mon escabeau dans les WC, et je regarde la rue, et je la vois derrière ses fenêtres !

— Même la nuit ?

— Et tous les deux cette fois-ci !

L'amie de Mme Renoir se serre les mains, angoissée...

— Mais tu n'as pas peur, ils t'en veulent, j'ai vraiment peur pour toi, Monsieur le commissaire faites quelque chose, vous voyez bien que leurs agissements ne sont pas ordinaires !

— Ne vous effrayez pas, je vais faire le nécessaire demain matin, et fait signe aux deux vieilles dames de se taire...

La fillette s'approche, s'assied sur les genoux du commissaire...

— J'ai une grande nouvelle pour toi, en l'embrassant.

— Dis vite tonton Chorches !

— Et bien demain, c'est mon jour de congé, le temps se prête à une belle promenade, nous irons tous les quatre au zoo !

— Au choo, le vrai, où il y a pleins d'animaux ?

— Eh oui, qu'en dis-tu ?

— Où cela ? rétorque Mme Renoir, il n'y en a point dans le coin !

— Non, mais à Paris, il y en a un très beau !

— A Paris ! Mais vous voilà fou mon pauvre commissaire, euh ! pardonnez-moi, je m'emporte, mais la petite est convalescente, vous n'y pensez pas ! Nous n'avons pas votre âge et c'est si loin ! C'est de la folie !

— Mais non, je maintiens, demain matin à six heures,

nous partons tous les quatre, la petite à besoin d'air, là-bas nous serons tranquilles, pas de journalistes, plus de curieux, et puis j'aimerai bien que vous laissiez le commissaire de côté, je m'appelle Georges, j'aimerai que vous me fassiez plus confiance !

— Mais vous l'avez, et toi, tu es contente ? lui demande la vieille dame.

— Oui ! oui ! che chuis contente, merchi tonton Chorches !

— C'est impossible, la petite n'a rien à se mettre, elle n'a pas de quoi se vêtir pour sortir, aller si loin, une tenue de voyage s'impose, elle n'a pas de chaussures de marche, enfin vous n'y pensez pas sérieusement ?

— Mais si ! Angèle, va voir dans le couloir, il y a un grand paquet pour toi !

La fillette saute des genoux du commissaire, s'élance dans le couloir. Un paquet volumineux a été mis là, dans l'attente d'être ouvert... Angèle, tout excitée de la découverte, déchire fébrilement l'empaquetage elle coupe la ficelle du carton et... ouvre...

Et là... merveille, elle en sort un magnifique blouson de velours rouge, des mocassins montants, de cuir fauve, un pantalon de flanelle grise, un pull over à grosses côtes de laine beige, un bonnet de laine rouge à grosses mailles... les joues rosies par l'excitation, la fillette s'adresse à la vieille dame.

— Regarde mémé, tu me trouves cholie, ch'est les plus beaux habits du monde, on peut aller à Paris maintenant ?

— C'est un coup monté, tu es contente, vous avez gagné Georges à ce que je vois, la fillette sourit tout en se regardant sur toutes les coutures et valse en tenant bien fort contre elle, les vêtements qui vont lui apporter la liberté.

Le commissaire Durand ne répond rien, l'allusion de la fillette lui picote désagréablement les yeux, il recherche du regard le secour de Mme Renoir, mais celle-ci pleure à chaudes larmes le nez enfoui dans un large mouchoir à carreaux, son amie Jeanne qui n'est guère au mieux de sa forme, lui tapote l'épaule, compatissante...

La fillette attendrit s'approche...

— Pourquoi tu pleures mémé, che t'ai fait de la peine, chi tu veux pas aller au choo à Paris, chela ne fait rien, nous irons plus tard, hein tonton Chorches ?

— Oui oui, bien entendu !

— Non mon petit, nous irons tous les quatre à Paris, je me suis habituée à vivre en casanière, mais il a raison, nous allons sortir dorénavant, mais à une condition, que Georges me rassure de l'extérieur, que nous n'avons plus rien à craindre toutes les deux, surtout toi mon petit, pour sur que tu es belle, je me demande comment nous allons nous vêtir pour te faire honneur Jeanne et moi !

Tout en faisant à son amie un clin d'œil complice...

— Il se fait tard Jeanne, si vous voulez bien m'accompagner, je vous ramène chez vous, nous ferons un brin de causette...

— Oui oui ! Georges, je viens, bonsoir ma bonne Lucie, bonsoir ma poupée à demain sans faute, tu réveilles mémé !

De gros baisers claquent sur les joues, toute la maisonnée est joyeuse, ce voyage si inattendu a regonflé de courage le cœur de chacun.

Tout en refermant la grille, le commissaire Durand, jette un coup d'œil furtif au 84, effectivement, les lumières sont allumées, la silhouette de la jeune femme apparaît derrière le rideau.

— Cette femme m'agace sérieusement s'écrit le commissaire, je fais enquêter demain !

— Vous ne venez plus ou zoo ?

— Si si ! Blanchet ira, il est très perspicace !

— Ah vous me rassurez, j'avoue qu'elle m'en fait perdre le sommeil, je crains vraiment pour la vie de Jeanne et d'Angèle, un pressentiment, je suis bien soulagée !

— Racontez-moi ce qui a bouleversé Lucie !

Chemin faisant, elle lui narra ce que la fillette avait fait comme dessin et toutes ces explications.

Le commissaire Durand serra des mâchoires, puis tapota l'épaule de la vieille dame, comme pour se rassurer soi même.

— Allons Jeanne, nous allons arranger cela, et j'ai une toute petite idée de l'avenir de la petite, elle me taraude l'esprit depuis quelques jours je vous expliquerai cela un peu plus tard, mais il me faut l'accord de Mme Renoir.

— Tiens tiens, vous nous cachez quelque chose ?

— Mais non, ne vous alarmez pas, bon allez à demain à six heures devant chez vous, fin prête, d'accord ?

— Oui, monsieur le Commissaire !

— Appelez moi Georges, cela fait moins administratif, ce sera plus simple.

— Bonsoir Georges, merci !

— Bonsoir Jeanne, à demain !

Le commissaire Durand, malgré l'heure tardive, se dirige vers le commissariat de police, s'engage dans la cour, et pénètre à grandes enjambées dans son bureau...

— Ah Blanchet, vous êtes encore là, quelle chance !

— Qu'est-ce qui vous arrive ?

— Quelque chose qui m'ennuie, es-tu retourné au 84 de la rue Jacques Cœur comme tu le souhaitais ?

— Chez les toubibs, bah non ! Vous n'en voyiez pas trop l'urgence, j'ai donc laissé tomber, pourquoi ?

— Demain matin tu y vas, tu ne vois que la jeune femme, tu t'arranges qu'elle n'est pas le temps de communiquer avec son mari, tout serait fichu, tu lui poses les questions de routine, sur l'extérieur, sur sa vie ensuite enfin, tu sondes au maximum ses pensées, même les plus tortueuses, tu notes tout de A jusqu'à Z, le moindre petit détail peut-être utile, enfin tu vois bien ce que je désire.

— Si le mari veut bien me faire entrer !

— Tu trouveras bien quelque chose, cette femme m'intrigue, elle menace Mme Renoir et Angèle, j'en mettrai ma main au feu !

— Ah bon, que fait-elle ?

— Elle épie jour et nuit avec des jumelles la vie de mes deux protégées, quand les volets sont ouverts bien sûr, car Mme Renoir ne les ouvre que quand son amie vient lui rendre visite, pour faire du crochet, elles se mettent près de la fenêtre, je pense que Mme Renoir est rassurée quand son amie Jeanne est près d'elle, si non, elle vit en recluse... mais depuis qu'elle sent ce regard braqué sur elle, elle prend peur, alors pour cette nuit, tu m'organises une ronde toutes les deux heures, afin de contrôler quand cette femme est derrière sa fenêtre, tu enregistres tout, je veux connaître la vie de la rue Jacques Cœur la nuit, les allées et venues de ces gens, tu n'éveilles surtout pas leur curiosité bon ! Je rentre me coucher, demain, j'emmène ces dames au zoo de Vincennes.

— Comment vont-elles ?

— Adorable ! Angèle est adorable, je me sauve, salut Blanchet, je passerai demain soir vers vingt et une heures !

— Amusez-vous bien, salut commissaire !

Le lendemain matin, quand la voiture du commissaire Durand freina doucement devant le 85, à son grand soulagement, il n'y avait personne à la fenêtre, Angèle et Mme Renoir, s'engouffrèrent dans le véhicule qui repartit le plus silencieusement possible, afin de ne pas éveiller les oreilles fragiles...

Madame Renoir à sa grande surprise, fut soulagée, elle aussi de n'avoir pas vu l'ombre du 84, elle sentait que cela était un bon présage, que cela serait sûrement une bonne journée en perspective...

La fillette riait aux éclats, ouvrait de grands yeux, émerveillée par les étoiles scintillantes dans le ciel sombre, elle était assise près du conducteur, rien ne lui échappait, elle voyait pour la première fois la vie naître devant de grands yeux étonnés, la circulation des villes qu'il fallait traverser l'inquiétait et la troublait tout en même temps, le jeux des feux tricolores, les phares des voitures, des motos et des vélos lui faisaient clignoter les paupières, ils traversèrent Vierzon en pleine heure de pointe, la circulation était dense, ils franchirent ensuite la forêt, très étendue, noire, profonde... puis de ville en ville le jour se levait, les rayons du soleil crevèrent timidement les derniers nuages de la nuit.

Ils s'engagèrent sur le grand pont traversant la Loire, à l'entrée d'Orléans, Angèle regardait l'étendue d'eau et les bancs de sable...

— Ch'est une grande rivière ?

— C'est la Loire, ce n'est pas une rivière mais un fleuve !

— Ch'est choli, pourquoi ch'est un fleuve ?

— Un fleuve se jette dans la mer, une rivière se jette dans un fleuve.

— Oh la belle égliche !

— Ce n'est pas une église, mais une cathédrale !

— Ch'est pas pareil ?

— Et non, dans une cathédrale, on y sacre des rois des reines, dans les églises de nos petites villes, on y baptise les bébés, on y communie les enfants, puis on y marie les grandes personnes, mais en vérité c'est plus complexe que cela à expliquer.

— Tu m'emmèneras un chour ?

— Peut-être, mais ce n'est pas aussi simple, puis il se met à rire.

— Là où habite mémé, il y en a une égliche ?

— Oui, mais c'est une cathédrale, comme celle que l'on vient d'apercevoir !

— Comment elle ch'appelle chelle de mémé, elle est belle !

— Comment, tu ne sais pas où tu habites, ta maman ne t'as jamais dit que tu vivais dans la ville de Bourges, qu'il y avait un palais, une cathédrale magnifique, que les rues sont pavées à l'ancienne, qu'elles datent du moyen âge, tu as appris à lire et à écrire avec ta maman, tu avais des livres chez toi ? Comment étaient-ils !

— Ils étaient beaux, ch'était Paris, et puis le petit pouchet, Blanche Neiche, les trois petits cochons.

— Tu connais Paris, la Tour Eiffel ?

La fillette secoue la tête, lui fait signe que oui...

Les deux grands-mères assisent sur la banquette arrière, somnolent...

— Ch'ai faim tonton, tu veux bien t'arrêter ?

— Au prochain village, nous boirons un café, tiens, ça y est, nous arrivons, regarde à droite où il y a des petits drapeaux multicolores !

— Ch'est choli ! en ouvrant de grands yeux.

— Sur le bord de la mer, il y a pleins de stations services comme celle-ci avec les mêmes petits drapeaux, qui flottent au vent.

— Ch'est choli, tu m'emmèneras au bord de la mer ?

— Oui bientôt, dès que j'aurai un congé plus long, alors mesdames, on a bien dormi ? Nous allons prendre un café et nous dégourdir les jambes tu n'es pas trop fatiguée ma chérie ?

— Non ! Mais che voudrai bien arriver, ch'est loin ton choo !

— Assez oui, mais le voyage en vaut la peine, assieds-toi, que veux-tu ?

— Un chocolat et deux croichants !

— Bien mademoiselle, et toute l'équipée éclate de rire, devant la mimique sérieuse de la fillette.

Quand ils eurent fini de déjeuner, ils repartirent sur la grande route. A Paris, la fillette regardait toutes les voitures rouler dans tous les sens, les grands-mères n'en revenaient pas.

— Quelle vie de fou, qu'est-ce qu'ils font donc tous là ? s'exclamait Lucie. Le commissaire Durand, riait aux réflexions ingénues de ses grands-mères qu'il affectionnait, tout en se faufilant adroitement derrière les files de voitures, il guettait la fillette hypnotisée par tout ce va-et-vient.

— Il y en a qui travaille, des livreurs, des représentants, la liste serait longue si je devais l'énumérer, toutes ces personnes sont obligées de circuler dans Paris pour leur travail, mais il ne faut pas oublier ceux qui se promènent, les femmes qui emmènent leurs enfants à l'école, ou vont faire leur course dans les grands magasins, enfin, il y a pleins d'exemples à vous citer.

— C'est vrai qu'il y a beaucoup de femmes qui conduisent, regardez ! C'est incroyable ! s'écriait Jeanne.

— Et oui, les temps changent, la vie n'est plus aussi calme, il y a des femmes et même des hommes qui font une heure ou plus, de trajet, matin et soir, pour venir travailler à Paris, ils passent plus de temps dehors, que chez eux, vous comprenez pourquoi, le vendredi venu, ils se sauvent et viennent chez nous se reposer, quoique... Bourges, est bien vivante notre ville suit le mouvement, mais nous avons la chance d'avoir encore beaucoup d'espaces verts autour de nous, qu'eux non !

— Mais que font les enfants toute la journée, s'interroge Lucie.

— Rien, malheureusement rien, il y a des crèches pour les petits s'ils n'ont pas de nourrice, les autres et bien... les plus sages, restent chez eux, les autres... évidemment deviennent quelquefois des délinquants, surtout dans les grands ensembles, où la vie n'est pas simple.

— Quelle misère dans ce pauvre monde, s'apitoyait Jeanne.

— Oui, regardez, nous arrivons, vous voyez ces rochers, ils ont été mis là pour créer ce zoo, nous allons nous garer ici, la place est toute chaude, terminus ! tout le monde descend !

Le petit groupe souriant débarque à l'entrée du parc de Vincennes, et... entre.

Il fait bon, le soleil est de la partie, une belle journée de printemps s'annonce...

La fillette ne quitte pas la main du commissaire.

Elle lui posa une multitude de questions pendant la visite, celui-ci lui répondait patiemment sans relâche...

A l'entrée du parc, ils furent accueillis par une famille nombreuse de Cacatoès, et de Perroquets au plumage coloré, ils étaient tous attachés à un trépied au grand étonnement de la fillette...

De la girafe à long cou majestueux, aux éléphants gris massifs, en passant par les tigres et les lions félins, à la démarche souple, endormie, la fillette ouvrait de grands yeux devant les gueules béantes des hippopotames balourds et somnolents, elle riait aux éclats devant la malignité des singes de toutes espèces...

Elle serrait très fort, de crainte la main du commissaire, devant les reptiles silencieux et inquiétants...

Elle était fascinée par les ours Polaire au pelage d'un blanc de neige, elle leur lançait de petits croutons de pain dur, que le gardien lui avait donné à l'entrée...

Tous ces animaux défilaient devant ces yeux comme un livre d'images, en une journée, elle découvrait la vie humaine, la vie animale, cela bougeait de partout, dans les rues, dans le ciel quand elle aperçut un petit avion accompagné d'une banderole multicolore attachée à sa queue... Tout bougeait... partout, dans sa tête, dans son cœur...

Elle se posait pleins de questions, ses pensées se bousculaient les unes contre les autres...

La visite enchantait les grands-mères qui suivaient allègrement... La promenade prenait fin, il était près de treize heures, le commissaire pressait le petit groupe...

— Je ne trouve pas le temps long, mais il est l'heure d'aller déjeuner, nous n'aurons guère de place, si nous nous attardons, êtes-vous contentes de votre visite ?

— Ah oui, répondait Jeanne, mes jambes sont lourdes, je n'ai plus l'habitude de marcher, mais c'est si agréable.

— Vous vous reposerez cet après-midi, je vous emmène visiter la Tour Eiffel.

— Je ne l'ai jamais vu que sur cartes postales, vous nous gâtez Georges!

— Et bien, pendant que je monterai avec la petite, vous vous reposerez sur un banc en nous attendant, à moins que... si le cœur vous en dit !

— Non non ! s'écriait Lucie, la hauteur ne m'attire pas vraiment, allez donc mon ami, la petite s'en réjouit à l'avance !

Le repas fut consommé dans une ambiance agréable, la fillette ne tarissait pas, toutes ces découvertes en un seul jour, avaient ouvert son appétit de savoir, elle voulait tout connaître, elle faisait rire l'assistance par ses remarques, et son petit accent dû à l'appareil dentaire qu'elle portait avec beaucoup de patience, la rendait encore plus adorable...

Madame Renoir était heureuse de pouvoir redonner goût à la vie, de voir s'épanouir la fillette, de pouvoir lui apporter comme un cadeau, la vie extérieure du monde...

Et, cet homme qui la protégeait, la sécurisait davantage, elle ne se sentait plus seule, grâce à lui, elle pourrait peut-être l'élever, si la justice le voulait bien...

La fillette était facile à aimer, il émanait d'elle, une foule de tendresse inemployée, elle ressentait continuellement le besoin de toucher une main ; d'embrasser une joue, elle ne restait jamais seule bien longtemps, isolée, par exemple dans le zoo, elle courait de parcs en parcs, de cages en cages, mais elle revenait très vite près de Georges, et glissait prestement sa petite main dans la sienne, c'était un lien précieux pour elle, il fallait être continuellement disponible, à l'écouter, à l'aider, et surtout à l'aimer...

A la fin du repas, le commissaire Durand alluma une cigarette, heureux il écoutait papoter les deux vieilles dames, il commençait à la consumer, quand... Angèle se mit à pleurer... s'écarter de la table et des convives...

Le commissaire étonné, s'approcha d'elle et l'interrogeait du regard... il attendait une explication, il écrasa sa cigarette, la prit sur ses genoux, et commença à la bercer...

Les deux femmes étaient très inquiètes, Madame Renoir n'y tenant plus :

—— Tu es fatiguée ma chérie, veux-tu que nous rentrions à la maison ? Angèle secouait la tête, les larmes roulaient sur ses joues, aucun son ne sortait de sa bouche, de gros sanglots étouffés la secouaient...

Le commissaire Durand se rendit compte que la fillette savait pleurer sans bruits...

La gorge serrée, il l'habilla, la prit par la main, le petit groupe sortit du restaurant, attristé.

Ils marchèrent en silence le long du trottoir, une foule hétéroclyte allait dans tous les sens.

La fillette fut attirée par un grand homme à la peau d'ébène qui étalait sur de vieux sacs en toile, un monticule d'objets les plus variés, des bagues, des bracelets, des savates en cuir ouvragées, des chapeaux de la même matière, ainsi que des sacs en peau de crocodile, disait-il ! Quelques curieux l'encerclaient, et s'amusaient de son accent lointain. Le commissaire lui fit choisir ce qu'elle aimerait posséder dans tout ce fatras.

Elle était émerveillée par un petit bracelet de fer blanc, finement travaillé, il faisait pensé à un ressort, il se tortillait dans tous les sens, il lui plaisait, il lui en fit cadeau... elle l'embrassa timidement il lui essuyait les yeux gonflés par les larmes...

— On va voir la Tour Eiffel maintenant ?

Elle secoua la tête, fit signe que oui...

Rassérénés, ils partirent pour le Trocadéro... sur la chaussée, en plein après-midi, la foule était encore plus dense.

Le commissaire, tout le long de sa conduite ne cessait de penser à la fillette... elle était monté à l'arrière du véhicule, il la regardait dans le rétroviseur, la sentait nerveuse, inquiète, il ne comprenait pas son changement d'humeur, quand elle sentit son regard la chercher, elle leva les yeux et le fixa... il avait l'impression que ce regard lui était connu, c'était un S.O.S. qu'elle avait dans le bleu de ses yeux, il la trouvait étrangement pâle...

Elle s'amusait avec son bracelet, les deux grand-mères regardaient la vie parisienne, les vitrines, les voitures, rien ne leur échappait, seule... la fillette ne s'intéressait plus à la vie extérieur, c'était lui qu'elle recherchait maintenant... il ne comprenait pas... que voulait-elle lui dire ? Pourquoi avait-elle pleuré ?

Il se gara dans un parking plein à craquer...

Les deux vieilles dames n'en revenaient pas de la beauté des lieux, mais... surtout du monde qu'il y avait partout...

Le soleil brillait, les premiers rayons chauffaient agréablement... Elles levaient le nez au ciel, s'exclamaient en regardant cette énorme carcasse de ferraille, dans laquelle circulaient des ascenceurs de chaque côté de la construction... les plus courageux, montaient ou descendaient à pieds l'escalier de fer, il y avait des hommes accompagnés de femmes et d'enfants de toutes les races, armés d'appareils photographiques les plus sophistiqués, les gens paraissaient heureux d'être là... des stands étaient installés près du monument, proposaient aux touristes de petites Tour Eiffel miniatures, faites dans toutes les matières... dorées à l'or fin ou en sucre... des cartes postales de toutes les grandeurs offraient « la Grande Dame » sous tous ses aspects.

Un superbe jet d'eau éjectait une multitude de gouttelettes scintillantes au soleil, la pelouse était verte, quelques pâquerettes hardies émergeaient après un long hiver, gris et froid, le ciel aujourd'hui était d'un bleu pur...

La fillette visionnait en silence toutes ces couleurs chatoyantes.

Le commissaire amusé, la guettait du coin de l'œil.

— Tu aimerais monter en haut ?

Elle hocha encore de la tête...

— On vous laisse, je monte avec Angèle !

— Allez, allez, nous allons nous reposer sur ce banc...

La fillette glisse sa main dans celle de Georges, soulagé, et les voilà partis.

Une longue file d'attente... enfin, ils entrent dans l'ascenceur... Quand celui-ci se mit en marche, on aurait dit qu'un amas de ferraille allait craquer et tomber sur le sol, cela tremblait, vibrait, grinçait, geignait de partout, il montait lentement...

Le sol, les voitures, les gens, les maisons, tout se miniaturisait au fur et à mesure de la montée.

— C'est plus joli que sur ton livre ?

— Oui tonton.

Elle parlait enfin, d'une voix timide, le commissaire l'embrassa, le cœur gonflé d'amour pour cette petite fille sans défense.

— Tu verras nous ferons beaucoup de voyages ensembles.

— Avec mémé ?

— Oui, avec mémé, mais quand tu seras plus grande, tous les deux, car mémé sera plus âgée et elle ne pourra plus nous suivre !

L'ascenseur s'arrêta sur la dernière plate-forme, le groupe de touristes en sortit le sourire aux lèvres.

Ils s'approchèrent du rebord de la terrasse et regardèrent en dessous d'eux, tout le monde s'exclamait et riait tout en même temps...

Le monde du sol avait l'air d'une puce, de petits insectes d'hommes courraient à qui mieux mieux dans tous les sens, par contre les avions qui passaient au-dessus de leurs têtes avaient l'air de gros jouets métalliques.

Georges tenait la fillette par la taille, celle-ci se penchait trop à son gout, il n'aimait pas cela, ils s'assirent ensuite à la terrasse du grand restaurant installé en plein ciel, pour la grande joie des gastronomes, ils burent une limonade, la fillette ne le lâchait toujours pas, le commissaire se prit de hardiesse :

— Tu avais déjà vu Paris avant d'habiter Bourges ?

— Non, maman me montrait des cartes pochtales et beaucoup de photos, de papa et d'elle.

— Ils habitaient ici ?

— Oui, che penche.

— Tu m'as fait un gros chagrin au restaurant, pourquoi pleurais-tu ?

— Tu avais une chigarette dans les doigts, ch'est la première fois que che te voyais fumer, ch'ai eu peur, ch'ai eu beaucoup de chagrin auchi ! Le commissaire Durand serra la petite contre lui, l'embrassa...

— Je ne fumerai plus jamais devant toi, si je fais une faute, tu dois me corriger, je n'ai jamais vécu auprès d'une petite fille, il faut que je m'habitue, tu promets de m'aider ?

— Oui tonton, che voudrai aller retrouver mémé maintenant !

— Alors mesdames, on s'est bien reposées ?

— Oui, comment as-tu trouvé la visite, ça va mieux à ce que je vois, qu'est-ce que l'on fait maintenant ?

— On rentre chez nous, qu'en dites-vous, nous dînerons en cours de route.

— C'est pas de refus, nous avons passé une bonne journée, je vous en remercie, répondit Lucie.

La fillette s'installa à l'arrière du véhicule, et au bout de quelques kilomètres, s'endormit profondément... cela permit de converser sur la journée écoulée et de ses événements, qui avaient bouleversé le petit groupe.

— La petite a-t-elle parlé Georges ? s'enquit Mme Renoir, j'avoue que j'ai été très inquiète au restaurant, elle est si imprévue.

— Ne vous alarmez pas, elle m'a vu fumer, elle a pris peur, elle est très craintive, je ne refumerai plus, du moins en sa présence, je le lui ai promis, il y a comme ça des gestes courants de la vie, qui provoqueront chez elle des frayeurs, à nous de les corriger et de la rassurer.

— Je vous remercie Georges de l'aide que vous nous apportez, un homme près d'elle qui l'écoute et la conseille, c'est ce qu'il lui faut, il ne faut pas qu'elle soit trop dans nos vieilles jambes, nous lui inculquerions que de vieilles idées, vous êtes jeune, et c'est ce qu'il lui faut !

— Merci, Lucie, comment allez-vous reprendre le cours de votre vie maintenant ?

— Il n'y aura rien de changé, sauf que, mes volets resteront ouverts, et que nous sortirons tous les jours avec Angèle, je me sens plus hardie avec votre aide.

— C'est très bien comme ça !

— Vers quelle heure arriverons-nous, demanda Jeanne ?

— Vers vingt heures trente, vingt et une heures, je dois passer au bureau Blanchet m'attend.

— Vous ne laissez jamais complètement votre travail, dit Jeanne.

— Et non, c'est le métier qui veut cela, nous dînerons vers la Ferté-Saint-Aubain.

— Viendras-tu au foyer cette semaine Lucie ?

— Oui oui, il y a bien longtemps que je n'ai fait une belote, il ne faut pas que j'en perde l'habitude.

« Tout le monde dans la voiture éclate de rire ».

La soirée se termina joyeusement, ils se séparèrent avec de gros baisers affectueux...

Les vieilles dames en oublièrent les lumières du 84, qui ce soir, étaient éteintes, seul, le commissaire en était surpris, il n'en fit pas la remarque, elles étaient toutes les trois heureuses, il ne voulait pas contrarier leur nuit...

— Vous ne me raccompagnez pas Georges, je reste dormir chez Lucie, je prends des vacances, allez bonne nuit, et merci beaucoup de cette bonne journée !

La fillette se jeta dans ses bras, et le serra très fort contre elle.

— A demain ?

— A demain tonton Chorches.

Il ne repartit que quand elles furent rentrées, renfermées dans leur petite maison, loin de la vue de toutes ces choses qui ne lui plaisait pas, elles se calfeutraient sans se plaindre, comme si, elles avaient toujours vécu de la sorte, il leva la tête vers le 84, pas plus le rez-de-chaussée que le premier étage n'étaient allumés, cela l'intriguait un peu, il roula plus vite que d'habitude, il avait un pressentiment, la voiture vrombit dans la cour du commissariat, les pneus crissèrent sur les cailloux, le commissaire descendit en trombe du véhicule, s'élança en direction de son bureau...

Blanchet tapait à la machine, notait des feuilles...

— Salut commissaire, alors cette journée ?

— Bien, je te raconterai, et toi ?

— Asseyez-vous, une nouvelle bizarre, bon d'abord, je commence par le début... la nuit dernière, apparition du couple cinq fois, derrière les carreaux, vingt deux heures, vingt trois heures, minuit, une heure, deux heures, trois heures du matin, elle seule, vers quatre heures trente jusqu'à cinq heures trente environ.

— Elle ne dort jamais ?

— Alors justement, je me pointe le matin chez eux à huit heures et je demande à voir la dame, bien entendu, c'est le toubib que j'ai eu, ça n'a pas été facile, elle dormait selon lui, etc... elle était très malade, et puis il s'étonnait de ma visite, que je ne m'intéresse pas à lui, personnage brillant selon lui, etc... et je t'en passe ! je lui ai donc fait comprendre que c'était Mme Lefennec qui nous intéressait, et que, si elle n'était pas disponible maintenant et bien, que je viendrai la voir plus tard, je lui demande donc un rendez-vous pour ce futur entretien !

— Refusé, je suppose ?

— Plus que ça, il est monté sur ses grands chevaux, quand je lui ai fait comprendre que l'entretien pouvait se faire dans les locaux de la police, il s'est tu, il est devenu muet comme une tombe, après avoir longuement réfléchi, parlementé, il est arrivé à me sortir que sa femme malade était hospitalisée depuis ce matin sept heures, dans une clinique... pour dépression nerveuse, je prends les renseignements nécessaires à mon enquête, mais je me bute encore à un mur... à la clinique ! impossible d'y entrer ; Mme Lefennec est trop mal en point, secret professionnel, sauf si inculpation de celle-ci, et encore, ils sont tous copains ces gens-là, et bien finalement nous sommes bredouilles !

— Dans ta conversation avec Lefennec, qu'en est-il

ressorti, je lirai le rapport en détail plus tard, donne moi les faits rapidement.

— Et bien, tout d'abord, que sa femme souffre, de névrose depuis son mariage ancien mannequin, d'une maison de couture parisienne, elle s'est sentie inutile, rejetée de la société après son mariage, lui préoccupé par son travail, l'installation de son cabinet, il lui laisse donc libre choix pour la décoration de l'appartement, elle ne manque de rien, ils s'aiment d'après ses déclarations !

— Ce couple me plaît de moins en moins, ce type ment, je le sens, sur quoi ? je ne le sais pas encore, Angèle m'a dit que ses parents avaient vécu à Paris, mais comme elle n'a jamais mis les pieds dehors, j'en déduis par les cartes postales que sa mère lui montrait, elle ne sait pas décrire son entourage, on lui avait même caché qu'elle habitait Bourges, il lui était interdit de regarder à la fenêtre, d'ailleurs elle ne le pouvait guère, car elle était constamment enfermée dans un placard... ce qui m'intrigue chez ce Lefennec, c'est son attitude, j'ai bien envie de demander un mandat et une garde à vue, mais soyons prudent ! Si nous nous trompions, ce serait grave pour tout le monde ! je vais étudier cela, allez à demain Blanchet, merci !

— A demain !

Les jours passèrent, la fillette et Madame Renoir organisaient leurs après-midi au foyer, Angèle faisait des connaissances, elle visitait Bourges le matin, et en soirée, elle apprenait à jouer au Rami, à la Belote.

Elle était devenue une petite fille gaie, intelligente...

Elle apprenait à faire du crochet, du tricot, le club du troisième âge était devenu sa famille...

Le soir, elle aidait Mme Renoir à préparer le repas, et attendait impatiemment le retour de l'oncle Georges.

Quand elle entendait crisser ses chaussures sur le gravillon de la cour elle s'élançait, bousculait les chaises, et ouvrait brutalement la porte d'entrée, elle se jetait à son cou, et le picorait de baisers, souvent celui-ci, lui ramenait des livres, elle les dévorait littéralement... Elle posait toujours un tas de questions sur ce qu'il faisait de ses journées...

Elle ne parlait plus d'avant, elle avait semble-t-il, tiré un trait sur son passé, elle n'y faisait plus allusion.

Chacun respectait ce qu'elle désirait, elle était devenue leur centre d'intérêt.

Les lumières du 84 restaient désormais éteintes, petit à petit, la vieille dame reprenait confiance, son regard rivé jusqu'ici sur cette maison, maintenant ne s'y arrêtait plus...

Puis, un soir, Angèle aidait sa grand-mère, elles préparaient le dîner, ensemble, elles épluchaient quelques légumes... la fillette s'amusait à les couper en petits dés... quand le couteau dérapa, et lui fit une entaille profonde dans la paume de la main, le sang gicla, la fillette poussa un petit cri, Madame Renoir affolée, lui fit mettre la main sous l'eau fraîche du robinet, elle épongeait la plaie avec une grosse boule de coton, inquiète... regardait la fillette... rien... elle ne se plaignait pas...

— Ça te fait mal ma chérie ?

— Un peu mémé, mais chela va pacher !

La grand-mère voyant la plaie profonde s'alarmait, le sang n'arrêtait pas de s'écouler, elle prit la décision d'appeler le médecin.

— Je vais appeler le docteur Maillard, il va venir tout de suite ! Elle décrocha le téléphone, composa le numéro d'appel, mais l'appareil resta muet.

— Pourquoi, tu m'emmènes pas chez le médechin en fache de la maichon, cheanne dichait qu'il y en avait un !

— Oui, c'est vrai, mais ce n'est pas un médecin comme celui-là qu'il nous faut, il soigne les mamans qui attendent les bébés !

— Ch'ai mal mémé, chela me cogne dedans !

— Ecoute, je t'habille et on va en face, un médecin c'est un médecin, il ne peut pas refuser de te soigner, allez aide-moi !

La fillette enfile son manteau maladroitement, la grand-mère la chausse du mieux qu'elle peut...

— Tu vas pouvoir marcher, ça va ? tiens bien le pansement !

— Oui mémé, che chuis grande maintenant !

Elles traversèrent prestement la route qui était encombrée de voitures, elles sonnèrent enfin à la porte 84 de la rue Jacques Cœur... La secrétaire de Lefennec leur ouvrit la porte souriante...

— Il faut entrer quand vous sonnez, cela évite de me faire déplacer, bonsoir Madame, que voulez-vous ?

— Un accident, la petite s'est coupée la main profondément, et elle perd beaucoup de sang, notre médecin est absent, alors j'ai pensé...

— Entrez ! je vais chercher Monsieur Lefennec, asseyez-vous en attendant. Angèle et sa grand-mère pénétrèrent dans le hall de la salle d'attente, soudain la fillette devint pâle et s'évanouit...

La vieille dame affolée, courait dans tous les sens, Lefennec arriva rapidement, essaya de ranimer la petite, lui fit une piqure, puis l'allongea sur le lit des consultations...

La respiration de la fillette redevint normale, elle ouvrit lentement les paupières, elle vit à son chevet, Lefennec, lui préparer aiguille et fil, afin de refermer la plaie...

La respiration d'Angèle s'accéléra, elle avait peur... Madame Renoir comprenait qu'elle avait peur du mal, elle lui prit la main, l'étreignait, l'embrassait, rassurait la fillette qui était glacée, pétrifiée... elle ne cria pas une seule fois quand l'aiguille pénétrait dans sa chair, elle sursautait, fermait les paupières sur des yeux vides... morts...

Madame Renoir voulut parler au docteur Lefennec, mais quand elle plongea son regard dans le sien, elle y découvrit toute la haine du monde, elle sentit soudain son cœur battre anormalement...

« Qui était cet homme ? »

C'est d'un ton enjoué qu'il la remit sur pied...

— Et voilà mon petit, c'est terminé, vous lui enlevez le pansement demain vous lui nettoyez la plaie recousue, vous la laissez à l'air la journée, je lui fais une piqûre antitétanique, et elle est à vous.

Madame Renoir crut rêver, elle rechercha dans sa mémoire, très loin dans ses pensées, cette lueur de haine qui l'avait percé en un éclair... Maintenant, elle avait un homme affable, beau, élégant devant elle, elle ne comprenait plus, elle se demandait si elle n'avait pas eu des visions ; elle paya ses honoraires, puis sortit en compagnie de la fillette qui était raide, crispée...

Conduites, dans le hall par le praticien, la fillette se teint soudain la tête, et se mit à hurler :

— Mémémmémémé !

— Madame Renoir ne comprenait plus très bien ce qu'il se passait, et pourtant, elle sentit la fillette en danger, elle l'empoigna d'un geste sec, partirent en courant au grand galop de chez le médecin... Angèle pleurait, geignait et entraînait sa grand-mère qui n'avait plus la jeunesse des membres...

Sans s'occuper du danger de la route, elles s'enfuirent de cet endroit... Effrayées, elles entrèrent dans leur petite maison, Angèle se tapit dans le coin du salon, derrière le fauteuil crapeau en se cachant la tête dans ses bras repliés...

Madame Renoir, tremblante, referma à clé, portes et volets, décrocha le téléphone... et d'une voix chevrotante...

— Allo ! allo ! le commisariat, passez moi Monsieur Durand s'il vous plaît, oui ! il n'est pas là ? dites lui de venir le plus vite possible chez Angèle, il comprendra, merci ! Bonsoir monsieur !

Elle raccrocha vivement l'appareil, prit un mouchoir dans l'armoire, l'aspergea d'eau de cologne, et le passa sur le visage et la nuque de la fillette qui était d'une pâleur sinistre.

Madame Renoir comprenait trop bien ce qui c'était passé réellement, mais à certaines réflexions... tout était si flou dans ses pensées...

— N'ai plus peur mon petit, tu ne crains plus rien, nous allons partir d'ici, oncle Georges va arriver, Jeanne va nous accueillir quelques jours à l'autre bout de la ville, nous serons tranquilles, là ! calme-toi ! Angèle ne tremblait plus, ne pleurait plus, mais elle était glacée, raidie par cette peur qui ne la quittait pas.

Ses yeux étaient éteints, les ailes de son nez, pincées, la bouche bleuie rétractée, elle n'était plus aussi jolie, elle était pitoyable, tapit là dans son coin.

Elle fixait obstinément la porte d'entrée, comme si elle attendait quelqu'un d'autre qui l'aurait soulagée de toutes ses misères...

Les secondes et les minutes étaient interminables, la vieille dame assise sur une chaise près de la fillette, avait posé sa main sur sa tête, comme pour la rassurer de sa présence...

Madame Renoir guettait l'horloge, elle avait la sensation que le tic tac avait cessé entre ces quatre murs, elle sentait en elle, que le temps s'était arrêté là, un pressentiment terrible l'étreignait...

« Que faisait donc le commissaire Durand ? »

Cette petite, il allait lui arriver quelque chose si les secours n'arrivaient pas plus vite.

« Mais que faisait-il donc ? »

Quand, elle entendit des pneus crisser devant chez elle, Angèle se serra davantage contre les jambes de sa grand-mère...

— N'ai pas peur, si c'est oncle Georges, il a la clé, il entrera tout seul nous n'ouvrirons pas la porte, la grille est fermée, tu ne crains rien.

« Fausse alerte ! »

Madame Renoir, inquiète, tend l'oreille au moindre bruit de l'extérieur, elle ne se sent pas vaillante non plus...

« Mais que fait-il donc ? »

Un autre crissement de pneus, des portes qui claquent, ah ! soulagement pourvu que cela soit lui !

La grille grince et claque un grand coup sec, des pas qui courent sur le gravillon, puis... qui frottent les marches de l'escalier en béton. Une clé qui ouvre la porte d'entrée... la vieille dame souffle longuement la fillette ouvre de grands yeux terrorisée... puis, étonnée de voir une silhouette chérie dans l'encadrement de la porte...

— Mon bouchon, mon petit, le commissaire enlace la fillette, la mit sur ses genoux, l'embrassait, l'étreignait contre lui... Que s'est-il passé, qu'est-ce que c'est ce pansement ?

— Je suis si soulagée Georges, que vous soyez là, nous avons eu si peur, mais si peur, il faut nous emmener chez Jeanne loin d'ici, on ne peut pas rester ici, nous sommes en danger, je prépare du linge et vous nous accompagnez, ne dites pas non, nous avons trop peur de rester dans ce quartier, nous sommes en danger, je vous dis !

— Bon, préparez-vous, vous m'expliquerez plus tard, fermez bien votre maison, je m'occupe de la petite !

Aggripée au commissaire, Angèle se cachait la tête dans le col de sa veste, elle tremblait, il l'assit près de lui dans le véhicule, pendant ce temps la vieille dame s'empressait de fermer méticuleusement portes et persiennes, puis la grille de la cour.

Elle jeta un coup d'œil sur la maison d'en face, tous les volets étaient fermés, aucune lumière ne reflétait, le commissaire comprit son regard.

Le quartier Jacques Cœur était devenu sinistre, la vieille dame s'engouffra dans le véhicule, celui-ci démarra et quitta les lieux. La fillette se détendait, respirait mieux, mais elle était en sueur, ses yeux reprenaient leur couleur azur.

Personne ne disait mot, le véhicule roulait à vive allure, en destination de la Chancellerie, le quartier de Jeanne, à l'opposé de la rue Jacques Cœur.

Les deux grands-mères douchaient et préparaient la petite pour la nuit, elles ne savaient quoi entreprendre pour que la petite retrouve le sourire, la fillette épuisée, s'endormit...

Jeanne et Lucie retrouvèrent le commissaire Durand qui fumait une cigarette sur le pas de la porte et, réfléchissait...

— Entrez Georges, la petite s'est endormie.

— Je termine ma cigarette et je viens.

Il entra dans la pièce, il semblait énervé, inquiet, il posait toutes sortes de questions à la vieille dame qui essayait de l'aider du mieux qu'elle pouvait.

— Que vous a dit cet homme, quand il a vu la petite ?

— Rien, je ne lui ai pas vraiment prêté attention à la maison, mais quand nous sommes ressorties, je me suis rendue compte, qu'il y avait quelque chose d'anormal dans le hall d'entrée, surtout, quand il a fait une piqûre à la petite, après avoir recousu sa plaie, le regard de la fillette était éteint son teint était cireux, nos regards se sont croisés, et j'avoue qu'à ce moment-là, j'étais glacée, j'ai cru à une illusion d'optique, ses yeux étaient d'un noir profond, métallique, j'y ai vu la haine la plus terrible en un éclair je ne sais pas si elle m'était destinée, ou, si elle était pour la petite, si j'avais su, si j'avais pu penser qu'Angèle aurait eu cette crise chez cet homme, je ne l'y aurai jamais emmené, que je m'en veux ! c'est bien toi, ma bonne Jeanne qui avait raison, tu avais peur de cette femme et de cette maison, moi aussi, mais pas à ce point, qu'allons-nous faire pour la petite, elle a besoin de soins !

— Laissons-la dormir nous verrons demain !

— Qu'allez-vous faire Georges ?

— Je ne veux pas prendre de décisions hâtives, car si nous nous trompions sur ces gens, psychologiquement pour eux, cela peut être catastrophique, ils nous paraissent bizarres, c'est un fait, mais les journaux, le scandale, il perdrait sa clientèle, et cela le suivrait toute sa vie, il faut être prudent, je vais faire le nécessaire, mais il faut qu'Angèle m'aide, sinon, je ne pourrai jamais rien sans preuves !

— Comment faire pour la sortir demain après-midi, nous avions rendez-vous chez le dentiste, pour lui faire enlever son appareil dentaire, je n'ose plus m'hasarder dans la rue j'ai peur de tomber sur ces gens, si la petite les intéresse, ils vont la rechercher, c'est sûr !

— C'est bien possible, mais ce n'est peut-être qu'une coïncidence, je viendrai demain à quinze heures, je vous accompagnerai, Jeanne fera les courses, ne vous éloignez pas de ce quartier, fermez bien vos portes, n'ouvrez à personne, sous aucun prétexte, avez-vous un double de clé Jeanne ?

— Oui, je vous la donne !

— Quelque soit le bruit, si je n'ouvre pas moi même la porte, ne bougez pas, même si l'on vous parle en mon nom, ne répondez pas, continuez de vivre comme si de rien n'était ! Je ferai faire quelques rondes de police dans le quartier, je passerai deux fois par jour, et je téléponerai si je dois m'absenter, c'est entendu ?

— Oui, oui, commissaire !

— Bon je pars, je m'occupe de ce monsieur, allez, bonsoir, tâchez de vous reposer, à demain, ne bougez pas, je referme moi-même !

Les deux vieilles dames se préparèrent une tisane, puis s'apprêtèrent à aller se coucher...

Pendant ce temps...

Le commissaire Durand frappait à la porte du domicile du grand patron ; la porte s'ouvrit franchement, la maîtresse de maison l'accueillit chaleureusement.

— Georges ! et bien, le ciel va nous tomber sur la tête.

— Ne vous moquez pas de moi, est-ce que votre mari est ici ?

— Je me doutais bien que ce n'était pas pour moi, cette visite ! entrez ! il vient justement d'arriver, dînez avec nous, cela nous fera plaisir, vraiment ! à moins que vous ne soyez retenu ?

— Non, pas particulièrement, mais je ne veux pas vous déranger !

— Vous ne venez pour ainsi dire jamais chez nous, oui, vous nous dérangez si vous n'acceptez pas l'invitation !

— D'accord !

— Donnez-moi votre imperméable, et allez dans la salle à manger, il y est sûrement, je retourne à mes fourneaux.

Le commissaire Durand fut reçu chaleureusement par

Levasseur, il avait chaussé de vieilles pantoufles, ce qui fit sourire Georges, il y avait bien longtemps qu'il n'était venu dans cette maison, il s'y sentait bien, cela sentait bon le caramel.

— Alors Georges, comment allez-vous ? je suppose que vous ne venez pas gouter la tarte Tatin de mon épouse ?

— Et si, en quelques sortes, je n'ai pu refuser l'invitation.

— Vous venez si peu, les visites de gens comme vous se font si rares, dès que ma femme veut me faire plaisir, elle agrippe le visiteur de son choix, et, le garde pour la soirée, ce soir mon ami, c'est vous !

— J'ai de la chance alors ! je ne suis pas venu vous rendre une visite de politesse, vous vous en doutez bien, vous n'étiez plus dans votre bureau, je me suis permis de venir jusqu'ici !

— Vous avez bien fait, un ricard ? une suze ?

J'ai ouïe dire et j'ai fermé les yeux sur cette affaire, que vous aviez toujours votre petite protégée et sa grand-mère sous votre aile je pense qu'il y a un lien avec votre visite, je crois à mon avis que vous avez pris trop à cœur cette histoire...

— Oui, en effet, je ne peux décidément rien vous cacher, je venais surtout vous informer de la gravité des événements, ils sont frais de quelques jours et de quelques heures seulement !

— Personne n'est au courant ?

— Non, nous deux, la grand-mère, Angèle et Jeanne, en qui j'ai une entière confiance, et je tiens à ce que cela reste sous silence, elles sont en danger, je ne sais pas, mais il faut tout envisager.

— A ce point mon ami, racontez moi, nous dînerons quand mon épouse sera prête, vous pouvez avoir confiance en elle, c'est une tombe !

Le commissaire Durand raconta avec minutie, les événements qui gâchaient la vie de la fillette et de son entourage.

Levasseur alluma sa pipe, le front plissé, s'enfonça dans son fauteuil du salon, et réfléchit...

— Vous fumez ? tout en lui tendant une boîte de cigares bien tentante.

— Non, merci, je dois éviter, j'ai promis à Angèle.

— Que lui avez-vous promis d'autre ? vous vous êtes mis la corde au cou, il me semble.

— En quelques sortes, mais elle est si douce, Angèle est si attachante, elle a un regard limpide, si bleu et si triste, que je promets de lui rendre le sourire, que ses petites fossettes se creusent, quand le rire éclate, si vous saviez !

— Eh bien, eh bien, vous l'aimez vraiment beaucoup cette petite ?

— Si vous la connaissiez, elle a besoin de cela pour son équilibre, et je ne suis pas le seul à l'aimer, Lucie et Jeanne, rien n'est trop beau pour elle.

— Adoptez-la, ou faites-vous le tuteur de cette petite, vous avez une bonne situation, de bonnes relations, et puis vous êtes très apprécié, jusqu'à Paris, j'ai des confrères qui me font des éloges sur votre efficacité, ils aimeraient bien vous avoir d'ailleurs dans leur service mais comme vous êtes têtu, et que je ne veux pas perdre un ami, n'en parlons plus.

— J'ai pensé à l'éducation de la petite, mais elle a besoin d'un encadrement féminin, et les deux grands-mères font bien l'affaire je pourrai devenir le tuteur d'Angèle, et, être aidé par Mme Renoir, je ne conçois pas la lui enlever, cela leur ferait trop de mal, nous formons tous les quatre un clan, il m'ennuirait beaucoup qu'il soit brisé, il faut que j'attende le dénouement de cette affaire, la justice est longue et fastidieuse.

— Mais mon ami, il ne faut pas attendre, la justice risque seulement de la placer dans une institution quelconque, jusqu'à sa majorité ; vous avez la chance que cette petite soit avec vous, demandez en la tutelle, je vous appuierai, moi-même je ferai des démarches, j'irai jusqu'au Ministère s'il le faut, de votre côté, prouvez l'attachement que vous portez à cette petite fille, faites lui une bonne éducation, cela s'arrangera, soyez patient, toutes ces histoires d'enfants abandonnés sont très longues judiciairement et quelquefois, bien décourageantes, il ne se passera pas une semaine, sans que vous n'ayez une visite administrative ou un courrier éprouvant, tenez bon, maintenant nous allons passer à table, car mon épouse me fait de gros yeux dans le fond du couloir, notre conversation peut se continuer devant un bon petit plat allons, ne vous en faites pas, cela va s'arranger !

Le repas fut animé, ils parlèrent à bâtons rompus, de tout, du temps, où ils allaient à l'école, qu'ils tiraient les nattes de Mme Levasseur, le temps des culottes courtes, et des bérets noirs.

Ils rièrent de leur premier bal, de leurs premières amours, de leur première voiture, et de leur promotion.

Levasseur le taquinait sur le charme qu'il possédait quand il avait vingt ans.

— C'était un bourreau des cœurs, c'est tout de même comique, que vous ne vous êtes jamais marié !

— Eh non, je n'ai pas trouvé chaussure à mon pied, je suis peut-être difficile, je recherche l'absolue, un amour un peu comme une folie, enfin, se serait trop long à vous expliquer.

— Ce serait intéressant de découvrir ce que vous nous avez caché depuis vingt ans, dévoilez vos pensées, vos envies, vous êtes un frustré en quelque sorte, dit en riant l'épouse de Levasseur.

— Plus maintenant, il y a Angèle maintenant, elle comblera mes jours, mes nuits, elle me récompensera par son sourire par ses succès d'écolière, enfin, plein de bonnes choses, que je ne saurai énumérer ici, il y a tellement d'espoir en elle !

— Comme vous en parlez ! j'aimerai bien la connaître, nous n'avons pas d'enfant, mais Julien et moi, serions très heureux de la recevoir parmi nous, je vous envie, la façon de nous la décrire en si peu de temps, nous donne l'envie de la connaître !

— Il y a juste un petit ennui !

— Dites vite mon ami, lequel ? je vous sens si ému !

— Si ce toubib se révélait être son père, et que, pour une raison ou pour une autre, il veuille la reprendre ?

— Il n'y a pas eu de plaintes à ce sujet, il n'a pas fait cas de sa disparition, il retomberait donc dans le système judiciaire, qu'il le veuille ou non !

— Mais c'est affreux, s'exclama Mme Levasseur.

— Et oui, ma chérie, c'est ainsi, quelquefois ils ont des circonstances atténuantes, et un enfant ne peut être enlevé de son milieu maternel, sans quelques réserves bien entendu, ce n'est pas aussi simple, mais d'après ce que m'en a expliqué Georges, elles seraient plutôt toutes les deux en danger, je pense à mon avis, inculper Lefennec, une garde à vue de quarante-huit heures, et l'interroger, rajouter par la-dessus, une petite perquisition, vous passez demain matin au bureau, vous aurez ce qu'il vous faut, mandats en bonne et dû forme, vous irez au domicile de ce monsieur, qui m'intrigue je l'avoue, et sa femme ?

— Elle est en cure de repos dans une clinique de la région, nous n'avons pu l'interroger, consignes formelles du mari et du chef d'établissement.

— Vous aurez aussi un mandat pour cette dame qui passera quarante-huit heures dans vos locaux, elle y soignera sa névrose !

— Et s'il se trouvait que ces gens ne soient en rien dans cette histoire.

— Nous avons eu bien des cas similaires, où des couples étaient en garde à vue, la justice n'avancerait pas sans cela !

— Ils restent toujours des séquelles, je n'apprécie pas ce genre de travail.

— Je sais mon ami, mais ces gens sont bizarres, avouez-le, même si notre affaire ne les concerne pas, il serait intéressant de découvrir autre chose, la folie de l'homme est grande, et je vous avoue que cette petite bourgeoisie de salon m'irrite, alors quelquefois j'ai du sadisme dans la tête pour ces gens-là !

— Oui, d'accord, mais il serait ennuyeux pour moi-même, que nous nous trompions, Angèle n'a pas dit un mot, est-ce l'émotion, sa blessure ou cette maison, je ne dois pas tomber dans les affabulations de deux femmes âgées, et pourtant le doute subsiste en moi, j'ai confiance en elles, Madame Renoir à les pieds sur terre et la tête sur les épaules ; je me fie à son jugement, elle ne parle pas à tort, elle mûrit souvent ses appréciations, elle n'a jamais montré à la petite ses inquiétudes et pourtant...

— Je vois mon pauvre ami que vous êtes accaparé par ce monde de femmes !

— Vous voulez un café Georges ?

— Non, merci, je suis très énervé ces temps-ci, beaucoup de travail.

— Et toutes ces femmes vous voyez qu'une famille vous prend une partie de votre vie, je vois que mes parties de pêches sont bien compromises !

— Pas du tout, quand ce sera plus calme, je vous fais signe, et puis, j'aimerai emmener Angèle au bord de la mer, je désirerai déposer quelques congés.

— Depuis combien de temps nous travaillons ensemble ?

— Je suis entré dans la police, j'avais vingt-deux ans, cela fait bientôt dix-huit ans !

— Et combien de repos depuis, à long terme je m'entends ?

— Jamais, je suis célibataire, cela n'avait pas beaucoup d'importance.

— C'est pourquoi vous n'êtes pas marié, vous avez trop pris à cœur vos études dans notre milieu, enfin, ce sera accordé, vous ne serez pas venu pour rien, ce soir.

— Merci beaucoup !

La petite assemblée se mit à rire, complices de confidences bien complaisantes...

— Angèle n'a jamais vu la mer ? Qu'a t-elle vu, à part le zoo ?

— Rien d'autre que Bourges, elle est née le jour où je l'ai emmené à Paris, à huit ans,si vous aviez vu son émotion, sa joie, et puis, sa tristesse, quand elle m'a vu avec une cigarette dans les doigts, j'étais bouleversé, je m'en suis voulu, d'avoir été si peu observateur.

— Comme je vous comprends, fit Mme Levasseur.

Le commissaire Durand se leva prit son imperméable, puis, prit congé de ses amis.

— Je dois vous quitter, il se fait tard, je vous remercie beaucoup pour ce dîner, bonsoir, à demain matin ?

— A bientôt alors, lui réplique Mme Levasseur.

— A bientôt !

Quelques minutes plus tard, il se détourna de son chemin, passa au ralentit, rue Jacques Cœur, il gara sa voiture dans le centre ville, et revint à pied près de la maison de Mme Renoir...

Le rez-de-chaussée du n° 84 était allumé, une ombre humaine allait et venait, c'était Lefennec sa carrure d'homme athlétique était distincte.

« Mais que faisait-il donc... »

Il entrait et sortait, sa Renault 30 était garée bien devant l'entrée de la maison, il paraissait transporter des paquets, le commissaire ne distinguait pas trop, l'ombre de la rue était plus épaisse dans ce coin mais apparemment, il était très occupé, l'horloge de l'église sonnait minuit, à cette heure-ci, ce genre d'occupation, semblait surprenante...

Lefennec fit trois aller et retour...

« Où allait-il donc ? »

Il rentra enfin son véhicule dans le garage situé contre sa maison, puis pénétra dans l'appartement, les lumières du rez-de-chaussée s'éteignirent, le premier étage s'alluma, l'ombre s'affairait cette fois-ci encore, l'horloge sonna deux heures du matin ses allées et venues dans l'appartement paraissaient pressées...

Intrigué, le commissaire Durand remonta le col de son pardessus, s'approcha de la maison, au bout d'un moment, il eut l'impression que cela sentait le brûlé, des odeurs lui arrivaient au nez, des odeurs nauséabondes de fumées industrielles, il regarda en l'air, mais la nuit était si noire, qu'il ne vit rien de ce côté là ; les lumières s'éteignirent enfin... le calme paraissait être revenu dans cette maison... Transi, le commissaire Durand sortit de sa cachette silencieusement, puis longea le trottoir de la rue Jacques Cœur, l'odeur de brûlé se dissipait...

« Que s'était-il passé chez Lefennec ? »

A huit heures, le commissaire était de pied ferme, dans le bureau de son patron, il en attendait le mandat de perquisition, et le mandat d'emmener pour les époux Lefennec, c'est avec un grand plaisir que Levasseur lui remit les pièces.

— Bonne pêche !

— Merci !

Il secoua les précieux papiers au-dessus de sa tête, et dans l'encadrement de la porte, interpella son équipe de travail.

— Allez les gars, à nous de jouer ! nous allons au 84 de la rue Jacques Cœur, j'inculpe pour quarante-huit heures Lefennec, je m'occupe de lui, pendant ce temps, vous me fouillez la maison de fond en comble, tout y passe, trouvez-moi une trace du séjour de la petite, photos, placards, literies, Blanchet tu prends l'équipe n° 2 et tu t'en charges, nous nous reverrons ici, je veux une piste, il est inutile de revenir bredouille. Allons-y !

Deux voitures de police, remplies d'hommes en civile, arrivèrent devant le domicile de Lefennec...

Les curieux s'approchaient, un policier fit repartir les gens, les bousculaient verbalement...

Le commissaire Durand sonna...

Lefennec, mit un moment avant de répondre, le commissaire insistait... Enfin la porte s'ouvrit, Lefennec était pâle, mais toujours très élégant... Le commissaire pensait que sa mine défaite était en relation avec sa nuit, qui avait été très agitée d'ailleurs lui-même, ne se sentait pas dans sa meilleure forme ce matin...

Il lui tendit sa carte professionnelle, ainsi que toutes les pièces administratives le concernant.

— Monsieur Lefennec, j'aimerai vous poser quelques questions, pendant que mes hommes font leur travail ! vous permettez ?

Il n'attendit pas la réponse, il fit un signe à ses hommes, qui entrèrent, et forcèrent même un peu la porte qui n'était qu'entrouverte, Lefennec était sans voix, mais son regard était glacial...

Le commissaire détourna son regard, et proposa d'entrer dans le bureau de celui-ci.

Lefennec acquiesça bien malgré lui, assis l'un en face de l'autre, les deux hommes se jaugeaient...

« Lequel des deux allait être le plus rusé ? »

Lefennec alluma une cigarette, ses doigts tremblaient légèrement, mais son visage était comme de marbre.

« Enigmatique, mais bel homme » pensait le commissaire.

— Je puis connaître commissaire, le motif de l'intrusion de vos hommes dans mon appartement ?

— Bien entendu, M. Lefennec, comme vous l'avez constaté sur ce mandat, que vous avez devant vous, il concerne l'affaire Renoir et de la petite fille prénommée Angèle, retrouvée voici six mois, chez cette brave dame, nous avions eu je crois, l'occasion de nous adresser la parole, au cours de l'enquête, dans votre quartier.

— En effet, c'est une vieille histoire.

— Comme vous y allez, bien sûr, les médias, l'eau a coulé sous les ponts, depuis six mois, d'autres affaires scandaleuses ont suivi, et l'on en a oublié celle-ci, c'est de bonne guerre, mais nous à la P.J. il n'en est pas de même, l'instruction suit son cours, et quelques événements sont venus chargés le dossier, qui était, je dois vous avouer mis de côté, en attente du jugement, vous connaissez l'affaire, peut-être ?

— Comme ça ! et alors, qu'est-ce que ma personne et ma maison ont à voir avec cette sordide affaire.

— Monsieur Lefennec j'ai tout lieu de penser que cette petite fille n'est pas étrangère à cette maison.

— Tiens donc !

— Je crois que vous avez eu sa visite hier ?

— Absolument pas, je ne reçois que des femmes dans mon cabinet, je suis gynécologue, Monsieur, et non pas généraliste !

— Calmez-vous, cependant, une vieille dame et sa

petite fille se sont présentées chez vous, hier au soir, la fillette était profondément blessée, vous lui avez fait quelques points de suture, vous avez rempli des feuilles de soins, au nom de Mme Renoir, voyez, il y a dessus, votre raison sociale.

— Effectivement, je ne m'en rappelais plus de cette visite, impromptue, mais j'ignorai son identité, ainsi que celle de la petite.

— Vous avez pourtant rempli une feuille de soins au nom de la petite, vous avez écrit d'ailleurs, Angèle Renoir !

— J'ai écrit le nom et le prénom que cette dame a bien voulu me délivrer, de là, à faire le rapprochement !

— Vous n'avez jamais rencontré ou vu cette dame dans votre quartier ?

— Aucun souvenir de cette personne !

— Que s'est-il passé ?

— Je n'en sais strictement rien, je suis entré dans le hall, la fillette était évanouie, une dame d'un certain âge, essayait, affolée de ranimer la petite, maladroitement je dois dire !

— Qu'avez-vous fait à ce moment-là ?

— J'ai mis la fillette sur le lit des consultations, son pouls battait très vite, elle avait un rythme cardiaque inquiétant, je lui ai donc administré une piqûre, inoffensive, afin de la remettre sur pied, puis, je l'ai soigné, elle a été très courageuse.

— Vous a-t-elle regardé pendant l'opération ?

— Je n'ai pas prêté attention !

— Et ensuite ?

— Et bien elles sont sorties de mon cabinet, la fillette s'est mise à hurler, elles se sont enfuies de chez moi en courant, je n'ai rien compris à leur attitude !

— Qu'avez-vous fait ensuite ?

— Rien, j'ai repris mes occupations, vous savez des clientes farfelues j'en ai reçu beaucoup d'autres !

— Farfelues, farfelues, en haussant les sourcils, avez-vous déjà vu cette petite ?

— Absolument pas !

— Comment va Madame Lefennec ?

— Très bien, elle sort de clinique demain après-midi, pourquoi ?

— Que faisait votre femme, la nuit, stationnée derrière sa fenêtre, mes hommes l'ont aperçue à plusieurs reprises, mobilisée très longtemps, aussi bien le jour que la nuit ?

— Vous espionnez chez moi, maintenant ?

— Pas du tout, le hasard veut que notre enquête se poursuivent dans ce quartier, et que, bien souvent, nous y avons vu votre femme, pendant le jour, cela n'a pas paru curieux à mes hommes, mais la nuit, pendant plusieurs heures, là oui, serait-il mal venu de vous demander une explication ?

— Volontiers, mais je trouve cette violation de domicile et de ma vie privée, abject, mon épouse ne supporterait pas cela ! je suis donc un prétendu coupable à vos yeux ? et bien arrêtez-moi, je téléphone à mon avocat, Maître Mallet, et, je vous suis !

— Comme vous voudrez, mais vous n'êtes pas arrêté, si vous le prenez ainsi, une garde à vue de quarante-huit heures permettra de nous éclaircir sur cette affaire, si vous êtes sûr de vous, vous n'avez donc rien à craindre !

— Mon épouse sort demain après-midi, laissez-moi aller la chercher à la clinique, elle est nerveusement très ébranlée.

— Nous nous en occuperons, j'irai moi-même la chercher !

— C'est ignoble, comment osez-vous vous approprier des droits sur les gens, occupez-vous plutôt des vrais malfaiteurs qui courent les rues, et que la police ne daigne même pas attraper !

— Je vous en prie, la police fait son métier, ne la mettez pas en doute, si nous partions ?

— Mais... je dois fermer ma maison, vos imbéciles de flics sont à l'intérieur, à tout me saccager, tant d'années de travail, pour en arriver là, je porterai plainte croyez-moi !

— D'accord, quand vous voulez !

Sur le bord du trottoir, il fit une pression de la main, dans le dos de Lefennec, qui ne désirait pas monter dans le véhicule de police, il paraissait soudain très angoissé, il n'avait plus sa belle assurance, il n'avait plus si belle allure...

Ils s'asseyèrent dans le bureau du commissaire Durand, Lefennec était tendu comme un ressort, son regard froid était désagréable à soutenir, son apparence humaine, chaleureuse, il n'y avait plus rien, tout avait disparu...

Le commissaire Durand s'alluma une cigarette, et, à travers la fumée dévisageait cet inconnu...

« Lucie avait raison, si sa profession ne l'avait pas couvert, il ne serait guère à l'abri en ce moment... »

Il fermait à demi ses yeux, dégustait sa cigarette, continuait de l'examiner, il aimait beaucoup ce genre d'exercice, surtout devant ce genre de personne, trop beau, trop riche, trop intelligent, trop adulé, le commissaire s'amusait comme cela, en silence, au cours de l'interrogatoire, c'était sa spécialité, il avait le don d'exaspérer son adversaire, il pouvait poser des questions à bâtons rompus, puis soudain, il s'arrêtait, et, se faisait plaisir.

Toute l'équipe de travail arriva, Blanchet déposa les clés de la maison sur le bureau, puis fit signe au commissaire de le suivre. Les autres hommes se préparaient pour l'interrogatoire, machines à écrire, lampes d'éclairage furent installées dans le bureau principal, Lefennec regardait le va-et-vient de tous ces hommes qui s'apprêtaient pour lui, petit à petit, il reprenait de l'assurance...

Blanchet se servit une bière dans le distributeur automatique de la maison...

— Alors, s'impatienta le commissaire Durand.

— Rien, mais rien du tout, aucune trace d'enfant, une maison impeccable, aucun indice, pas de placard dans la maison, enfin, pas du genre que l'on recherche...

— Comment sont ceux qu'il y a dans cette maison ?

— Des grandes penderies dans la chambre de Lefennec, il tiendrait dedans une tripotée d'enfants.

— Je ne comprends pas, je sens, j'en suis sûr, c'est là-bas dans cette maison, si seulement la petite pouvait m'aider, elle n'a confiance en personne, elle craint tout le monde, j'ai fait une boulette à Paris, j'ai fumé, elle a pris peur, et plus rien depuis... elle m'embrasse, me câline, mais rien de plus... Comment la remettre en face de ces gens sans la traumatiser, elle a eu un choc, cela en fait un de trop, attends... je téléphone à la grand-mère, je n'ai pas de nouvelles depuis...

Il empoigne le téléphone, compose le numéro d'appel, et s'exclame...

— Bonjour Jeanne, comment allez-vous ? Tant mieux... oui ; passez-la moi. Bonjour Lucie, comment allez-vous, la nuit s'est-elle bien passée... bien, j'en suis heureux... je passerai ce soir vers vingt heures rente cela ne vous dérange pas trop ? bon d'accord, embrassez-la, pour moi, à ce soir ! il raccroche l'appareil et sourit...

— Ça a l'air d'aller patron ?

— Oui, Angèle a passé une bonne nuit, et elle a englouti son petit déjeuner, mais, elle n'a pas dit un seul mot, cela m'inquiète un peu, comment la faire parler ?

— Vous n'êtes pas assez avec elle, vous ne passez qu'une heure par-ci, une heure par-là, à mon avis cette petite a besoin de plus que ça !

— Tu as peut-être raison, je vais y réfléchir, allons voir notre cher toubib, tu me fais monter deux sandwichs et une bonne bière, demande aux gars ce qu'ils veulent, à quinze heures, il faut que je sois à la sortie de la clinique, toi, par contre, il faut que tu conduises mes deux protégées chez le dentiste, seize heures dix, si tu vois Angèle apparemment énervée, tu fais changer le rendez-vous, et tu appelles le médecin de Madame Renoir.

— Elle ne se vexera pas ?

— Ce n'est pas son genre, elle comprendra que je suis derrière, allez à tout de suite !

Il entra dans son bureau, et s'aperçut que Lefennec avait reprit sa belle assurance, perspicace, il avait certainement compris que les recherches étaient restées vaines, il allait donc falloir changer de tactique. Les hommes du commissaire Durand se reculèrent et lui laissèrent la place...

— Monsieur Lefennec, que faisiez-vous la nuit du 4 mars avec votre femme, derrière vos fenêtres, à plusieurs reprises, mes hommes vous y ont vu stationner un certain temps, l'un après l'autre, ensuite ensemble, la rue Jacques Cœur la nuit, de 23 heures à 5 heures du matin est vide, comme beeaucoup de rues de notre ville, expliquez-moi ?

— Il n'est pas interdit d'être derrière sa fenêtre je suppose ?

— Non, bien sûr, mais cela me paraît curieux, qu'un homme comme vous, instruit, intelligent, ne s'occupant pas du voisinage, passe ses nuits à regarder la rue !

Lefennec à l'énoncé se rengorgeait comme un paon, il devenait arrogant et antipatique.

— Mon épouse a des insomnies, je l'aide, je la soutiens moralement !

— Derrière la fenêtre ?

— Pourquoi pas !

— Expliquez-moi, ces interventions régulières, équipées de jumelles dirigées sur la maison d'en face, moi-même, je l'ai vu.

— Vraiment commissaire, vous racontez n'importe quoi, ma femme a une passion pour ce genre d'appareil, elle en possède d'ailleurs toute une collection, ces messieurs peuvent témoigner, mais de là à épier les gens, non !

« Un des hommes fit signe que oui, au commissaire... »

— Et cette passion se passe même la nuit ?

— Les femmes sont comme cela, bizarres, imprévues !

— Tiens donc ! mais moi, j'ai vu ces jumelles braquées sur la maison de Madame Renoir, elle s'intéresse donc à la vie des gens du quartier ?

— Ces appareils sont fait dans l'intention de voir des choses, des gens, dans des détails très précis, peut-être que la maison d'en face a tenté mon épouse, n'y voyez là aucune malice, d'ailleurs, elle ne m'en a jamais parlé, et, comme elle ne me cache rien, je n'ai vraiment aucun souvenir de ce détail...

— Le libraire de la place nous a affirmé que, depuis quelques mois vous achetez beaucoup de journaux et revues, et que, depuis quelques semaines, plus rien !

— Et alors ?

— D'après le compte rendu de mes hommes, que j'ai sous les yeux, on ne trouve aucune trace de ces journaux chez vous, quelques revues de mode c'est tout, qu'avez-vous fait de ces journaux ?

— Ils sont mis régulièrement dans des sacs poubelles, je ne vais pas en faire la collection, je reçois beaucoup de revues de mode pour mon cabinet, ma secrétaire les trie régulièrement, nous les jetons.

— Bien sûr, mais justement, votre secrétaire n'a jamais vu trace de ces journaux, et me soutient que vous n'aimez pas ce genre d'imprimerie.

— Je trouve déplacé de mettre le quotidien dans une salle d'attente, il n'y a que crimes et folies des hommes de la terre entière, mes clientes feuillètent : Bonne soirée, Elle, etc...

— Je crois savoir que, sur ces livres là, il y a aussi des reportages politiques qui mêlent aussi une autre folie de l'homme, comme vous venez de l'exprimer.

— C'est vrai, mais il y a 60 % de photographies, mode, publicités, et c'est ce que les femmes recherchent, c'est pourquoi les journaux, je les achète en dehors de mon cabinet, je les lis dans mon appartement, c'est tout ?

Le commissaire ne répond pas... pense... continu de lire le résumé de la perquisition...

« C'est un rusé, et il a réponse à tout, très intelligent même... »

— Vous habitiez Paris il me semble, et vous êtes marié depuis huit ans environ ?

— Je ne vous apprends rien !

— Dans quel quartier de Paris ?

— Près de l'Etoile, avenue Foch !

— Vous exerciez votre métier, pourquoi en êtes-vous

parti ? vous étiez en plein essor, une clientèle féminine très importante, et aisée ?

— Mon épouse voyageait beaucoup, elle a eu une période de fatigue très gênante pour sa santé, elle a donc arrêté son travail, et nous sommes venus habiter Bourges, elle s'y plaît beaucoup, elle n'aimait pas vraiment Paris, le bruit l'irritait.

— Et vous ?

— J'ai fait un choix, pour elle et notre couple.

— Vous n'avez pas d'enfant ?

— Non, elle ne se sent pas prête à assumer une maternité, je n'envisage une paternité solide, quand elle se sentira responsable et coupable d'aimer une personne de plus.

— Responsable dites-vous ?

— C'est une enfant, elle m'aime, je l'adore mais c'est une petite fille que je dois constamment rassurer, aimer, ça ! ce n'est pas le plus difficile à faire, mais je dois être là, la guider, lui donner des conseils, elle accapare agréablement ma vie, alors un enfant... nous n'y avons pas pensé.

— Que faisiez-vous cette nuit, vous êtes parti à trois reprises de chez vous, dans un laps de temps de vingt minutes ?

— Je ne suis pas tenu de vous répondre, donc, vous m'épiez vraiment, je vous en ai assez dit sur ma façon de vivre.

— Comme vous voudrez, vous continuez et me l'interroger, je dois aller chercher Mme Lefennec à sa sortie de clinique.

— Vous n'en avez aucun droit, laissez là tranquille, elle n'a rien à vous dire que je n'ai déjà fait ! criait-il...

— Nous verrons, je fais mon travail, à tout à l'heure !

Le commissaire Durand accueillit Sylvie Lefennec à sa sortie, elle était d'une beauté éclatante, son regard bleu faisait penser au vacances elle n'avait aucunement perdu les bonnes manières et le maintien de son ancien métier...

Elle marchait comme un félin, ses gestes étaient souples, légers, ses cheveux tanguaient sur ses épaules, ils faisaient penser à un champ de blé d'or, mûr, caressé par le vent ; sa bouche était légèrement rougie mais son ourlet ressemblait à un pétale de rose, il était dur, sec, elle avait un teint transparent, elle était triste mais ravissante, elle était glaciale mais belle...

Le directeur de la clinique lui faisait des politesses pour son départ, elle s'en alla au devant de lui, lui tendit la main...

— Commissaire Durand, je suppose ?

— Comment savez-vous ?

— Les rumeurs vont vites, et, je vous ai déjà aperçu à mon domicile !

— Je vous demanderai de m'accompagner Madame Lefennec, j'aurai quelques questions à vous poser.

— Mais je dois rentrer à la maison, François est en consultation, il m'attend, et puis j'ai rendez-vous chez le coiffeur à 17 heures, je regrette, ce n'est pas possible !

Durand était très surpris de ce rendez-vous, elle était très bien coiffée effectivement, il ne comprenait rien à la gente féminine...

— Je me permets d'insister, votre mari est en garde à vue à l'hôtel de police, et j'aimerai vous poser quelques questions.

Il tendit son bras en direction de la porte ouverte de la voiture de police, elle monta dans le véhicule, devenue muette soudainement...

— Je me permets de vous raccompagnez chez vous, nous ferons une petite causette là-bas !

— Je suis inculpée moi aussi ?

— Non, seulement votre mari, 48 heures !

— Et pour quelle raison, je vous le demande, c'est ignoble, vous n'avez pas le droit de le soupçonner, sous prétexte qu'il faut un coupable, et de quoi est-il inculpé ?

— Présomptions seulement !

— Seulement, Maître Mallet sera mis au courant dès mon arrivée, je ne désire rien dire, je ne connais personne à Bourges, nous avons une vie calme et nous nous aimons, c'est tout !

Quand ils entrèrent dans le hall de l'appartement, elle

décrocha nerveusement le téléphone et convia Maître Mallet à venir chez elle... c'était un ordre... elle s'était exprimée en femme capricieuse... elle laissa là le commissaire, monta au premier étage, mais quand elle vit l'état de l'appartement, elle courut sur le commissaire, lui donna des coups de poings, l'insultait, hurlait des mots inintelligibles, pleurait, courait dans toutes les pièces comme une folle...

— Comment avez-vous osé donner l'ordre d'exécuter un travail pareil, c'est un viol, vous avez osé pénétrer dans une chambre, fouillé mon linge, c'est ignoble, elle sanglotait, accablée... Vous êtes des ordures, hurlait-elle !

Le commissaire était surpris, l'appartement était dérangé certes, mais ses hommes pour une fois, avait été très modestes dans leur démarche, ils avaient remis beaucoup de choses à leur place, le linge, bien sûr n'avait pas été rangé avec minutie, mais il l'était, le lit avait été retapé, les meubles remis en place, enfin presque, il n'y avait pas de quoi en faire une montagne...

— Je vous prie de vous calmer Madame, et de garder votre sang froid, et vos propos pour d'autres, à mon avis, la perquisition faite dans votre appartement a été très discrète, mes hommes n'étaient pas tenus de remettre les meubles et le linge à leur place, la justice n'en demande pas tant, nous avons fait notre travail et en toute légalité, croyez-le !

— Nous verrons cela avec Maître Mallet, la justice ! et que veut-elle ?

— Je pense que vous êtes au courant ; nous poursuivons l'affaire Renoir de votre quartier !

— Encore cette histoire, et pourquoi chez nous ?

— Parce que certains faits inoportuns me conduisent chez vous !

Enervée, elle faisait les cent pas, regardait sa montre, s'impatientait quand elle passait devant la glace de sa coiffeuse, elle n'oubliait pas de se regarder, de se mirer dans son double... Le commissaire la trouvait belle, fine, il pensait qu'elle s'aimait, la façon dont elle se regardait l'amusait, l'intriguait, il n'avait jamais vu un tel cas dans toute sa carrière, des femmes pourtant, il en avait vu, de toutes les espèces mais là, il avait un cas séduisant et mystérieux...

Elle avait complètement oublié sa présence, assise sur le pouf de la coiffeuse, elle se brossait les cheveux, on aurait dit un écheveau de soie, elle prit délicatement un tube, puis se dessina les lèvres, c'était tout un art, il eut l'impression qu'elle allait s'embrasser, lui-même était troublé, c'était comme une offrande à la glace, son seul témoin. Il se demandait s'il n'avait pas des visions...

Maître Mallet, pénétra dans la chambre des Lefennec, à la grande surprise du commissaire Durand...

« Quelle drôle de maison, pensait-il, l'avocat de la famille qui entre directement dans la chambre de ses clients... il m'a l'air de bien connaître les lieux... il baisait la main de Madame Lefennec, il y avait une certaine complicité entre deux... seraient-ils amants ? Cette question le laissa songeur... quel genre d'homme était son avocat ? beau, certes, mais beaucoup plus sympathique que Lefennec, il portait des lunettes d'écaille qui lui cachait son regard de myope, il plissait légèrement les yeux, décidément, il avait une tête de brave homme... il avait une voix douce, il s'exprimait calmement, évidemment, vu comme cela, il était le contraire de Lefennec, il n'avait pas cette beauté froide qui gênait le commissaire...

Madame Lefennec paraissait calme, son contact la reposait, elle s'appuyait sur lui, sur son efficacité... quand les mondanités furent faites Mallet s'avança amicalement vers le commissaire, lui donna une poignée de main franche... »

— Monsieur et Madame Lefennec sont mes clients, ils ont le recours de se faire défendre par un avocat de leur choix, je suis à votre disposition !

— Soit, je vous prie de venir demain matin à mon bureau, accompagné de Madame, c'est tout pour le moment, vous aurez les pièces permettant la perquisition et la garde à vue de M. Lefennec, je vous instruirai de l'affaire les concernant...

— Je proteste, mes clients n'ont affaire avec personne, et encore moins avec la justice !

— Vous avez le droit de penser ce que vous voulez ! bonsoir Madame, bonsoir Maître !

De retour auprès de Lefennec, ses collègues de travail s'acharnaient, posaient questions sur questions, mais Lefennec était fin, intelligent, il ne parlait plus, il les dédaignait, tous les hommes ressentaient ce dédain, il était pénible de travailler dans ces conditions... Il avait gagné... il le savait...

— Bon ! vous le gardez toute la nuit, vous ne le relâchez que demain matin vers 9 heures, faites le sortir par la petite porte, sa femme et son homme de loi seront là, il ne faut pas qu'ils le voient, je lui téléphonerai dès qu'il sera rentré chez lui, pour l'inquiéter, ne l'interrogez plus, ce n'est pas la peine, mettez le au poste de police en attente avec les prostituées et les ivrognes que vous nous amènerez cette nuit, il ne doit pas connaître la vie en commun, le mélange avec les torchons et les serviettes ! vous rentrez chez vous, à demain 8 heures précises, salut...

Le dîner est consommé dans l'allégresse, la fillette est redevenue joyeuse, par ce débordement d'amour... oncle Georges aimerait qu'elle se confie davantage, l'enquête est si hardue, et puis il a tellement de projets dans sa tête, que si les choses étaient régularisées, ils pourraient entreprendre son éducation et peut-être même... qui sait... si Lucie le veut bien... vivre avec elle...

Ils jouèrent au Rami tard dans la soirée, le commissaire Durand borda la fillette dans un lit douillet de campagne, elle était enfouie sous un gros édredon de plumes, elle le tapait à grands coups, cela provoquait d'énormes trous, que Georges s'évertuait de faire disparaître, la fillette riait aux éclats...

Il partit comme chaque soir de la maison, le cœur gros, il était dur de se séparer d'elle, il en voyait l'ampleur chaque jour, il n'était pas un père comme les autres, et cela le grisait...

Son seul bonheur, c'était de la revoir chaque jour...

Il contourna la ville, puis se dirigea curieusement vers la rue Jacques Cœur, il leva la tête, à la hauteur du 84, et vit que les lumières étaient allumées, « elle ne perdait pas ses habitudes... »

Il crut voir s'approcher la silhouette de la jeune femme derrière le rideau, qui recula vivement dans l'ombre de la pièce...

« Se méfiait-elle du passage de la rue ? pourquoi ne dormait-elle pas ? Elle était seule semble-t-il, elle sortait de clinique avec certainement de quoi lui faire passer une nuit sans insomnies... »

Le commissaire Durand laissa son véhicule dans l'ombre du bout de la rue, et revint à pied en longeant le quartier, rasant les murs, son cœur se mit soudain à battre anormalement, par accoups lui semblait-il, un filet de lumière lui apparaissait sous les fentes des persiennes en bois, de la petite maison de Madame Renoir, il s'enfonça davantage dans l'encoignure d'une porte cochère, et... attendit... Rien...

Il traversa rapidement la rue, ouvrit délicatement la grille qui grinça bien malgré lui... il traversa la cour à quatre pattes, ouvrit la porte d'entrée... non... elle était bien fermée, un rai de lumière suintait sous la porte...

« Madame Renoir avait peut-être oublié de fermer les lampes, et le compteur, cela expliquerait la station de curiosité du 84 derrière ses rideaux... » Le commissaire n'était pas satisfait de ses conclusions... il sortit le double de clés de sa poche, de sa gabardine, ouvrit la porte... A sa grande surprise, la maison était sans dessus dessous, les tiroirs du buffet étaient sur le carrelage, vidés de leur contenu, les verres, les assiettes brisés jonchaient sur le sol, il alla se poster dans les WC, lieu de vision pour Mme Renoir, qu'il imita...

Il épia à son tour le 84, apparemment, elle ne faisait plus le guet... Celui-ci entreprit de faire le ménage... il prit sous l'évier un grand sac poubelle, et ramassa, tout ce qui lui paraissait hors d'usage, il pensait à la tête que ferait Mme Renoir si elle était avec lui, en ce moment... il balaya la cuisine, remit en place les restes des bibelots sauvés du cataclysme, puis toujours accompagné de son sac plastique, il ramassa d'autres morceaux dans la salle à manger, puis dans la salle de bain, rien n'avait été oublié, l'imbécilité avait fait place à l'acharnement, puis, il pénétra dans la chambre de la vieille dame et de la fillette... il y avait partout du linge éparpillé, les tiroirs des commodes étaient bouleversés, il replia patiemment, chemises et pulls, serviettes et draps de lit, il remit en place les tiroirs brisés, des livres étaient déchirés, des feuillets traînaient sur la moquette... Cet acte de vandalisme le répugnait, rien n'avait été emmené selon lui mais une menace était imprégnée dans cette maison, on avait voulu intimider Mme Renoir...

Il éteignit les lumières, coupa une bonne fois le compteur EDF, puis reprit son poste de vigie, attendit... la nuit était bien avancée...

« Qui pouvait bien en vouloir à Mme Renoir ? qu'attendait-on d'elle ? »

Aucune plainte n'avait été formulée pour la disparition d'Angèle, et pourtant on faisait pression sur Mme Renoir, pourquoi ?

Ces gens ne s'intéressent pas à la petite, mais désire que Madame Renoir la donne à la justice, c'était l'évidence même, pourquoi ? cette histoire l'agaçait, le minait...

Notre dame sonna deux heures du matin, le commissaire Durand repartit discrètement, il reprit le trottoir qui le ramènerait à sa voiture, il s'assoit, allume le contact du véhicule et... démarre... au moment où il décide de tourner à sa gauche, instinctivement, son regard scrute le rétroviseur, et là... il aperçoit l'ombre de Mme Lefennec, longer le mur, et se perdre dans l'ombre d'une porte cochère de la même rue... il se gare rapidement... descend vivement du véhicule... revient en courant sur ses pas... pénètre à l'endroit qui était censé être celui... Un cul de sac...

Des portes... des portes... des portes...

Le commissaire était fou de rage...

« Qu'était-elle venue faire ici, à 500 m de chez elle, à 2 heures du matin, où était-elle passée ?

Il attendit dans le coin d'une porte, écoutant le moindre bruit... mais rien...

Il sursauta... quand une poubelle se renversa, grâce aux élans des greffiers du coin, puis de guerre lasse, maugréant... il repartit vers son véhicule...

Chez lui, il s'affala dans un fauteuil, bût une bière, et pensa à tous ces gens qui l'entouraient, qui l'aimaient et attendaient beaucoup de lui, à tous ces gens qui le haïssaient et malheureusement, ses pensées revinrent sur les Lefennec...

Il ressentait envers eux, une haine sournoise, il savait qu'il avait à faire à une catégorie intellectuelle au-dessus de la moyenne, vicieux, ils l'étaient, mais d'une façon bien enveloppée, il les pressentait menaçants, pervers, sadiques...

« Son patron avait-il raison ?

Il s'endormit, plongé dans le regard angélique et glaciale de Mme Lefennec...

Blanchet était attablé devant un ricard, et, n'était pas pressé de partir...

— Vous arrivez juste à temps, c'est l'heure de l'apéro, et ces dames insistent, alors...

— Ben voyons, répond amusé le commissaire Durand, bonjour Lucie, bonjour Jeanne, bonjour Angèle, tu ne viens pas m'embrasser ?

La fillette s'approche, embrasse timidement Georges, et reste serrée contre lui...

— Comment s'est passée la journée, et ce dentiste, c'est fini les misères, montre moi ça !

Angèle ouvre la bouche, son palais semble cicatrisé, ses petites dents de lait sont remises à leur place, à son grand soulagement...

— Du beau travail, et maintenant cette demoiselle va nous lire, la chèvre de Monsieur Seguin, regarde le beau livre que je t'ai apporté, tu veux bien nous en lire un morceau ?

— Oui, oncle Georges !

— Ah je suis content, tu parles mieux, allez, fais moi plaisir !

Les deux femmes s'installent près de la fillette, et à leur grande joie, celle-ci se met à lire.

Emu, par cette scène de famille, se trouvant un peu l'intru, Blanchet s'habille discrètement, referme la porte d'entrée derrière lui... Le commissaire Durand a fermé les yeux sur son départ, trop heureux de goûter ces instants de bonheur, faits, selon lui, égoïstement pour eux quatre.

De gros baisers claquent sur les joues, la table est mise joyeusement par Lucie et Jeanne, l'homme et l'enfant enlacés respirent cette bonne odeur de bonheur qui flotte dans la maison...

Lefennec sortit des bureaux de la PJ, mal rasé, les yeux cernés, chemise ouverte, négligé...

Il avait perdu le clinquant des jours meilleurs, cette inculpation l'avait humilié au plus profond de lui-même... mais, il était heureux de retrouver son appartement, sa femme qui l'attendait...

« Il avait gagné, c'était une grande nouvelle à annoncer à Sylvie... un bon bain le remettrait en forme, il rouvrira son cabinet dans l'après-midi, après tout ce n'était qu'une enquête de routine... »

Il s'arrêta chez un libraire, acheta les journaux du jour, inquiet de ce qu'il allait découvrir... il en ouvrit fébrilement les pages, une à une, arriva sur la page des faits divers, on y parlait bien sûr de son inculpation, mais on gardait secret l'entretien à l'intérieur des locaux...

« Quel con » pensait-il.

Il ouvrit la porte d'entrée du 84 de la rue Jacques Cœur, la femme de ménage entretenait la maison, tout était resté dans l'ordre à son grand soulagement, la secrétaire lui sourit, enregistrait les rendez-vous, classait les dossiers, rien n'avait changé, pendant son absence. Il monta quatre à quatre l'escalier le menant à ses appartements, il s'engouffra dans la cuisine, dans le salon, la salle de bain, l'angoisse l'étreignait, la seule personne qu'il désirait voir ce matin était absente, il ne comprenait pas... il s'engouffra dans la chambre à coucher, le lit n'était pas défait, pas de valise, rien... son regard se glissa sur la coiffeuse de la jeune femme, toujours encombrée de flacons et de brosses, mais non... rien, ici non plus...

« Elle n'était pas rentrée... »

Il décrocha, énervé, le téléphone... appela la clinique, qui lui confirma son départ...

L'interphone sonnait, il s'excusa auprès de la clinique, agacé, appuya sur la touche de l'appareil qui émettait un bruit strident.

— Oui !

— Monsieur le commissaire Durand désire vous voir.

— Je n'ai pas le temps de recevoir ce monsieur, avez-vous vu madame ce matin ?

— Ben non, monsieur, mais M. le Commissaire est dans le hall !

— Ah bon déjà ? et bien faites le monter !

Lefennec se donna un coup de peigne, changea de chemise, il se sentait beaucoup mieux, mais la colère grondait en lui, l'inquiétude l'enveloppait.

Le commissaire Durand s'installa dans un fauteuil du salon, attendit...

Lefennnec entra, une lueur haineuse contre cet homme, lui défigurait son physique si « sympathique ».

— Je viens de quitter les locaux de votre sympathique maison, que voulez-vous encore ? si vous aviez autre chose à me dire, vous étiez apte à le faire là-bas, je n'ai plus rien à ajouter !

— Je ne suis pas là pour vous, mais j'ai tenu à vous rendre cette visite, afin de vous informer moi-même, que, votre femme était inculpée depuis huit heures ce matin, elle se trouve actuellement dans nos locaux, accompagnée de Maître Mallet.

— Vous ne manquez pas de culot, cria-t-il, elle sort de clinique et vous l'embarquez, vous allez un peu loin commissaire, je porterai plainte, soyez en sûr, Sylvie est fragile, vous ne croyez pas suffisant, le scandale qu'il y a sur les journaux, j'ai mis trois ans, pour me faire une clientèle, de quels droits, vous vous permettez de casser la vie des gens ?

— Je ne crains rien pour votre clientèle, qui n'est pas celle du bas étage, elle vous sera fidèle, bien au contraire, elle vous fera entrer dans son cercle.

— Que voulez-vous dire, inculpez-les, eux aussi, pendant que vous y êtes !

— Je n'ai rien à voir avec votre clientèle, pour l'affaire qui nous concerne !

— Pourquoi avez-vous arrêtez mon épouse ?

— Pour quelques questions, restées de votre part sans réponses, et je compte beaucoup sur Mme Lefennec.

— Par exemple !

— Qu'elle éclaire ma chandelle, tout simplement, Monsieur Lefennec, je vous prie de m'excuser, je dois retourner auprès de mes collègues, je vous demanderai de ne pas voyager, et de vous tenir à la disposition de la justice ; bonsoir Monsieur !

Stupéfait, Lefennec ne répond pas au salut du commissaire, referme sèchement la porte sur lui...

Le commissaire Durand entra dans ses bureaux, ses hommes questionnaient tour à tour la jeune femme qui ne répondait que, sous l'influence des clignements de paupières de Maître Mallet...

Ils attendaient que leur patron arrive, pour que l'enquête redevienne sérieuse.

Le commissaire entra dans le local, aussitôt Maître Mallet sauta sur ses talons, l'apostropha :

— C'est honteux, cela fait deux heures et demi que nous sommes ici, et rien n'a avancé, des questions idiotes ont été posées à ma cliente, je proteste, cette inculpation ne ressemble à rien !

— La routine cher Maître, la routine... mais je voudrai vous préciser que l'inculpation est au nom de Madame, et non pour vous, et je serai fort aise que vous nous laissiez faire notre travail, maintenant...

— Je suis ici, pour défendre ma cliente !

— Soit, mais elle n'a pas besoin d'être défendu pour le moment, elle n'est pas aux arrêts, donc... vous avez assistez à une partie de l'interrogatoire, mes hommes n'étaient pas obligés de vous accepter, je souhaiterai maintenant que vous attendiez dans le couloir votre cliente.

— Je proteste !

— C'est possible, mais personne n'empêchera la justice de faire son travail, et j'ai quelques questions intimes à poser à Mme Lefennec.

— Je connais tout de ma cliente !

— Vous avez bien de la chance Maître ! il fait signe à ses hommes, qui s'approche de Maître Mallet, et l'entraîne amicalement vers la sortie. Madame Lefennec tremblait de colère, de crainte...

« Se retrouver seule, devant tous ces hommes, l'effrayait... »

Elle se tassa sur sa chaise, et attendit...

Le calme revenu, le commissaire s'adressa à ses hommes.

— Nous montons au premier étage, salle n° 8, nous y serons plus à l'aise les murs ont quelquefois des oreilles, et nous aurons un peu plus de confort.

Cette salle était aménagée confortablement, elle était réservée pour les interrogatoires longs, fauteuils, chaises, tables de travail pourvues de machines à écrire, magnétophones, lampes à néons, meublaient cette pièce tapissée de petites lattes de bois, sur le côté droit une petite salle de bain-WC, était aménagée, pour les besoins du personnel, et des inculpés, qui n'en sortaient que quarante-huit heures après leur entrée.

Quand le commissaire Durand utilisait cette salle, sa tenacité l'emmenait jusqu'au bout de ses moyens, il en ressortait toujours gagnant, épuisé, lessivé, mais gagnant...

Maître Mallet ne revit pas Mme Lefennec, il faisait les cent pas, se renseignait auprès d'autres agents en faction devant la porte des bureaux du rez-de-chaussée, mais... personne ne savait jamais rien...

Agacé, il entra en trombe dans le bureau du commissaire Durand, mais à sa grande surprise, il était vide, depuis quatre heures qu'il attendait ; on l'avait berné, on avait emmené Madame Lefennec dans d'autres bureaux. Il bouillonnait de colère...

Furieux, il alla frapper chez Levasseur, qui le reçut aimablement... Il lui débita un flots d'explications, Levasseur le calma, lui promit en toute sincérité, qu'il s'occuperait personnellement de cette affaire. Il lui intima de rentrer chez lui, qu'il le tiendrait au courant... Rasséréné,

Maître Mallet, son dossier sous le bras, repartit chez lui, tendu, perplexe...

« Mais, si le patron l'aidait, il n'y avait pas de raison de ne pas le croire... »

Levasseur téléphona aussitôt au bureau n° 8, il riait en sourdine, au tour qu'il allait jouer à ces gens qu'il n'appréciait pas...

— Allô, Durand, oui, je viens d'avoir une visite très agréable, tenez-vous bien, une furie, Maître Mallet, ça vous éclaire, il riait, je lui ai promis mon aide, alors mon ami, je vous laisse huit jours, carte blanche, à mon retour je veux que cette affaire soit close, on enferme ces arrivistes, ou on les renvoie rue Jacques Cœur et on en parle plus !

Plié en deux, Durand explose de joie...

— Vous partez, si je comprends bien ?

— En vacances, mon ami en vacances, il le faut bien, sinon, je dois exécuter ma promesse, entre nous, hein ! ils n'en valent pas la peine ! Durand s'exclaffe...

— Merci, bonne pêche... amusez-vous bien !

— C'est ça ! moquez-vous, à bientôt j'espère et libre !

— A bientôt !

Durand raccroche, souriant, entre dans la pièce... les yeux plissés de gaieté.

Les hommes le regardent amusés...

Le commissaire Durand leur fait signe de se mettre chacun à leur place. Machines à écrire, magnétos, tout est prêt pour l'enregistrement des déclarations de Mme Lefennec, qui ne paraît pas à son aise.

« Nerveuse... elle l'est, pense Durand. »

Les secondes, les minutes passent... rien... pas un mot... c'est le silence... le point faible du commissaire qui a le don, dans ces cas là d'irriter l'adversaire...

Irritable à l'arrivée, gaie comme un pinson, il l'était maintenant... il fixait Mme Lefennec, et lui souriait... il s'alluma une cigarette et dit :

— Le patron est parti en vacances, à la pêche !

Toute l'assemblée se mit à rire, elle avait compris l'allusion... c'était à eux d'aller à la pêche, et d'attraper le poisson, de lui en faire cadeau quand celui-ci reviendrait...

Levasseur et Durand avaient l'habitude d'agir ainsi, et, depuis vingt ans ; ils formaient une équipe indiscutable, efficace...

La jeune femme se frottait les mains sur le dessus de son sac, Durand fit signe à Blanchet, celui-ci lui donna un kleenex... elle rougit...

« Malin ce flic, pensait-elle. »

Ses yeux envoyaient des éclairs, elle triturait ce bout de papier ouatiné, nerveusement...

« Si elle continue, encore longtemps, il ne va pas en rester grand chose pensait le commissaire. »

Durand silencieux, refit un signe de tête à Blanchet qui s'exécuta encore une fois, revint cette fois-ci, avec la boîte entière de kleenex et la lui mit sur les genoux...

Dans un geste de colère, elle la prit vivement et la lança à la tête du commissaire, qui reste impassible à l'attaque...

Les autres policiers hilares, s'exclaffèrent...

« C'était une sacrée bonne femme, pensait Durand, et très belle, y a pas !

— Sales cons ! cela va durer encore longtemps votre cinéma ?

« Hargneuse, avec ça ! »

— C'est moi qui pose les questions, Madame Lefennec pourriez-vous me donner l'adresse de Maître Mallet, si nous voulons le tenir au courant des événements !

— Certainement pas, lui, il sait ou me joindre !

— Blanchet, téléphone au barreau, ok ? sourit à la jeune femme dépitée... cela évite de nous faire perdre du temps, mais si vous voyez les choses ainsi, nous resterons plus longtemps ensemble en tête à tête, mes amis sont efficaces, et le téléphone de la maison ne tombe jamais en panne. Puis il se tut...

Le silence était de rigueur... les hommes ne bougeaient pas... ils connaissaient sa façon de travailler et la respectaient...

La jeune femme s'alluma une cigarette, qu'elle pénétra dans un fume cigarette en bois d'ébène verni.

Le commissaire reçut à ce moment-là un énorme coup de poing à l'estomac.

« C'est elle, Angèle me l'a décrite avec un fume cigarette... »

A ce moment-là, la hargne, la haine, la filouterie empoigna le commissaire qui se promettait de lui faire cracher ce qu'elle avait dans le ventre. Il avait la gorge nouée... il se leva... sortit dans le couloir, suivit de Blanchet.

Il se servit un café au distributeur automatique et chuchotta...

— C'est elle !

— Comment ça patron ? Blanchet éberlué, n'en revenait pas...

— C'est elle, j't'dis, la mère d'Angèle fume avec un appareil comme celui-ci, elle ne perd rien pour attendre, avouer ou pas, je la garde 48 heures entières, elle va se rappeler du voyage, crois-moi !

— Doucement patron, et si...

— Discute pas, je te dis que c'est elle, allez, on y va, ça va mieux, cela m'a fichu un coup, et puis, elle lui ressemble tellement, surtout quand elle est en colère, sa bouche, c'est elle... allez... entre !

Il jeta dans la poubelle le gobelet de plastique, pénétra silencieusement dans la pièce, il regarda le dos, la nuque de la jeune femme...

« Ses cheveux, c'est la même couleur. »

— Madame Lefennec, il s'asseyait derrière le bureau de chêne, et regardait le papier griffoné, qui avait été déposé là en son absence...

Il haussait les sourcils, il allait de surprise en surprise...

« Appartement, Maître Mallet, 98 bis rue Jacques Cœur. »

— Madame Lefennec, il la sentait tendue, prête à bondir, cette nuit, je me baladais rue Jacques Cœur, à ma grande surprise, je vous y ai vu ?

— Naturellement. j'habite cette rue, vous le savez bien ?

— Oui, mais cette nuit, il était donc deux heures du matin, et, je vous ai vu pénétrer sous un porche... vous pourriez me dire, ce que vous faisiez là ?

— Je me promenais, c'n'est pas interdit ?

— Bien sûr que non, mais, à ma grande surprise, je ne vous ai pas vu sortir de ce porche, que faisiez-vous là ? Où étiez-vous passée ?

— Nulle part, pour la bonne raison, que je n'ai jamais été sous ce porche en question.

— Madame Lefennec, quel âge avez-vous ?

— 36 ans, ça ne se voit pas !

— C'est exact, il eut envie de se moquer d'elle, il embrassa ses épaules, les policiers comprirent le mime, et se mirent à rire joyeusement... La jeune femme devint écarlate... le sérieux revint dans la pièce... ils savaient avant tout se limiter...

— Avez-vous eu des amitiés particulières avant votre mariage ?

Elle balbutia :

— Mais cela ne vous regarde pas !

— Vous avez eu exactement deux amants de taille, riches, mais âgés, vous vous êtes mariée avec François Lefennec, qui était moins aisé, mais beaucoup plus jeune, vous quittez donc votre travail, vous étiez mannequin je crois ?

— Oui !

— Et ensuite, avez-vous eu d'autres amants ?

— Absolument pas, j'aime mon mari, elle était écarlate, ses mots s'entrechoquaient, elle perdait pied, Durand le sentait, votre interrogatoire est ignoble criait-elle, sa voix tremblait...

— Que faisiez-vous donc au domicile de Maître Mallet à deux heures du matin ?

Elle devint blême, d'une pâleur de cire...

— Vous m'espionnez ?

— C'est mon métier Mme Lefennec.

Silence...

Impassible, le commissaire Durand attendait...

— Je lui rendais visite !

Le commissaire ne répondit pas, laissa le silence planer au-dessus de leur tête... un silence lourd... pénible... accusateur...

La jeune femme fixait le commissaire, ses yeux bleus étaient dans un brouillard, ses lèvres étaient serrées l'une contre l'autre, pincées sur le coin, qui provoquaient de petites rides blanches.

Le commissaire feuilletait le courrier, qui venait d'être déposé sur son bureau, il n'avait pas besoin de la regarder, il la sentait si proche, la fumée des cigarettes consumées, formait un nuage dans la pièce... Blanchet ouvrait la fenêtre, et se réinstalla derrière le magnétophone, dont les bandes tournaient au ralentit...

— Vous faites des visites à deux heures du matin, Maître Mallet était-il couché ?

— Pas du tout, je ne trouvais pas le sommeil, je me trouvais seule chez moi, il est mon ami depuis que nous habitons Bourges...

— Classique... vous sortez de clinique... quelle était votre maladie ?

— La fatigue, je ne dormais pas la nuit, et je m'ennuyais le jour !

— Vous n'avez pas plus dormi cette nuit dites-moi ?

— Non, en effet !

— Je croyais que les cures de sommeil duraient plus longtemps ?

— Huit jours pour moi, sont suffisant !

— Vous rentrez donc chez vous, et au lieu de vous reposez, dans votre appartement, c'est chez Maître Mallet que vous vous réfugiez, c'est curieux... tout de même !

Silence...

— Avez-vous une femme de ménage ?

— Non. elle était étonnée de l'interrogatoire, il sautait du coq à l'âne à tout bout de champ, et, revenait sur la question initiale...

— Ce matin, il me semble avoir vu, une personne nettoyer le hall de votre maison ?

— Vous êtes allés chez moi ?

— Répondez à mes questions !

— Madame Duchet ne fait que le rez-de-chaussée, le cabinet de mon mari, il lui est interdit de monter à l'appartement, je le fais moi-même !

— Ce n'est pas fastidieux, pour une personne de votre condition, vous avez toujours été choyée, servie comme une reine, d'après les renseignements Monsieur Plétu, cela doit vous dire quelque chose ! celui-ci a dit, que vous vous occupiez admirablement bien de votre corps, pour son plaisir bien entendu ! que vous ne parliez jamais des tâches ménagères, que vous n'en connaissiez d'ailleurs pas le fonctionnement...

La jeune femme avait le cou, les oreilles et les joues en feu, mais elle ne lui répondait rien...

« De quel droit s'est-il permis d'aller voir Plétu ce vieux cochon, il a fait la tournée de mes anciens amants, si je pouvais je le tuerai cet ordure de flic, me faire honte devant tous ces types aux têtes d'abrutis, il me connaît bien... enfin peut-être bien... !

Durand préparait ses hommes pour l'entracte « le déjeuner », il s'absenterait une heure ou deux... pendant ce temps, les hommes la harcelleraient de questions, ils reprendraient toutes les questions restées sans réponses, ils ne la lâcheraient pas un seul instant pendant son absence... Il s'attendait à son retour, retrouver sur son bureau, des aveux signés avec des larmes amères... peu importe la façon... elle devait avouer... Le commissaire Durand ne voulait rien savoir de la méthode employée avec ses inculpées de quelques heures...

— Vous n'avez jamais eu d'enfant ?

— Non !

— Votre ancien amant, vous a vu un jour, dû au hasard je précise au bras d'un homme qui correspond au physique de votre mari, vous étiez vêtue ce jour-là, d'une robe de grossesse, c'était l'été.

— Ça ne veut rien dire, la mode est faite pour tous les goûts !

— Oui oui ! bien sûr, mais ce monsieur, j'insiste, me

soutient que vous étiez enceinte d'au moins huit mois, qu'il vous avait trouvé belle, et qu'il avait éprouvé beaucoup d'amertume ce jour-là, que ce ne soit pas lui, le créateur de cet ouvrage bénit des dieux, je vous lis textuellement ce qu'il y a d'écrit sur ce rapport vous concernant...

— C'était un illuminé !

— Avoir des relations intimes avec un illuminé de 70 ans pendant quatre années je veux bien, mais riche comme crésus, cela était pardonnable, n'est-ce pas ?

Elle restait silencieuse, regardant le bout de ses chaussures...

— Qu'est devenu cette enfant, où avez-vous accouché ?

Elle se mit soudain à crier, ses yeux étaient devenus secs et froids...

— Qu'est-ce que c'est que cette histoire de fous, je n'ai jamais accouché de qui que ce soit, je le saurai tout de même, fichez-moi la paix, je ne répondrai plus à vos questions sans Maître Mallet !

— Maître Mallet... Le commissaire était songeur à son sujet, Blanchet étudiez moi son cas, il me faut le rapport ce soir !

— C'est ignoble... elle se tut... accablée... son regard et son visage devinrent impénétrables.

— Roger, apporte-nous des cafés, cela détendra Mme Lefennec, et la rendra peut-être un peu plus loquace !

Puis... le commissaire Durand passa dans l'autre bureau, décrocha le téléphone, composant un numéro...

— Lucie bonjour ! c'est moi, comment ça va ? je serai bref... ne m'en veuillez pas, je serai absent quarante-huit heures environ, si vous avez besoin de moi, je suis ici, eh oui... vous l'embrassez pour moi, dites lui que toutes mes pensées vont vers elle... je vous encourage pendant ces deux jours à m'aider... j'insiste Lucie... c'est capital... à bientôt... n'y manquez pas... je suis ici à n'importe quelle heure... c'est ça... allez... au revoir, à bientôt...

Raccrochant l'appareil... songeur, un sourire aux lèvres en pensant à Angèle...

« Si elle ne parle pas, je l'emmène chez eux, dans leur appartement, nous verrons bien, ce sera ma dernière chance, je sens que la réponse est dans cette maison !

Il se remit derrière son bureau, griffonna quelques notes pour l'interrogatoire suivant, qui aurait lieu sans lui, pendant l'heure du déjeuner. Un des hommes nettoyait le sol avec une serpillère, Madame Lefennec avait jeté son gobelet de café, plein bien entendu à la tête de celui qui le lui avait offert.

« Tiens, elle avait des caprices !

— Madame Lefennec, ce café est très bon, vous avez tort, bien sûr, ce n'est pas de « l'Arabica », mais il est serré comme je l'aime, il ne vaut qu'un franc, et non huit à la terrasse luxueuse d'un de vos drugstors... il n'est pas servi non plus par un gentleman à col blanc et nœud papillon noir, eh non ! il est servi par un père de famille de trois enfants, qui ne gagne que 6000 francs par mois, et qui va se faire chier 48 heures pour qu'une garce de votre espèce le fasse ramper et lessiver le carrelage ! silence... puis, il reprend...

Vous aurez Madame Lefennec, l'occasion de prendre votre pied, pendant l'interrogatoire, mais n'allez pas trop loin, sinon... il vous en cuira, tout ce qui se passera dans ces lieux, sera tenu au secret, vous pigez ce que je veux dire... !

Silence... et reprend d'une voix dure, cassante...

— La méchanceté doit être une de vos armes la plus directe, je suppose ? La jeune femme restait silencieuse, on aurait dit qu'elle n'était plus dans la pièce tant son souffle était imperceptible...

— Roger, tu t'occupes de Madame, approfondit le thème « méchanceté », il appuyait sur chaque syllabe, elle a sûrement pleins de belles choses à nous faire découvrir, bon je descends, je remonte vers 14 heures, je suis en face, en mimant le téléphone...

— D'accord patron !

— Je vous fais monter, sandwichs et bières, Madame n'a pas faim, ni soif je suppose ?

Son regard le suppliait, elle cherchait du secours, elle tremblait la peur de rester avec ces hommes, c'en était trop, elle ne pourrait pas le supporter... »

Durand comprit ce qu'elle désirait, il lui tourna le dos... et sortit...

« Angèle aussi, a eu besoin de secours, et tu n'es pas venue à son appel ! Il déjeuna avec appétit, il pensait à Levasseur, son ami qui avait pris la fuite, pour lui laisser le champ libre...

Il pensait aussi à ses collègues de travail, coincer là-haut, dans les bureaux... rester à l'aider à s'en sortir...

Il les connaissait... et préférait ne pas assister aux séances, ils s'excitaient les uns après les autres contre l'inculpée, qui devenait une victime entre leur main...

Toute personne qui entrait dans ces locaux avec une éducation bourgeoise était immédiatement pris en charge par Paul, qui prenait un malin plaisir à les injurier, les mettre finement mal à l'aise...

Madame Lefennec allait certainement goûter au chapitre, et être mise plus bas que terre, ils allaient la traîner dans la boue avec délice...

« Je me demande si tous ces gens-là, quand ils sortent de mes locaux, s'en remettent ?

Pierre, lui, avait le don de les irriter, de leur mettre les nerfs à vif... Bernard, lui, mielleusement, reprenait le tout, et consolait à sa manière. Durand souriait, c'était du spectacle, vu de l'extérieur cela ne manquait pas d'humour...

Monsieur Vaudeville aurait été à ce moment-là, leur maître à penser... Il ne fallait pas leur en vouloir, il fallait plutôt leur pardonner, ils n'étaient pas méchants, simplement, ils faisaient leur métier du fond de leur âme, et le dossier qu'ils possédaient en ce moment dans leurs mains, les encourageaient... ils étaient tous pères de famille... souvent absents mais de bons pères tout de même...

Et ça ! c'était leur atout et celui du commissaire Durand !

Le commissaire lisait l'Equipe, buvait son café, regardait de temps en temps sa montre, regardait derrière la baie vitrée du restaurant, la rue s'animait après l'heure du déjeuner...

Il attendit quatorze heures quinze pour remonter dans les locaux l'atmosphère était lourde tendue, la jeune femme avait les yeux rouges, sa natte se décoiffait, elle était beaucoup moins agressive qu'auparavant...

« Elle avait dû pleurer, ses joues sont rouges et brillantes, ses yeux sont gonflés, le rimmel a coulé, aurait-elle parlé ?

Le commissaire s'asseyait... toujours en silence... lisait le rapport de l'interrogatoire tenu à jour pendant ces deux heures, tout avait été enregistré conciencieusement...

Il ne fut pas supris d'apprendre que Maître Mallet était son amant, mais il fut étonné de la date... 10 ans... ce n'était plus une aventure, c'était un mariage à trois... pensait-il ».

— Comment ça va, Mme Lefennec ?

Elle ne répondait toujours pas...

— D'après ce que je lis, vous m'avez passablement menti... comment, Maître Mallet est-il devenu votre amant ? et pourquoi Bourges ? il n'y a que trois ans que vous y habitez ! expliquez moi.

Elle pinçait des lèvres, cette histoire vraisemblablement la mettait mal à l'aise...

— François ne le connaît que depuis trois ans !

— Tiens donc, éclairez-moi un peu plus !

— J'ai connu Maître Mallet, avant son mariage, à l'inauguration d'une maison de couture, prêt à porter, à Bourges... je défilais et proposais des collections de plusieurs couturiers parisiens, et dans l'assistance... elle reniflait...

Le commissaire reprit :

— Maître Mallet et son épouse étaient conviés à cette représentation ?

— Oui !

— Continuez !

Le soir du défilé, je reçus une carte de visite, à l'hôtel où le personnel résidait pour la nuit, Maître Mallet désirait dîner en ma compagnie, j'ai accepté, je me voyais mal passer une soirée seule dans ma chambre, j'étais encore étourdie par l'émotion, la joie et l'alcool aidant, nous avions frappé le champagne pour le succès de notre collection, je descendis retrouver Maître Mallet...

— Comment était-il ?

— Bien très bien, gai, intelligent... elle reniflait toujours...

— Et alors ?

— Rien, nous nous sommes revus ensuite !

— Vous avez été dans son lit le soir même ?

— Non ! il désirait simplement faire connaissance et passer une bonne soirée.

— Ben voyons !

« Un filou ce Mallet, l'amorce tendu, le gros poisson mordrait plus tard ».

— Et puis !

Elle triturait le pauvre sac qu'elle avait sur les genoux, elle ne désirait pas parler de sa vie de femme...

— Rien...

— Vous avez donc couché avec ce monsieur, deux mois plus tard, c'est écrit là dessus, comment vous rencontriez-vous, et quand ? et votre mari, vous le connaissiez déjà puisque vous étiez fiancée !

Honteuse, elle baissait la tête...

— Je voyais Maître Mallet une fois par semaine ou plus, suivant les absences de mon mari, on programmait à l'avance nos sorties, François préparait lui-même huit jours à l'avance son travail !

— Il ne s'est rendu compte de rien pendant toutes ces années ?

— Non !

— Quand vous étiez enceinte, cet été là, vous aviez toujours les relations avec Maître Mallet ?

— Non, nous avions eu une rupture de deux ans !

— Donc vous étiez bien enceinte à cette époque, il lisait le dossier la concernant, la colère le gagnait bien malgré lui...

— Oui ! répondit-elle enfin d'une voix blanche.

— Qui était le père ?

— Je ne sais pas !

— Vous ne savez pas avec qui vous avez conçu cet enfant que vous portiez vous aviez une vie amoureuse intense dites-moi ? qu'est devenu le bébé ?

— J'ai fait une fausse couche et je l'ai perdu !

— Tiens tiens, les rides du commissaire se plissaient énigmatiques... mais dites-moi, un de vos amants vous a perçu à cette période enceinte d'environ huit mois, les termes qu'il a employé pour votre grossesse étaient clairs, Monsieur Plétu disait exactement ceci...

Il feuillettait le dossier et recherchait la déclaration le concernant... ah voilà ! celui-ci dit : « elle était très belle elle avait le masque de la grossesse son ventre était arrondi, très bas, elle marchait à petits pas, comme si elle avait peur qu'il tombe, un homme la tenait par le bras, la guidait, j'enviais cet homme, sa place, etc... etc... que dites-vous de cela ?

— C'est un chapelet de mensonges, tout simplement.

— Vous étiez enceinte, vous ne le niez pas ?

— Non !

— Avez-vous été hospitalisée ?

— Non !

— Naturellement... monsieur votre mari désirait-il cette naissance ?

— Qu'allez-vous imaginer, il avait l'occasion de me faire avorter dès les premiers mois, je vous signale qu'il est gynécologue !

— Je ne l'oubliais pas, il sentait qu'elle reprenait de la hardiesse, moi je vais vous dire ce que j'en pense !

Monsieur Lefennec apprend son infortune, perspicace, vous faites en sorte d'être enceinte et je suppose qu'il vous en coûte, manque de chance, cette nouvelle ne le remplit pas de joie, il vous surveille de près, dans tous les domaines, il est très jaloux, mais, il ferme les yeux sur cette grossesse qui ne se passe pas bien, il vous soigne, vous êtes continuellement malade, vous restez donc chez vous, et vous lui êtes fidèle, involontairement, celui-ci se rend compte du changement apporté par cette grossesse, qui vous pèse et que vous haïssez, elle vous cloisonne et vous séquestre à sa manière, vous perdez votre teint de pêche, votre tour de taille, vous marchez en canard, vous exécrez cette grossesse, vous la rejettez même, elle représente pour vous un chantage, rien de plus, car vous éprouvez une passion folle pour Maître Mallet, que vous avez mis au rencart pendant quelques temps avec son accord bien entendu !

« Elle blémissait, dès qu'il prononçait son nom... »

Le commissaire laissa un instant son réquisitoire, feuilletait page par page, lisait, approfondissait le rapport, quand Blanchet entra... Il fit sortir les policiers, et fit emmener la jeune femme dans la pièce voisine...

— Vous allez boire un coup, mettez-là au frais, bureau 5, Valet la veillera il s'en fera un plaisir !

Ils l'emmenèrent donc, et la laissèrent, inquiète dans le bureau des attentes...

Valet était un policier de 2 m de haut et pesait 120 kg, il avait un visage poupin, c'était une brute au travail, il avait surtout de larges mains, agiles pour le sexe féminin, il faisait la grande joie de ses collègues quand il racontait la frousse qu'il fichait à ces dames. Madame Lefennec se mit dans un coin du bureau, craintive, fixait cet homme qui représentait pour elle « la bête humaine »...

Il fumait un gros cigare, gros comme un barreau de chaise, il tournait autour d'elle, et lui envoyait de la fumée dans le visage, par petites bouffées... elle hoquetait...

Son odeur de sueur, de fumée... toute cette graisse l'écœurait, à la troisième bouffées, elle se leva et lui administra une paire de gifles retentissantes... il eut tôt fait de la calmer...

Elle était coincée entre l'encoignure de l'armoire et l'homme... Elle sentait ses mains la caresser à même la chair... « comment avait-il fait »... elle avait envie de hurler, mais la fumée continuait de lui entrer dans la gorge...

Le policier ne parlait pas, il sentait ses seins se rafermirent, il avait coincé son genoux entre ses cuisses, elle était neutralisée, bloquée entre lui et l'armoire...

« Quelle honte, pensait-elle, de quel droit se permit-il, il se sert de son uniforme, salaud... comment ose-t-il me toucher ».

Elle sentait son sexe appuyé sur son genou épais, ses mains qui couraient dans son corsage... elle éclata en sanglots...

Il s'écarta d'elle, lui adressant la parole :

— Là ! vous êtes calmée maintenant, il faut pas bouger mon p'tit sinon ! Il riait dans son fond intérieur...

« Quelle conne, toutes des salopes, elle bande cette garce, il avait senti sous la pression de ses doigts le mamelon se rafermir, dégoutté, il la jeta presque sur la chaise accolée au mur de la pièce...

Valet, en fait, était un policier honnête exigeant, bon père de famille il aimait se faire craindre de ce genre de femmes...

Il voyait bien dans ces yeux que son amas de graisse la dégouttait, et rien que pour cela, il éprouvait du plaisir à les humilier.

Il la regardait à travers la fumée de son cigare, pitoyable dans son corsage défait, qu'elle reboutonnait nerveusement, elle pleurait sans bruits...

« Bon dieu, qu'elle était belle ».

Elle croisait les bras, recroquevillée sur elle même, elle fixait le carrelage et tâchait de tourner la tête à l'opposé du regard de cette brute qui s'interrogeait...

Pendant ce temps, de l'autre côté de la cloison, Blanchet déballait l'entretien qu'il avait eu quelques heures plus tôt...

— C'est madame qui m'a reçu !

— Bien ?

— Pas mal, du caractère, en secouant la main, elle a deux enfants, 20 et 18 ans, bonne éducation en apparence, il faut vivre avec les gens, enfin bref ! elle me conduit dans le bureau de son mari, qui la renvoie séance tenante, poliment, gentiment, mais ferme.

Il est d'abord surpris, puis quand je le mets au parfum

de ce que nous savons, alors là, il change du tout au tout.

Aimable, Whisky cigare, et me demande d'être très discret pour sa femme et les enfants, puis...

— Expliquez-moi votre liaison avec Madame Lefennec, nous aimerions comprendre une période assez confuse entre vous deux à une certaine époque, étiez-vous au courant de sa grossesse ?

— Oui et non !

— Expliquez-vous ?

— Nous nous aimions follement, nous ne prenions de moins en moins de précautions, nous sortions beaucoup, enfin, nous avions mis la puce à l'oreille de son mari !

Sylvie rompit, ce ne fut pas facile, ne plus la voir était terrible, mais j'acceptais un laps de temps, nous n'avions convenu aucune date, quatre mois passèrent, je n'en pouvais plus, je rôdais vers son appartement deux fois par semaine, puis un jour je la vis sortir, elle était à mes yeux enceinte, son habillement laissait paraître une grossesse tout à ses débuts, elle était ravissante, j'espérai en être le père, je provoquais donc ce jour là notre rencontre... elle fut surprise, gênée... mais on s'embrassait domme des fous au beau milieu de la rue, je lui fis la réflexion de son état, mais non, elle avait pris un peu de poids, ce qui lui allait fort bien, nous avons passé l'après-midi ensemble, et je ne la revis que plus tard, 16 mois environ, je comptais les jours, les semaines, les mois, j'étais fou de douleurs, mais j'avais promis d'attendre qu'elle me fasse signe...

— Et Madame Mallet dans tout ça ?

— Elle a bien vu mon état dépressif, mais je restais un conjoint attentif il fallait bien !

— Le divorce !

— Il n'en était pas questions, Sylvie m'aimait passionnément, mais elle m'expliquait que, si nous vivions ensemble, ce ne serait plus pareil, je lui donnais raison, je ressentais la même chose qu'elle, ma femme ne m'encombrait pas !

— L'autre nuit Madame Lefennec était chez vous, et votre femme ?

— Aussi j'ai une porte sur la rue Jacques Cœur, c'est celle des bureaux, et l'autre sur cour, les appartements.

— Madame Mallet n'a rien entendu ?

— Il faut croire que non, elle ne vient jamais dans les bureaux, je travaille tard la nuit, elle ne s'en inquiète pas !

— Et ce soir là ?

— Nous avons discuté, but, nous nous sommes aimés !

— Mais après la rupture, les retrouvailles ?

— Ce fut merveilleux, son mari avait décidé de quitter Paris, elle choisit Bourges, elle me fit signe à ce moment là, quand le projet devint une réalité, mais elle était secrète, il y a dû y avoir des problèmes, ils partirent plus tard, mais ils arrivèrent enfin.

— Accompagné d'un enfant ?

— Je n'en ai jamais vu, elle me l'aurait dit !

— Comment avez-vous connu Monsieur Lefennec ?

— Ma femme est devenu une de ses patientes, nous nous sommes rencontrés à des galas de bienfaisances, nous nous sommes bien entendus, j'ai plaidé pour lui, un terrain acquis dans la région, avec un bail à des locataires, enfin ce serait long à vous expliquer, maintenant, je suis leur ami, le confident de Mme Lefennec, vis-à-vis de François bien sûr, sinon, nos rapports sont très affectifs et cordiaux !

— La personalité de Mme Lefennec ?

— Très personnelle, elle affectionne tout ce qui l'entoure et le rejette aussi facilement, quelquefois lunatique, agressive, méchante et d'autres fois, douce, caressante, suave aimante...

— Comment faites-vous ?

— J'attends, je ne vais jamais vers elle, c'est elle qui vient vers moi, elle a des sautes d'humeur violentes, c'est pourquoi j'en ai décidé ainsi, elle vient me voir quand elle a envie de m'aimer et que je l'écoute.

— Vous ne vous trompez jamais ?

— Eh non ! il vaut mieux pas, car j'ai subi à plusieurs

reprises ses colères, ses jalousies, croyez-moi, vous en rasez les murs ces jours là ! avec son mari elle vit en petite fille gâtée, capricieuse, exubérante, même avec moi, elle est femme enfant tout à la fois, mais elle dévoile une immensité d'amour !

— Elle n'a jamais souhaité avoir un enfant de vous, par exemple !

— Non, deux ou trois fois j'ai abordé ce sujet, mais elle me refusait cela c'était contre sa morale, son éducation, elle n'était pas que ma maîtresse elle savait me le faire comprendre, un enfant ne pouvait être conçu dans un lit adultérin.

Elle refusait de voir les choses en face, elle salissait les femmes qui avaient une vie dissipée, cela ne l'empêchait pas de se vautrer dans mon lit, elle était bizarre, c'était peut-être dû aux tranquilisants, elle était instable, irresponsable, mais je l'en aimais que davantage !

Puis la conversation continua sur des futilités, ils burent un verre, parlèrent de sport et de l'équipe de football berruyère, puis Blanchet s'éclipsa poliment...

Le commissaire Durand s'exclama :

— C'est tout à fait le genre de femme que j'ai ressenti, elle était bien enceinte, et Mallet s'en est aperçu, il a fait l'amour avec elle, elle ne manque pas de toupet, prendre du poids, rouspétait Durand.

Allons la retrouver !

Ils ouvrirent la porte du bureau 5, elle était toujours pliée sur elle même, Valet travaillait, machouillait son cigare qui n'en finissait pas de se consumer, Blanchet sourit à la vue du corsage froissé, ses cheveux d'or étaient décoiffés, il y avait eu lutte, peu importe, tout était rentré dans l'ordre... Durand la prit par l'épaule, lui fit signe de le suivre, il fit entretemps un clin d'œil complice à Valet, qui continuait imperturbable de travailler... pour lui c'était une simple routine... Mettre la main au cul de la bourgeoisie, l'amusait énormément... il éprouvait une grande satisfaction, quand il les rencontrait dans les grands magasins, ou sur la place du marché, elles baissaient toutes la tête... il griffonna un bout de papier qu'il tendit au commissaire... Celui-ci le lut rapidement, haussa les sourcils...

Madame Lefennec tenait le haut de son corsage, les boutons de nacre avaient sauté dans la bataille, le corsage blanc avait des marques bleues de carbone, Valet avait laissé ses empreintes, elle était échevelée, elle ressemblait à une tigresse, elle criait :

— Je porterai plainte, c'est une honte, regardez dans quel état il m'a mise vous avez de drôles de façons, de confier vos clients à vos policiers, cela ne se passera pas comme ça, croyez-moi !

Elle était furieuse, écarlate, ses yeux bleus tournaient au violet... c'était vraiment un être très beau que la nature leur offrait...

— Vous allez porter plainte pour viol ? il ne vous a pas violé à ce que je sache, l'auriez-vous souhaité ? c'est vrai que Valet est viril, les femmes bandent pour lui, le saviez-vous ? vous êtes l'une des premières femmes interrogées et passées dans son bureau qui ait apprécié ces manières si je puis dire, c'est marqué sur ce papier, Valet est un fin psychologue en matière de femmes, si je vous avais laissé plus longtemps nous en aurions appris davantage... alors... toujours envie de porter plainte. Elle ne répondait pas...

— Ce serait peut-être intéressant sur la une des journaux ? une femme violée dans les locaux de la police, alors qu'elle a un mari, un amant, quelle publicité n'est-ce pas ? d'autant plus que le viol serait faux, car nous connaissons tous Valet, il est vrai qu'il n'a pas des façons très élégantes avec les dames, mais vous avez dû lui déplaire, que sais-je ? je le connais bien... bon, fini la plaisanterie, continuons, asseyez-vous, nous avons trente heures devant nous, à passer ensemble, alors je vous conseille de vous calmer très vite, ok !

Elle leva les yeux en l'air et haussa les épaules...

« Elle a repris de l'aplomb, je la décoince pas jusqu'à demain matin, elle va s'en rappeler... »

— Blanchet, va lui chercher un vieux pull, il doit bien y en avoir un qui traine par là, sa poitrine de petite fille mal nourrie va prendre froid ! Paul éclate de rire, il tenait sa pipe sur le coin de sa bouche, imitait sans peine Popeye à chaque fois qu'il riait, celui qui le regardait, ne manquait pas de rire à son tour, son physique était désopilant, et pour couronner le tout, il portait toujours la casquette de son uniforme, mais ce soir, il ne faisait pas rire Mme Lefennec qui le trouvait ridicule laid et débile...

— Qu'avez-vous fait, et pourquoi êtes-vous entrée en clinique ?

L'interrogatoire reprenait, le commissaire posait froidement des questions et cherchait son regard fuyant...

— J'étais déprimée, le sommeil m'avait quitté depuis de nombreuses années, je ne dormais que sous somnifères prescrit par François.

— Vous n'aviez pas un autre médecin ?

— Non ! pourquoi faire ?

— Qui a prescrit votre entrée en clinique ?

— François, il pensait que huit jours me feraient du bien, depuis quelques temps je ne trouvais plus le sommeil, malgré mes tranquilisants.

— Que ressentiez-vous ?

— J'étais très angoissée, j'avais la pointrine serrée comme dans un étau, j'étais très mal à l'aise, continuellement souffrante !

— Vous faites l'amour avec votre mari ?

— Comment osez-vous, comme tout le monde...

— Mais encore ? lui coupa-t-il.

— Je ne suis pas obligée de répondre, ma vie intime ne regarde que moi.

— Vous oubliez chère Madame que ceci n'est qu'un interrogatoire, et ce que je recherche est... ce qu'il se passe dans cette petite tête... je me répète donc, combien de fois faites-vous l'amour avec votre mari, dans une semaine par exemple !

— Une à deux fois, dit-elle les joues en feu.

— Et Maître Mallet ?

— Je ne sais pas !

— Vous ne les comptez plus ?

Agacée... elle répondit...

— Dix fois environ...

Paul siffla...

— Ça ! c'est une bonne affaire que cette nana !

Ses collègues s'exclaffèrent...

Durand fixait la jeune femme... ce genre de colibets ne lui plaisaient pas, c'était évident, elle était humiliée devant tous ces hommes...

— Quel est votre moyen de contraception ?

— Aucun !

— Vous êtes contre ?

— Non, mon mari ne veut pas, il trouve qu'une femme devient artificielle.

— Pourtant avec son métier ?

— Oui, chez les autres, mais pas chez lui, je ne peux guère vous renseigner sur sa façon de consulter ses patientes.

— Vous êtes tombée enceinte souvent ?

— Non, qu'une seule fois, et puis François...

— Oui, qu'alliez-vous dire ?

Silence...

— Et bien moi, je vais vous dire, après sa déconvenue, votre mari vous fait un enfant, il vous aime toujours car aucune maîtresse existante dans sa vie, mais il délaisse le côté nature, les rapports normaux qu'il doit y avoir entre un couple normal... il n'a pas accepté qu'un autre homme vous touche, vous le dégouttez en quelques sortes !

— Je vous interdis, criait-elle.

— Après avoir accouchée ou avortée, le premier terme me convient mieux que le second, est-ce que M. Lefennec s'est rendu compte de votre nouvelle infidélité ?

— Je ne pense pas, Maître Mallet est notre ami voyez-vous...

— Non ! je ne vois pas !

Silence...

— Connaissiez-vous la vieille dame qui habite devant votre appartement ?

— Ah... cette vieille folle, qui a fait parler d'elle dans les journaux !

Piqué au vif, le commissaire Durand lui réplique :

— Bien malgré elle, je vous ai posé une question ?

— Oui, de vu, derrière mes fenêtres.

— Ou derrière vos jumelles ?

— Vous racontez décidément n'importe quoi !

— Bien sûr, bien sûr, alors j'attends !

— Oui, je la connais, de la voir aller et venir, elle a autant de visite que mon mari à de clientes, c'est marrant, on dirait que le club du troisième âge se réunit chez elle !

— Je ne vois rien de marrant là dedans, mais vous n'avez rien vu d'insolite chez cette dame, depuis quelques mois ?

— Si, elle n'ouvrait plus ses volets, un moment j'ai cru qu'elle était morte, j'étais soulagée...

— Mais encore... cherchez mieux !

— Non, je ne vois rien d'autre qui est succité mon attention !

— Vous étiez soulagée ?

— Euh... oui, je m'étais habituée à la regarder vivre, voilà... c'est ça, je m'étais habituée...

— Vous avez lu les journaux, vous saviez ce qu'il se passait chez elle ?

— Je ne m'occupe pas des affaires d'autrui !

— Il faut croire le contraire, vous épiez continuellement cette maison, de jour comme de nuit, et avec des jumelles, quand ce n'est pas assez net.

— C'est insensée... lui répondit-elle.

— Je vous ai vu moi-même, je faisais partie du club du troisième âge !

Elle était cramoisie, sa peau claire se teintait très vite...

— Je vais vous faire un résumé, Mme Lefennec, de ce qu'il s'est passé chez vous, ne m'interrompez pas, mais réfléchissez bien aux réponses que vous me donnerez... voici en quelques mots...

« Vous êtes fiancé à François Lefennec et d'un, je passerai les détails psychologique de chaque personne...

vous le trompez deux ans avec Maître Mallet et deux... votre mari s'en aperçoit, vous fait réitérer le foyer et trois... il vous fait un enfant pour vous donner un but etc... et quatre... vous accouchez difficilement d'une petite fille et cinq... tout va bien, mais votre passion vous reprend et vous revoyez Mallet et six... votre mari s'en aperçoit encore une fois, se détache volontairement de la fillette qui lui crée de la gêne, et qui avait été sa chance de salut, tout s'écroule et sept... il ne vous dit rien, mais se désintéresse de vous et huit... malgré votre passion vous voulez celle de votre mari vous ne comprenez pas pourquoi et neuf... vous vous en prenez à la petite qui est un boulet trop lourd à traîner, et puis vous n'aimer pas les enfants et dix... et pour finir, vous ne voulez pas vieillir, un enfant à vos côtés vous donnerait obligatoirement de l'âge... elle vous ressemble tellement que votre mari reporte sa haine sur elle... et vous même, l'échec étant lourd à porter, vous lui en assumer la responsabilité... et puis vous connaissez la suite, le martyre de cette petite fille qui a fait la Une des journaux, qu'une vieille dame écervelée, s'évertue de lui faire oublier son misérable passé... ce n'est pas facile, il faut qu'elle soit folle comme vous dites, et vous lui menez la vie dure, car vous auriez préféré que la fillette meure dans la rue ce soir là... manque de chance pour vous, la fillette est aimée, choyée par des étrangers devenus sa famille, mieux que cela... vous n'acceptez pas la liberté de cette petite qui est intelligente, vous ne le saviez même pas... vous avez joué à la poupée, vous avez joué à l'institutrice, inconciemment vous l'avez éduqué, instruite, avec de la violence, c'est vrai... et quand vous n'aviez plus envie de jouer, vous la rejetiez dans un placard, elle y restait des heures à pleurer, à tel point que cette petite savait même pleurer sans bruits... vous êtes un couple ignoble et «im-par-don-na-ble» la voix du commissaire tremblait d'émotion, en découvrant au fil de sa lecture les beaux yeux tristes d'Angèle et toute sa vérité...

— Aujourd'hui devant la réalité, vous avez tous les

deux la trouille au ventre, vous avez de la chance d'avoir à faire à moi, si Levasseur s'était occupé de cette affaire et de votre sort, ce serait deux salauds à l'heure qu'il est, qui seraient sous les verrous... il n'attendrait pas 48 heures ! croyez-moi !

Il se tut, se leva... fit le tour de la jeune femme qui tremblait elle aussi... il lui fit une forte ruade dans le dos, elle perdit l'équilibre, se retrouva sur le carrelage... elle était livide... les policiers gardaient leur souffle, estomacqués, il n'avait jamais vu Durand avoir un seul geste de violence envers un inculpé quelqu'il soit, et pourtant des salauds, ils en étaient venus dans ce bureau...

Mais là ! il prenait cette afffaire à cœur, c'était devenu son affaire, Angèle et lui ne faisaient qu'un...

Il ne parlait plus, il fixait la jeune femme effrayée qui n'osait pas bouger, elle était figée au sol...

Il la trouvait lamentable, plus de maquillage, décoiffée, frippée, elle ressemblait tellement à la fillette... cette idée lui souleva le cœur... elle pleurait comme elle en silence... Blanchet l'aida à se rasseoir, elle lui demanda de se rafraîchir... il la conduisit dans les toilettes, près du bureau... elle se passa de l'eau sur le visage, éclata en sanglots... le commissaire Durand l'entendait gémir, il l'aurait giflé elle voulait se faire consoler par ses hommes, c'était évident... Il se leva d'un bond, et se dirigea vivement aux toilettes...

— Blanchet tu me la ramènes, la fête ne fait que commencer !

— Elle désire avoir son avocat près d'elle !

— Emmène-moi cette garce, ne te laisse pas influencer !

Blanchet, pressa la jeune femme de revenir, il ne désirait pas contrarier son ami...

Assise devant le commissaire Durand, Madame Lefennec avait le visage gonflé par les larmes, ses yeux bleus ne l'étaient plus, ils étaient sanguins, elle avait les lèvres bleuies... le commissaire eut envie d'aller chercher la fillette, de les confronter, mais il n'en avait pas le droit, la garde à vue n'était pas finie, ni l'un, ni l'autre n'avaient avoué...

« Ils étaient coriaces » et pourtant il comptait sur l'état nerveux de la jeune femme, s'il arrivait à faire percer l'abcès, elle s'effondrerait, elle n'en était pas loin... mais...

— Je voudrai vous signaler que, Maître Mallet étant dans une situation délicate, il ne désire pas vous assister pendant l'inculpation, vous êtes assez grande pour vous défendre de ce crime... et si l'on parlait de la petite maintenant...

Elle pleurait et criait des mots sans suite, elle hurlait surtout :

— Je n'ai jamais eu d'enfant, laissez-moi partir !

Elle se leva soudain... et courut vers la porte de sortie... quand, elle l'ouvrit... Valet en bouchait le passage, il lui souriait... à la vue de cet homme qui la révulsait... inconciemment, la peur l'avait fait uriner, elle sentit un liquide chaud se glisser le long de ses cuisses, ses jambes... elle sentit un nuage l'envahir... elle s'écroula... perdit connaissance...

Blanchet la ranima, quelques leçons de secourisme avait fait de lui la petite infirmière de l'équipe.

— Bon, vous l'amenez à l'infirmerie, Valet tu t'occupes d'elle, nous allons casser la croûte, il est vingt et une heures environ, nous remonterons dans une heure, donnez lui de quoi se nettoyer, elle pue le bourbier qu'elle a si bien su créer autour d'elle, je te monte de quoi manger !

— D'accord patron, Valet prit la jeune femme dans ses bras, elle ne pesait pas bien lourd pour lui, il l'emmena à l'infirmerie.

La restauratrice préparait des sandwichs et de la boisson pour tenir la nuit...

Pendant ce temps, les autres policiers, accompagnés du commissaire Durand cassaient la croûte avec entrain, seul, le commissaire restait silencieux.

— Il faut lui faire avouer qu'elle a accouché de cette petite, disait l'un.

— Ce que je ne comprends pas, c'est qu'il n'est pas déclaré la naissance, qui l'ai accouché, d'accord, chez lui c'est possible étant donné sa profession, mais qu'il n'est pas été la déclarer à la mairie me chiffonne un peu, répondait Bernard.

— Attend, faisons un schéma, et, griffonnant sur la nappe en papier, Durand suivait intéressé les recherches de ses coéquipiers, qui représentaient de futurs inspecteurs à ses yeux, tout d'abord elle le trompe, ok ! il la met enceinte ok ! elle a revu une seule fois Mallet pendant sa grossesse, il l'apprend... elle est donc enceinte de quelques semaines...

Les autres policiers suivaient l'entretien et approuvaient ou opinaient de la tête... il l'apprend, poursuit Jean, cette fois-ci encore, il ne déclare pas son état à la caisse d'allocations, il attend... mais la grossesse de Madame la mine, elle devient bizarre, elle est en manque de Mallet... rien ne va plus entre le couple... elle accouche enfin, mais Lefennec ne déclare pas la naissance...

— Ben, pourquoi, il ne la fait pas avorter avant, interrompt Bernard.

— Parce qu'elle est de santé fragile, et qu'il est trop tard pour envisager un avortement, enfin c'est mon idée, il est gynécologue, ne l'oublions pas il est contre l'avortement et les moyens de contraceptions, sinon que deviendrait sa profession !

— Et ensuite, s'exclame Roger.

— Alors là, je me bute à un mur, et regarde le commissaire Durand interrogateur.

— Comment en sont-ils venus à la cacher dans un placard et le reste ? comment s'est passé sa petite enfance, sa vie de nourrisson, s'interrogeait Paul.

— Il faudrait que cette petite parle, du moins sur ce qu'elle sait, mais est-ce vraiment sa mère ?

— Sans aucun doute possible, grondait Durand, mais ils sont intelligents, et surtout, ils n'ont jamais vécu avec elle en quelque sorte, donc l'habitude, ils n'arrivent pas à avouer qu'ils sont les parents, cela les terrifie et ne les concerne pas tout en même temps, c'est atroce mais c'est comme ça ! c'est le néant dans leur pauvre tête...

— Comment faire, répond Paul.

— Nous sommes là pour nous concertés, donnez-moi des idées, j'avoue que cette histoire m'agresse, j'aimerai bien en finir au plus tôt, je suis inquiet de la tournure des événements, Angèle ne me fait plus confiance !

— Comment faire ? s'écrie Bernard, et l'autre si elle ne va pas mieux !

— Nous suspendrons l'interrogatoire, c'est la loi, répondit le commissaire.

— Tu crois qu'elle joue la comédie ?

— Non, je ne pense pas, mais c'est une femme qui s'est construite une armure, mais dessous... rien ! elle est plus que fragile, nerveusement elle est plus qu'attaquée, je me demande ce que Lefennec lui fait à elle et à la petite, j'ai comme l'impression qu'il les conditionne et leur fait un lavage de cerveau, mais comment ?

— Comment arrive-t-elle à rencontrer Mallet, par exemple ?

— Ça ! Lefennec ne le sait pas, il est son ami, il aime encore sa femme malgré tout, mais il hait son sosie, Angèle, il est persuadé qu'elle est fidèle, mais continue de la faire souffrir, dès qu'elle le peut, elle s'échappe, retrouve Mallet, quand elle ne le peut pas, elle se venge sur la petite...

— Comment lui faire avouer ça ?

Le grand silence...

Chacun plonge dans ses réflexions personnelles... les cigarettes se consument les unes après les autres, comme si cette femme allait leur apporter la réponse.

— Le téléphone M. le Commissaire, crie le restaurateur.

Durand écrase sa cigarette dans le fond du cendrier déjà bien rempli... et, accole l'écouteur près de son oreille...

— Durand à l'appareil, je vous écoute, ah bonjour, quelle bonne surprise, comment allez-vous ? et Angèle ?

« C'est incroyable ce qu'un sourire peut changer le visage d'un homme, pensait Blanchet en regardant son ami. »

— Oui, ah bon ! passez la moi, bonjour ma chérie, comment vas-tu, bien, quand je rentre ? bientôt ne t'inquiète pas, dès que j'ai fini, nous irons au bord de la mer c'est promis, ne crie pas si fort, on va t'entendre dans toute la salle, tu es contente, moi aussi, je t'aime ! oui, non, je ne t'oublie pas, repose-toi bien, je vais avoir besoin de toi, cela te plairait de jouer au policier, cela te fait rire, mais je suis sérieux, oui, allez, on en reparlera, oui, je t'embrasse lui criait-il... il raccrocha, heureux, ses hommes amusés, le regardaient s'installer, s'allumer calmement une cigarette content de lui-même, apparement...

— Bonne nouvelle, se hasardait Blanchet.

— Oui, souriant et le remerciant du regard, Angèle... je lui manque, après cette affaire, je l'emmène au bord de la mer.

— Vous ! vous partirez en vacances, et les gars, vous entendez ça ! c'est un événement de taille !

L'atmosphère se détendit, les colibets tombaient, du genre...

— Notre célibataire va faire trempette, il va nous ramener une femme, une sirène... les hommes éclataient de rire devant une amitié si sincère, le commissaire pouffait devant tant d'hilarité.

Ils se levèrent enfin de table, repartirent au travail chargés de victuailles pour la nuit, qui était bien avancée...

Sylvie Lefennec se trouvait toujours à l'infirmerie, elle s'y sentait en sécurité, loin des questions embarrassantes...

Durand entra en coup de vent...

— Alors Valet, t'as été sage, sur un ton renfrogné, mais avec un clin d'œil complice.

— Elle a été gentille, malheureusement pour moi, et éclata d'un rire d'ogre.

Elle se bouchait les oreilles, fermait les paupières, sa bouche exprimait un réel dégoût... elle se leva péniblement, fatiguée, usée comme une vieille femme... elle suivit le commissaire Durand comme une somnambule et reprit son ancienne place.

Blanchet était supris de la métamorphose de cette femme, elle était malade sans aucun doute possible, elle était défigurée par la fatigue, son visage était boursoufflé par les récentes pleurs, comment tenait-elle le coup, pensait le second du commissaire, Durand avait-il raison, était-elle incapable dans son subconcient d'avouer un tel crime, elle ne se sentait pas responsable, ni le témoin vivant, elle ne dirait jamais rien ! elle n'était pas butée comme il l'avait pensé au départ de leur enquête, mais elle ne comprenait pas tout simplement, Lefennec avait fait du beau travail, c'était lui le grand responsable de cette déchéance, il était inutile de s'acharner sur elle, c'est pourquoi elle était sortie plus tôt de la clinique, c'est son mari qui l'en avait fait sortir, il avait besoin de son témoignage, il savait qu'un jour ou l'autre elle serait interrogée par les services de la police judiciaire, elle n'était pas en état de sortir hier après-midi... petit à petit,

Blanchet voyait la lumière, les réflfexions se bousculaient les unes derrière les autres dans sa tête...

— Comment vous sentez-vous Mme Lefennec ? lui demandait poliment le commissaire Durand.

Elle répondit d'une voix de petite fille, comme si elle s'excusait de les déranger...

— Je suis si fatiguée, François ne sera pas content de mon retard !

— Madame Lefennec, voulez-vous rentrer chez vous, ou aller en clinique, vous vous reposerez plus longtemps ! Durand sentait que le cerveau de la jeune femme vacillait, elle était beaucoup plus atteinte qu'il ne le pensait, elle n'avait tenu le coup, ces brèves instants, que sous les tanquilisants que son mari ou l'hôpital lui avait administré, en dehors de cela, il pressentait un mari démoniaque, pervers...

Elle répondit d'une voix éteinte qui ne lui ressemblait pas :

— Oui, je veux bien retourner en clinique, j'y serai bien... je vois plein de dames avec un chapeau et des tabliers roses, j'ai plus de visites qu'à la maison, elles sont si gentilles... j'aurai toutes mes poupées et mes ours en peluche avec moi, je ne serai plus jamais seule !

Durand appuya doucement sa main sur son épaule, fit signe à Blanchet de téléphoner, l'interrogatoire était terminé...

— Allo ! la clinique Méneault... oui, bonjour, je pourrai avoir le médecin chef de la clinique s'il vous plaît, oui... police judiciaire ! c'est ça bonjour Monsieur, nous avons dans nos locaux, Mme Lefennec dans un état second, qui ne désire pas rentrer chez elle... ah bon ! tiens tiens, très intéressant, je vous demande un effort, Monsieur Levasseur vous en sera reconnaissant « un clin d'œil en passant au commissaire Durand », oui ! excusez-moi, mais j'insiste, oui... il est tard ,mais que voulez-vous notre métier n'est pas de huit heures par jour, vous non plus, puisque vous êtes à mon écoute, oui... bon, très bien... merci... je vous prie de téléphoner ici en cas de besoin, c'est ça ! oui, merci... bonsoir Monsieur !

Il raccrocha...

— Ouf ! c'est pas du gâteau... il mit son doigt sur sa bouche en signe de silence devant la jeune femme.

— Madame Lefennec, une ambulance va venir vous chercher, vous allez pouvoir vous reposer, Paul, tu t'occupes d'elle !

Paul déccrocha la veste de la jeune femme, l'aida à s'habiller, puis l'accompagna vers la sortie du commissariat.

Le commissaire Durand écrivait...

— Alors Blanchet, tu es muet ?

— Non, non, mais je suis troublé par cette histoire, je crois bien que vous avez deviné juste, elle sait, mais inconciemment se refuse, elle ne pourra jamais rien dire, c'est comme si elle était perdue...

— Vous ne m'apprenez rien que je ne sache déjà, que vous a dit la clinique ?

— Il ne voulait pas la recevoir, son mari avait signé une décharge de sortie, juste avant d'être inculpé, malgré le contre avis du médecin chef de la clinique, mais comme ils sont amis depuis de longue date, celui-ci s'est incliné à sa demande, Lefennec a insisté pour qu'elle rentre absolument, ils lui ont donc prescrit un traitement de cheval, ce sont ces termes, puis elle est partie avec vous, elle était bourrée à bloc de tranquilisants, c'est pourquoi nous l'avons vu si pimpante, mais c'était une femme malade que nous avions devant nous, la preuve ne s'est pas fait attendre, ce Lefennec est une ordure, il s'est servi de sa femme comme tampon !

— Je comprends... il cachait en quelque sorte sa femme, ou plutôt, il ne voulait pas qu'on l'interroge, tout en faisant en sorte que cela se fasse, car il savait bien sûr qu'elle était incapable de s'accuser...

Il faut repartir maintenant à zéro... ce Lefennec m'intéresse, ce que je ne comprends pas... Mallet ne vous a rien dit d'autre ?

— Non, rien, je ne vois pas !

— Bon, vous rentrez tous chez vous, Blanchet à huit heures ici demain matin nous irons chez Lefennec tout d'abord ! il se fait tard, tout en regardant sa montre, si Lefennec téléphone cette nuit, vous dites que tout va bien c'est tout, je passe un coup de fil de suite, j'ai une chance sur dix que Mallet ne soit pas couché, allez à demain les gars, salut !

Allo ! oui, Maître Mallet, bonsoir Maître, commissaire Durand à l'appareil je vous ennuie peut-être... vous étiez sur le point de vous coucher, serait-il possible d'avoir un entretien maintenant... oui, je sais, il se fait tard, mais il est certain point que je désire éclaircir et surtout le temps presse... merci... je connais l'adresse, à tout de suite Maître, excusez-moi encore !

Il raccrocha... s'habilla vivement et sortit en trombe du commissariat, il s'engouffra dans le véhicule de service qui l'emmena à vive allure vers la rue Jacques Cœur... il pénétra sous le porche que Mme Lefennec, avait emprunté, il se retrouva dans un hall boisé. cela sentait bon la cire... il frappa à la fameuse porte des rendez-vous secret de Maître Mallet... elle s'ouvrit sans attendre, ils se donnèrent une poignée de mains, franche presque amicale.

— Je m'excuse, il est si tard !

— Puisque vous êtes là, asseyez-vous, il lui tendit un fauteuil Voltaire de velours rouge, devant un bureau massif de chêne, que puis-je pour vous ?

— Je voudrai d'abord vous annoncer le départ de nos locaux de Mme Lefennec !

— J'en suis bien soulagé !

Durand lui coupa la parole...

— Dans un triste état je dois dire, mais qui n'est pas entièrement dû à mes services, nous l'avons renvoyé en clinique, nous ne pensions pas en arriver là voici quelques heures, mais son état s'est aggravé subitement, étiez-vous au courant des problèmes de santé de Mme Lefennec je vous demanderai d'être très franc, ce que vous me direz dans cette pièce restera strictement entre nous, je vous le promets, bien des couples sont dans votre cas, et la police n'y prête guère attention, elle a d'autre chat à fouetter.

Maître Mallet était blême, la nouvelle l'affectait profondément, pensait le commissaire Durand.

— J'étais au courant, sa voix venait d'outre tombe, et il maîtrisait ses larmes, ses yeux brillaient, elle ne dormait plus depuis quelques années, elle était déséquilibrée, quand elle venait la nuit me rejoindre ici, je la consolais, j'essayais de comprendre, elle ne se livrait guère, elle se contentait de somnoler dans mes bras.

— Mais elle venait souvent ici, son mari ?

— Quand il était absent seulement.

— Souvent ?

— Toutes les semaines, une fois par semaine.

— Que faisait-il donc ?

— Séminaire, son travail le prenait beaucoup, il se perfectionnait, montait régulièrement à Paris, partait à l'étranger.

— Une maîtresse ?

— Je ne sais pas, nous étions liés, mais pas à ce point de confidences.

— Aimait-il sa femme ?

— Il le montrait en société, mais à la maison c'était autre chose, aurait-elle eu un amant ?

— Cela ne veut rien dire, certaines femmes ont besoin d'hommes.

— Pas elle ! il cria presque à cette insulte, il s'alluma nerveusement une cigarette, poussa le boîtier vers le commissaire qui en déclina l'offre.

Le calme revenu, le commissaire reprit :

— Madame Lefennec délirait dans nos locaux, elle avait des paroles incohérentes, le médecin chef de la clinique n'était pas surpris de sa réaction, c'est son mari qui l'a fait sortir de cette clinique. bien avant que ses soins ne se soient vérifiés efficaces, nous avons eu toutes les difficultés pour la faire réintégrer cette clinique sans provoquer un scandale, que pensez-vous de ce Lefennec en tant qu'époux ?

— Je ne sais pas comment l'analyser, il est si bizarre, si renfermé, combien de fois j'ai essayé de la faire parler, elle pleurait souvent à cause de lui, mais rien, elle en avait peur c'était évident, je n'étais pas un amant comme les autres, j'étais son refuge. —

— Avait-elle des sautes d'humeur ?

— Très souvent mais jamais contre moi, bien entendu je les subissais intérieurement, mais je lui pardonnais tout, elle était si frêle, si fragile...

— Capricieuse ?

— Non, enfantine serait le mot juste !

— Je pense qu'elle a été troublée par la naissance de sa petite fille, mais ce que je voudrai comprendre, comment est-elle arrivée à la perdre dans sa mémoire, tout en vivant près d'elle ?

— Je ne puis vous aider, je ne connais pas cette histoire d'enfant, je n'ai jamais vu cette petite, ni entendu quoi que ce soit à ce sujet.

— Etiez-vous déjà entré dans sa chambre auparavant ?

— Une ou deux fois !

— Vous n'étiez pas surpris d'y découvrir des jouets en peluche, poupées ?

— Non, je ne me suis jamais posé la question, c'était son décor naturel.

— Mais enfin, vous ne la trouviez pas bizarre elle aussi ?

— Quelquefois, mais je mettais cela sur le compte des tranquilisants.

— Vous étiez aveugle Maître, vraiment vous m'étonnez !

— Non, commissaire, épris seulement très épris, et je l'aimais comme ça, elle était plus que féminine, venez me voir demain à midi, déjeunons ensemble chez moi, en famille, alors vous comprendrez pourquoi cette femme enfant je la protège.

— Excusez-moi Maître, mais j'essaie d'avoir de la lumière, cette affaire me prend à cœur, cette petite fille, je voudrai l'aider, même l'adopter, mais avant il faut que ce soit net !

— Et si elle n'avait rien à voir avec Sylvie !

— Si si, j'en ai l'ultime conviction, mais c'est Lefennec lui-même qui a combiné cette affaire, pourquoi des amants ? cela ne m'explique pas son attitude envers la fillette, il faut que vous m'aidiez.

— Comment ? si c'est contre elle, il n'en est pas question.

— Non, vous allez voir Mme Lefennec tous les jours à la clinique, il n'y a que vous et vos visites qui puisse l'aider, ne vous cachez pas, j'en interdirai l'entrée à son mari, vous ne craigniez donc rien, je vous demande de l'encourager, lui faire reprendre ses esprits, et de lui enlever cette manie d'avaler n'importe quoi pour dormir ou ne plus penser.

— Ce sera long !

— Tant pis, quand elle sortira, j'espère Lefennec sous les verrous, à ce moment-là, nous clôturerons l'affaire, je garderai la petite, si elle m'en donne les droits, mais pour cela, il me faut cette femme saine d'esprit.

— Et si elle ne voulait plus, sa santé revenue, elle peut garder la fillette près d'elle !

— J'en cours le risque, elle ne pourra jamais la réintégrer dans sa mémoire, de cela j'en suis sûr, par contre si elle a un autre enfant, cela ne peut que lui faire du bien.

— Drôle de thérapeutique, cela recommencera comme avant.

— Mais non, celui-là, il ne sera pas de lui, mais de vous, bien sûr vous rencontrerez d'autres difficultés, mais réfléchissez, c'est pas si mal comme suggestion.

— Vous ne vous embarrassez pas, voulez-vous boire un verre ?

— Oui, une bière si vous avez.

— Ce n'est pas le genre dans ce bureau, mais je vais aller voir à la cuisine, mon épouse en fait une grosse consommation.

Le commissaire ne répond pas à l'allusion, il entend Maître Mallet fermer ouvrir des portes, puis ramener un carton de bières, le mit dans le bar, en décapsula une et la tendit au commissaire qui le remercia.

— Alors c'est entendu pour le déjeuner, il était plus décontracté, il souriait même.

— Je ne voudrais pas déranger Mme Mallet, et puis les épouses ronchons ça me crispe... je suis célibataire...

— Ah oui, quelle chance pour vous !

Ils burent, fumèrent, la nuit s'écoulait... ils se sentaient bien, aucun des deux hommes n'avaient envie de se séparer...

Durand trouvait vraiment sympathique Maître Mallet, et en ferait un ami si le temps le lui permettait...

— Comment est la petite ?

— Comme la mère, c'est sa réplique vivante, ses yeux, des billes de cristal turquoise, sa bouche, quand elle parle ou rit, ses cheveux pâles et surtout sa peau, de la porcelaine, mais craintive, peureuse, nous sommes en train de la remettre sur pied, en confiance avec autrui, et surtout avec elle, deux vieilles dames charmantes l'encadrent et l'aiment à leur façon, je pense lui donner une éducation, la suivre la rendre heureuse quand tout cela sera fini...

— Vous l'aimez déjà beaucoup.

— Elle est très attachante, intelligente, et puis, je me suis pris au jeu des grands-mères, et me voilà coincé, pleins de sentiments ; j'ai toujours eu une répulsion pour les parents sadiques, allez à « l'Hôtel Dieu » au service pédiatrie, vous y verrez ce que ces misérables peuvent avoir comme imagination, j'évite moi-même d'y aller, car j'ai le cœur gros pour tous ces enfants, et je me sens si impuissant, je suis lâche devant tous ces yeux de bêtes traquées, alors je sors, je bois un coup, je confie ce genre d'enquête à mon ami Blanchet, mais là les grands-mères ne l'ont pas vu comme ça, elles n'ont pas voulu rendre la petite, c'était devenu leur bien...

— Il existe encore de la bonté dans ce monde, j'en suis surpris !

— Ne le soyez pas, il y a pleins de gens qui désirent aimer, réconfortent ces enfants, mais la justice est longue, fastidieuse, et refuse longtemps après, les futurs parents s'en retournent bredouilles, et les enfants continuent de traîner leur souffrance d'hôpitaux en institutions, ils redeviennent très souvent de futurs parents indignes etc... etc...

— C'est un cercle vicieux !

— Eh oui, c'est pourquoi si la société peut en sauver quelques-uns, mais c'est tellement minimes, il y en a même qui sont placés dans des familles nourricières, et bien quelquefois, ce sont encore des parents cogneurs, et la roue de la vie tourne ainsi...

— Mais il n'y a donc pas de contrôles ?

— On l'affirme, mais pas à ma connaissance, ou si peu, et puis le service compétent à cette affaire, fait part de son arrivée, donc pas de surprise, pendant ce temps ces gens-là touchent les allocations, sans s'occuper du comportement de l'enfant, ni de ses sentiments, encore moins de ce qu'il désire, ce n'est pas simple, je sais cela, mais pourquoi confie-t-on ces enfants, il y a des familles qui en hébergent quatre ou cinq, alors qu'il y en a d'autres qui attendent sans résultat, pour aider ces enfants là, il faudrait ne donner qu'un enfant par famille, qu'il soit repris à zéro par celle-ci, il y aurait beaucoup moins d'échecs, comment voulez-vous que ces enfants repartent dans la vie dans une société agressive comme la nôtre, anonyme, où la place n'est réservée qu'aux plus forts, ces enfants là sont fragiles à vie et c'est cela qu'il faut prendre en compte...

— Vous avez certainement raison, il y a sûrement quelque chose à faire à ce niveau là, je change de sujet, est-ce que Mme Lefennec sera condamnée ?

— Léger, du sursis peut-être.

— Ah quand même !

— Ben oui, tout de même, ils ont été tortionnaires tous les deux, même si vous prouvez son irresponsabilité, les juges seront durs à la barre, elle a quelques circonstances atténuantes, mais, faut pas rêver, moi, ce qu'il me faut c'est la preuve, l'endroit par exemple où Angèle dormait, après ce sera plus simple...

Pour Madame Lefennec, le scandale ne sera que de quelques jours, puis on oubliera, que ferez-vous ?

— Je ne le sais pas, c'est un peu tôt et hasardeux, je ne prendrai pas de décisions hâtives, je vais y réfléchir, je vous accompagne...

Durand se levait et prenait congés, la nuit va être courte, mais j'ai eu un vif plaisir de converser avec vous, et lui tend la main... revenez demain midi, ce sera un grand plaisir.

— Vous insistez !

— Oui, j'y tiens, vous verrez pourquoi !

— D'accord, à demain Maître Mallet.

— A demain commissaire.

Satisfait de cet entretien, le commissaire Durand, partit pour son domicile, il se coucha rapidement estomaqué de l'heure tardive... « ils avaient parlé si longtemps... »

Le réveil sonna sept heures à grands fracas, abruti par le manque de sommeil et une gueule de bois tenace, il se leva, bût un grand verre d'eau se mit sous la douche, le poste de radio lui donnait les nouvelles du jour, cela bourdonnait dans la pièce, il n'écoutait pas, il pensait à Angèle...

« Si seulement, elle voulait m'aider, comment la faire réagir... »

Il se vêtit d'un costume gris clair et d'une chemise blanche pour la circonstance, il n'aurait pas le temps de revenir pour le déjeuner, il fallait faire honneur et plaire à Mme Mallet.

Il rejoignit Blanchet au bureau, pris son dossier sous le bras, puis ensemble, repartirent au 84 de la rue Jacques Cœur... tous les volets de la villa étaient fermés...

Le commissaire Durand sonna longuement, à plusieurs reprises, patiemment les deux hommes attendaient le bon vouloir de Lefennec...

La porte s'ouvrit enfin...

Lefennec était en robe de chambre, rasé de près, il avait vraiment fière allure, pensait Durand...

Il ne fut pas surpris de leur visite... « il avait dû téléphoner à la PJ » pensait Blanchet.

— Bonjour M. Lefennec !

— Entrez, leur fit-il d'un ton sec, il les reçut dans le hall, que puis-je pour vous ?

— Nous venions vous donner des nouvelles de Mme Lefennec, nous avons été dans l'obligation de la faire hospitaliser, sa santé nécessitait cette intervention, nous avons jugé bon de l'y conduire.

— Que lui avez-vous fait ! il tremblait de colère, son regard était incertain « qu'avait-elle raconté... »

— Rien, un demi interrogatoire, mais vous, Monsieur Lefennec, que lui avez-vous fait ? nous aimerions bien le savoir.

— Mais... absolument rien, je m'habille de suite, et je vais à son chevet.

— Ben ! justement Monsieur, nous sommes ici pour vous demander de rester bien gentiment chez vous, loin d'elle pendant quelques temps.

— Vous ne pouvez m'interdire de voir mon épouse, de quel droit, l'interrogatoire est terminé ?

— Oui !

— Alors vous sortez !

— J'insiste Monsieur, vous ne serez pas reçu à la clinique, inutile d'y aller faire du scandale, cela ne vous avancera à rien.

— Comment osez-vous !

— Vous, expliquez-nous ?

— Je n'ai rien à vous dire je vous ai tout dit, je vous prie de sortir !

— Très bien, vous restez à notre disposition, je vous prie, moi ! de ne pas quitter la ville, je pense venir vous rendre une visite de courtoisie dans les heures à venir, bonne journée M. Lefennec.

Durand et Blanchet s'engouffrèrent dans le véhicule de police, qui repartit en trombe.

— Quel salaud, la voix du commissaire tremblait de rage, je vais te le coffrer celui-là, Angèle doit m'aider sinon, on est fichu d'avance, allons à la Chancellerie, allez grouille !

— Eh patron ! doucement, y a de la circulation !

A l'arrivée de la voiture, la fillette s'élança dans la

cour, se jeta dans les bras du commissaire, et le picorait de baisers...

— Tu vas bien ma chérie ?

Elle secouait la tête et lui souriait...

— Comment vont les grands-mères ?

— Mémé a eu mal au foie hier, elle avait trop mangé de pizzas, c'est moi qui est fait le potage hier au soir, et je sais faire des crêpes maintenant, j'ai préparé de la pâte pour cet après-midi, tu en mangeras ?

— Oui, si tu les fais un peu plus tôt, maintenant par exemple, car j'ai beaucoup de travail.

— Pourquoi on te voit plus tonton ?

— Parce que je m'occupe de toi, de nous, justement, j'aimerai bien te parler, d'accord ?

Elle secoue la tête encore une fois et sourit...

« Elle est en pleine forme, c'est aujourd'hui ou jamais » pense Durand.

— Bonjour Lucie, bonjour Jeanne, comment vont ces deux gourmandes ?

— Bonjour Georges, répondent en riant les deux vieilles dames, faut bien se faire un petit plaisir de temps en temps, dit Jeanne espiègle.

— Vous avez entièrement raison, la petite à l'air en pleine forme, il la regardait amuser, s'activer auprès des fourneaux de Jeanne, elle s'appliquait à étaler la pâte sur la poêle, elle s'était enveloppée dans un grand tablier de coton bleu, elle était adorable...

— Oui ça va, répondit Lucie, je lui pose des questions, mais elle m'a demandé de ne plus l'ennuyer avec ça, j'ai donc arrêté, elle sait ce qu'elle veut !

— Et bien, je la crois prête, il faut que je sache aujourd'hui, c'est tout ou rien, le temps presse, ce Lefennec est rusé, il gagne du terrain.

— Ne la brusquez pas trop, déjeunez ici, si vous voulez !

— Non, merci Lucie, mais je suis retenu pour le repas de midi, je reviendrai cet après-midi, habillez la petite comme si de rien n'était, j'aviserai à ce moment-là, si elle le veut bien ce sera la fin de son calvaire, je compte sur elle, elle est notre seule chance, ce que je vais lui dire, je désire que vous l'entendiez, je vous demande à tous les trois de ne pas m'interrompre, d'accord ?

Tout le monde accepta inquiet de la tournure des événements...

Ils s'installèrent donc dans la cuisine, et commencèrent à déguster les crêpes, Blanchet les avalait avidement et complimentait la fillette qui était heureuse de leur faire plaisir et surtout de les servir, elle vint s'asseoir près du commissaire Durand, lui prit la main...

— Tu n'en manges pas ?

— J'en ai déjà pris trois, elles sont très bonnes, mais si je continue je ne mangerai plus à midi et toi ?

— Mémé a préparé des frites, et j'aime mieux les frites !

Georges se mit à rire...

— Je vais te poser quelques questions Angèle, il faut absolument que tu me répondes, c'est très important pour toi, pour moi, pour mémé et Jeanne, écoute bien... tu te trouves bien avec moi, mémé et Jeanne ?

— Oui, elle lui sourit radieuse...

— Tu les aimes et tu m'aimes ?

— Oh oui tonton, tous les trois !

— J'aimerai t'adopter quand tous nos problèmes seront résolus, tu sais quels sont ces problèmes ?

— C'est moi tonton ! boudeuse.

— Non c'est pas toi, c'est le « avant » que tu ne viennes habiter chez mémé, tu avais des parents, ils t'ont fait du mal, c'est vrai, mais pour que moi je puisse te garder, il faut que j'ai tes parents devant moi, je n'arrive pas à avoir de preuves, de vraies preuves contre eux, il faut que tu m'aides, sans cela je vais être obligé de me séparer de toi, de te placer dans une maison pour enfants abandonnés, épargne nous ce chagrin ma chérie, sa voix tremblait, Madame Renoir se tordait les mains, elle aurait voulu se trouver à ces moments-là dans un trou de souris, que de voir ce regard perdu la chercher...

— As-tu envie de repartir chez ta mère, ou dans une maison où tu seras enfermée, ne pleure pas, je ne suis pas méchant comme tu peux le penser maintenant, je t'aime très, très fort, mémé aussi, on veut te garder avec nous, je veux aller au bord de la mer avec toi, pas toi ?

Elle secouait la tête et faisait signe que oui...

— Tu es une grande fille tu es intelligente ce sera un mauvais moment à passer, mais nous sommes prêts de toi, nous ne te quitterons pas, il faut que tu nous aides !

Elle ne répondait pas, Lucie et Jeanne s'essuyaient les yeux devant ce petit front buté, le commissaire Durand n'en pouvait plus, il se leva attristé, en colère, sortit dans le jardin, se mit à fumer une cigarette, il en oubliait sa promesse, il tremblait de tous ses membres, il se sentait courbaturé, fiévreux...

« Dès que cette affaire est finie, je m'arrête, je pars, je suis vané, si elle ne m'aide pas, s'en est fini de nous tous... »

Il jeta de colère sa cigarette, puis s'assied sur les marches du perron... il fixait tout et rien à la fois... il attendait...

Quand la porte s'ouvrit lentement, Angèle apparue les yeux rougis par les larmes, enveloppée dans ce grand tablier de coton, elle avait l'air malheureux, elle s'approcha du commissaire et l'enlaça, elle lui glissa sa petite main dans la sienne, il l'entoura de son bras et la serra fort contre lui...

— Ça va mieux ?

Elle secoua la tête en signe d'assentiment...

— Tonton, tu es en colère contre moi ?

— Mais non, je suis fatigué, cette histoire n'en finit pas, et j'ai pleins de projets pour nous deux qui s'effondrent petit à petit...

— A cause de moi ?

— Mais non, je n'ai pas le droit d'user de mes fonctions pour te faire parler, te faire dire un secret que tu désires garder.

— Tu m'aimes quand même ?

— Bien entendu, ça ne change rien entre nous, mais

si tu savais le chagrin que j'ai, je ne veux pas me séparer de toi, je ne veux pas aller le dimanche en visite dans un orphelinat, les enfants y sont trop malheureux.

— Mais je n'irai pas là-bas ! s'écria-t-elle, dis-moi ce qu'il faut que je fasse, je t'aiderai, j'ai très peur !

— Tu te doutes de ce que je te demande ?

— Oui tonton !

Il l'embrasse et se met à genoux devant elle sur une marche en contrebas...

— Ton père et ta mère seront inculpés, peut-être mis en prison, ils te reprendront si la loi le permet, s'ils veulent bien te reconnaître et s'ils désirent te reprendre chez eux !

— Je ne veux pas y retourner, j'ai peur tonton !

— De qui as-tu le plus peur ?

— De lui, maman me fait du mal que si lui, il lui en fait, sinon elle m'apprend à lire à écrire, on joue à la poupée...

— Que disait-il à ta mère ?

— Il voulait pas qu'elle descende quand les dames arrivaient.

— Les dames, tu sais ce qu'il fait comme métier ton papa ?

— Non, mais il disait toujours qu'elles venaient le voir parce qu'il était beau, et que moi j'étais laide et maman aussi.

— Mais encore que lui reprochait-il ?

— Il disait qu'elle était folle, il voulait pas qu'elle se mette derrière la fenêtre, il lui achetait pleins de belles choses, des robes et des colliers, des chaussures et des chapeaux, elle était belle...

— Tu la voyais s'habiller ?

— Oui, entre les joints de la porte du placard.

— Que faisait-elle ?

— Elle dansait, faisait des grands pas et tournait sur elle-même, elle souriait à papa, des fois elle pleurait.

— Que faisait-il donc ?

— Il était assis dans un fauteuil et la regardait, il battait des mains quand maman pirouettait.

— Et s'il n'était pas content que faisait-il ?

— Il la battait et la brûlait... à ce récit de cauchemards, elle pleurait.

— Où ? le commissaire lui caressait les cheveux pour la rassurer.

— Sur le ventre, sur les fesses, elle était toute nue, elle avait pleins de tâches bleues, j'avais peur, car à chaque fois, quand il partait et claquait la porte d'entrée, maman se rallumait une cigarette, me faisait sortir, et me faisait faire des dictées, du calcul, si je me trompais et... se mit à sangloter nerveusement...

— Je comprends ce que tu peux ressentir ma chérie, mais je te ferai oublier tu verras, nous serons heureux tous les deux...

Le commissaire laissa la fillette se reprendre, lui essuyait les flots de larmes qui affluaient, et qui la soulageaient tout en même temps...

— Comment était ta maman à ces moments-là ?

— Elle ne pleurait pas devant moi, mais ses yeux lançaient des éclairs, elle disait que c'était de ma faute !

— Pourquoi ?

— Parce qu'elle voulait partir, mais elle pouvait pas à cause du secret !

— Quel secret ?

— Moi tonton !

— Où est le placard ?

— Dans le salon, derrière la télévision, je n'y retournerai pas dis ?

— Mais non, rassure-toi, mais je vais te demander un sacrifice, tu veux bien ?

— Oui... hésitante...

— Cet après-midi, à quinze heures, je viens te chercher, nous irons là-bas, tu me montreras tout, ta mère n'y est pas elle est en clinique, elle est malade, ne crains rien, il y aura les gendarmes partout, il ne te fera rien, crois-moi, je ne t'ai jamais menti, tu le sais ?

— Non, tu m'as menti, tu as fumé une cigarette tout à l'heure, je t'ai vu par la fenêtre.

— C'est vrai, mais j'étais énervé, cela me relaxait,

une cigarette est faite un peu pour cela, à être allumée, consumée, elle apporte quelquefois la paix de l'esprit, la paix intérieure.

— Et toi, qu'est-ce qu'elle t'apporte ?

— Elle me détend, tout à l'heure j'ai eu envie de te secouer, de crier que tu m'aides, je suis sorti, j'ai fumé, tu es venue, et je t'aime, tu vois c'est tout simple, on fait comme ça, pour cet après-midi ?

— Oui, mais... j'ai très peur de retourner là-bas.

— Cela passera, on s'embrasse ma chérie ?

La fillette se lève et se jette au cou du commissaire qui perd l'équilibre, ils dévalent enlacés les quatre marches de l'escalier, et se retrouvent sur la pelouse, l'un sur l'autre s'aggripant à leurs vêtements.

— Tu n'as rien ?

— Non, et la fillette éclate de rire, accompagné aussi sec par le commissaire, malgré la violente piqûre qu'il a ressenti dans le milieu du dos... Les grands-mères qui guettaient l'intermède, accoururent affolées, quand elles les virent à quatre pattes dans l'herbe à rire comme deux fous, toute la maisonnée s'exclaffa bien soulagée...

Durand fit un clin d'œil complice à son ami Blanchet, celui-ci comprit l'allusion et se frotta les mains d'aise...

— Bon, c'est pas tout ça, il est l'heure que j'aille voir Maître Mallet, vous vous occupez d'elle, nous ferons une balade ensemble cet après-midi, tous les deux, tout ira bien, devant le regard interrogateur de la vieille dame, inquiète, par contre, j'aimerai bien que Blanchet reste avec vous jusqu'à ce que je revienne, il se fera un plaisir de déjeuner ici, n'est-ce pas Blanchet ?

Durand embrassa la fillette...

— A tout à l'heure, je vous la confie, tout en lui tapotant la joue, cela va marcher comme sur des roulettes.

« Elle semble bien » le commissaire en est heureux, il quitte les lieux d'un pas léger, monte dans la voiture de police et parcourt allègrement le chemin qui le mène chez Maître Malet, il se surprend même à siffloter... il sonne à la porte... une fois... deux fois... enfin le notaire vint lui ouvrir, un sourire franc sur les lèvres...

— Je vous attendais, bonjour, entrez entrez, il le conduisit dans un appartement cossu, tentures, tableaux, meubles de goût, offraient au commissaire une aisance certaine...

Madame Mallet le reçut froidement avec un sourire mi figue, mi raisin, elle le priat de prendre place devant elle, brune bouclée, les yeux noirs durs, qui n'autorisaient aucune réplique, elle avait une allure altière, elle allait très bien dans le cadre, et ses bibelots lui ressemblaient, elle était belle, mais était bien différente de Mme Lefennec.. Ses deux fils l'encadraient, âgés de vingt ans environ, très bien élevés en l'occurence, mais le commissaire Durand les trouvait bien sérieux à cette table, ils étaient muets comme des carpes, Madame Mallet leur interdisait la parole à table, et surtout la bouche pleine ; l'atmosphère était lourde à supporter, au fur et à mesure du repas, Durand se rangeait du côté du Notaire, et devenait son allié involontairement, il fut dit des banalités, puis elle posa la question que redoutait tant le commissaire :

— Vous vous êtes bien occupé de l'affaire Lefennec, voici quelques mois ?

— Oui en effet, mais elle est toujours sous le sceau du secret, alors je vous prie de bien vouloir excuser mon silence.

— C'est tout de même incroyable cette histoire, nous sommes amis, et nous n'avons rien perçu, cette histoire d'enfant ne me paraît pas évidente. Un praticien comme François, me paraît impossible, elle, c'est une sainte nitouche, vous en conviendrez avec moi, n'est-ce pas commissaire ?

— Excusez-moi, mais je ne connais pas Mme Lefennec et ne puis la juger !

— Mais enfin commissaire, c'est l'évidence, elle ne sort jamais, elle fait la fine bouche sur les amis de son mari, que vous faut-il d'autre !

— Tu exagères... l'interrompt le Notaire...

— Toi, tais-toi, tu l'as toujours défendu, tu en sais bien plus long que moi sur ces gens, le commissaire est ici pour que nous l'aidions !

— Je ne pense pas Mme Mallet, je suis ici en invité amical, simplement.

— Mon mari, ami du commissaire Durand, je le saurai tout de même !

— Et bien tu vois ma chérie, tu ne sais pas tout !

Elle était blême, et rageait intérieurement, son visage se transformait, la haine s'installait dans ses yeux, sur sa bouche, dans ses mains, la façon dont elle s'essuyait sèchement le coin de la bouche révélait une nature agressive et violente...

Le Notaire et le commissaire Durand reprirent leur conversation sur la pêche, les enfants, eux-mêmes intéressés, pavoisaient, « enfin on a osé lui faire fermer son clapet... » leur père ne se préoccupait plus d'elle et lui désobéissait à table, à sa table...

Elle fit la tête le reste du repas, puis au café elle disparue, les quatre hommes s'en donnaient à cœur joie, le commissaire Durand narrait ses péripéties de pêches nocturnes, et le notaire racontait ses chasses en sologne où l'on ne tuait jamais rien, mais où l'on buvait beaucoup, il était très heureux, car il partait seul ces jours là, Madame n'aimait pas la marche à pied, tout le monde s'exclaffait. L'un des fils du Notaire fit un clin d'œil à son père, qui lui fit un hochement amical de la tête...

« Décidément cette famille m'amuse beaucoup pensait le commissaire Durand ».

— Je m'excuse, mais je pense à la farce que nous faisons en ce moment à maman, elle ne veut pas que nous buvions de l'alcool, seule, sa goutte de prunes est d'un remarquable goût, il mimait les gestes pompeux de sa mère, le commissaire Durand riait poliment, gêné de la tournure des événements.

— Je ne pensais pas que vous aviez des fils si grands, ce doit être un réconfort pour vous, l'ambiance est bien agréable, je suis heureux d'avoir participé à ce déjeuner.

— J'y tenais, mes fils sont un soutien pour moi, je

ne devrais pas dire cela devant eux, mais à l'âge qu'ils ont, ils comprennent à demi mot ce que je veux dire, je ne leur ai jamais fait de misère, bien au contraire, j'ai dû cacher pas mal de sottises, en souriant à ses fils, nous ne vivons ici que par le quand dira-t-on, nous vivons, le cœur et le corps serrés dans un étau, alors comprenez, dès que ma femme a le dos tourné, c'est un peu la fête ; elle a fait beaucoup pour leur éducation, ça je l'admets, Pierre prendra la suite de mon étude et Stéphane sera avocat, il travaille dur, j'en suis content, pris moi-même dans les dossiers, je n'ai guère eu le temps de m'occuper d'eux, par contre le dimanche c'était sacré, la pêche ou la chasse, les jeunes gens se retirèrent poliment, trouvant sans doute ennuyeuse la conversation des deux hommes qui tournait sur le passé, le commissaire Durand profita de leur isolement pour lui poser quelques questions :

— Votre mariage avec Mme Mallet, vous pourriez si je ne suis pas indiscret m'en donner la réponse !

— Ma femme, c'est une maîtresse femme, comme vous avez pu le constater ?

— Ça !

— Et bien quand j'eus terminé mes études, son père était notaire dans la ville voisine, je ne connaissais qu'elle, je devais reprendre l'étude de mon père, c'n'est pas que j'étais pressé de me marier, non, mais tout notre entourage voyait d'un œil favorable cette union, elle était belle mais aucun charme, j'étais persuadé à cette époque que je la rendrais gaie, j'étais un naïf, elle n'aimait pas rire, moi par contre j'adorais, alors vous pensez bien, cela faisait très souvent des étincelles... et puis, les enfants sont arrivés, elle s'est retournée vers eux, elle m'a quelque peu oublié, je ne lui en veux pas, mais j'étais jeune, et j'ai rencontré Sylvie qui m'a fait découvrir une autre facette féminine, je ne me suis pas lassé de ma femme, mais je suis devenu indifférent tout simplement...

— Et si elle apprenait son infortune ?

— Je crois qu'il y aurait d'autres étincelles, vous voyez ce que je veux dire, en souriant.

— Vous ne craigniez pas ?

— Oh si, mais c'est ainsi, je n'y peux rien et pourtant je dois prendre une décision, si Sylvie m'en donne le feu vert, le veut-elle vraiment avec toute cette histoire je ne sais plus, pour l'instant elle se soigne.

Un silence tomba dans la pièce...

— Cher maître, je vais vous laisser à vos occupations, je vous remercie de ce repas, je vous téléphonerai ce soir, je pense pouvoir vous donner d'heureuses nouvelles, mais je vous retiens une invitation pour un de ces jours prochains, mais je n'aurai pas l'agréable idée de vous inviter chez moi, je suis célibataire, mais cela ne fait rien, nous irons au restaurant, j'en connais un dont vous me direz des nouvelles, je vous téléphonerai à l'étude !

— Ah oui, j'y tiens, ma femme sera indisposée ce jour là, et se mit à rire...

— Bonsoir Maître, bonne fin de journée !

— Bonsoir commissaire à bientôt !

Les deux hommes se séparèrent sur le perron, souriants, Madame Mallet regardait sévère ces deux hommes si bien s'entendre... elle vit avec amertume une poignée de mains franches scellée à son insu une prochaine amitié...

Le commissaire la remercia d'un large sourire...

— On y va, dis donc Blanchet c'est pas l'heure de la sieste, allez en route !

Il tapota l'épaule de Mme Renoir...

— Tout ira bien, elle est plus forte que nous.

A l'arrière du véhicule, Georges et la fillette se tenaient la main, ils regardaient défiler à vive allure les voitures et les motocyclistes.

— Quand tu seras plus grande, tu auras un terrible engin comme ceux que tu regardes.

— Ah non, ils vont beaucoup trop vites.

— Mais non, tu verras, tu changeras d'avis à quinze ans on a envie de goûter à la vitesse, mais... aimerais-tu avoir un vélo ?

— J'en ai vu un rouge, superbe dans une vitrine, tu aimerais qu'on aille le voir ?

— Non, ça ne me dit rien.

— Comment ça, toutes les petites filles rêvent d'avoir un vélo, et le tien aurait de belles sacoches en cuir, tu pourrais aller chercher les courses à ta grand-mère.

La fillette se penche et lui dit dans l'oreille :

— Je voudrais bien, mais je ne sais pas en faire !

Le commissaire éclata de rire...

— Ce n'est que ça, je t'apprendrai, tu te serais privée de cela pour cette simple constatation, tout le monde apprend à tout faire, Blanchet à partir de demain, tu prépares du coton et du rouge, pour soigner les genoux de Mademoiselle, il faut bien qu'elle goûte aux délices de la chute, tu te gares à droite, nous allons marcher cinq minutes pour nous détendre.

Il sentait la main de la fillette se raidir, se crisper, elle était pâle mais décidée.

Quand ils arrivèrent au coin du porche de la maison des Lefennec, ils s'aperçurent que les volets étaient clos...

« Il est quinze heures, que peut-il faire, était-il là ?... »

— On y va ! il regardait la fillette.

Elle lui fit signe que oui...

Blanchet sonna longuement à la porte d'entrée... elle s'ouvrit sur un Lefennec endormit, mais toujours élégant impeccable.

Il ne vit pas de suite la fillette, il fit entrer le groupe dans le hall, quand il s'aperçut de sa présence... elle le fixait terrorisée ses yeux étaient écartelés immenses... sa bouche était grande ouverte mais aucun son ne sortait...

Lui par contre son regard était glacial meurtrier serait le mot juste... il se retourna et se saisit d'une boîte de cigares qu'il y avait sur le bureau de sa secrétaire, il prit le temps d'en allumer un... le commissaire Durand profita de cet instant pour prendre dans ses bras la fillette, elle avait niché sa petite tête dans le creux de son cou, il sentait les palpitations de son cœur battre sous sa peau... il l'étreignit davantage contre lui afin de la rassurer... quand Lefennec s'aperçut de la scène familiale, un éclair de colère l'emporta.

— Qu'est-ce que cela veut dire, que fichez-vous avec cette gamine ? de quel droit vous venez encore m'importuner ?

— Du calme, cela peut se passer dans mon bureau, intervint Blanchet.

— Que voulez-vous ?

La porte d'entrée sonna, Durand fit un signe à Blanchet.

— Ne vous dérangez pas M. Lefennec, c'est pour moi.

Blanchet ouvrit la porte, une vingtaine de gendarmes entrèrent et s'installèrent dans plusieurs endroits de la maison... Lefennec était blême, la peau de ses joues tremblait, une lueur haineuse parcourait son regard... la fillette ne le regardait plus... mais Blanchet et Durand n'en menaient pas large, à tel point, que le commissaire fit un claquement de doigt... quatre hommes s'avancèrent en encerclèrent Lefennec...

— Je vous pris de m'excuser M. Lefennec, mais dans de telles conditions je ne puis continuer mon enquête, ce mandat d'arrêt est pour vous, je vous pris de suivre mes hommes, Angèle fera le reste, je ne puis accepter un tel entretien, je constate que votre présence nous est dangereuse, il fit un signe de tête, les agents emmenèrent péniblement Lefennec...

Durand se recula vivement, il eut peur soudain pour la fillette, il lut une impression de meurtre dans son regard il leur tendait son index en signe d'avertissement, la fillette se serrait si fort contre lui, qu'il sentait une fatigue lourde, l'envahir, il souffla enfin, quand tout danger fut écarté...

— Tu fermes à clé cette porte c'est plus prudent !

— J'avoue qu'il m'a fichu la trouille ce type, répondit Blanchet, d'une voix caverneuse...

— Si cela peut te rassurer, à moi aussi, allons, nous sommes tranquilles, tu peux nous guider maintenant ma chérie, tu ne crains plus rien ! Angèle monta doucement les escaliers, elle ouvrit la porte du salon.. puis regarda étonnée, en plusieurs fois la pièce, et... se mit à pleurer.

— Qu'est-ce qui se passe ma chérie ? alarmé, Durand s'empressait auprès d'elle...

— C'est ici, et pas ici, c'est plus pareil qu'avant !

— Mais les meubles ce sont les mêmes ?

— Oui, mais pas au même endroit, je ne sais plus...

— La télé, où était-elle placée ? ici... là... je crois !

— Dans le coin de la fenêtre tonton, ici, je crois... je ne sais plus... elle se remit à sangloter...

— Ne pleure pas, nous y arriverons ! la table, ici ?

— C'est pas celle-là !

Durand comprenait trop bien ce qu'il s'était passé la

nuit où il avait vu Lefennec, faire des allées et venues, il déménageait au maximum « un filou ce Lefennec... »

— Le papier sur les murs, c'est bien le même ?

— Oui, j'ai même écrit mon nom en bas du mur.

— Où ça ?

— Juste à côté de ma chambre, à ma droite...

— Les gars, vous m'inspectez à fond cette pièce, tout le bas du papier peint avec minutie, sa voix tremblait d'excitation... il y a d'écrit dessus Angèle, il se retourna vers la fillette, tu peux te diriger vers la chambre de tes parents ? il y a quatre portes fermées de la même teinte, repère-toi, et ouvre-la moi, c'est très important ma chérie, il nous faut le maximum de preuves !

La fillette regarda tout d'abord la fenêtre du salon, puis se dirigea vers la porte centrale du couloir, c'était la chambre de ses parents qui leur apparue, une chambre voilée de blanc et de broderies, la petite avait raison, c'était une chambre de conte de fées, la première fois qu'il était entré dans cette pièce, il n'avait pas prêté attention, il était trop accaparé par l'enquête, et par la présence énigmatique de Mme Lefennec, il n'avait pas constaté la richesse du décor, cette pièce fit penser à une cage dorée, dans laquelle on y aurait enfermé un oiseau aux ailes fragiles... cette pensée le rendit songeur...

Puis Blanchet lui donna un coup de coude, lui fit signe du menton, en désignant la fillette... elle se déplaçait à reculons depuis la coiffeuse de sa mère, elle comptait ses pas, elle connaissait les lieux, les yeux fermés, chaque recoin de l'appartement ne lui était pas étranger... elle contourna le petit couloir qui séparait la chambre à la salle de bain, puis elle s'approcha du salon salle à manger, la pièce où elle résidait habituellement, elle se buta... étonnée à une grosse commode en chêne... que les hommes poussèrent aussitôt... ils la glissèrent dans le beau milieu de la pièce et là... une petite inscription bleutée faisait jour, au-dessus de la plainte de bois blanc... une laie de papier peint du même colorie que le mur, avait été collée récemment... le commissaire Durand s'en approcha et en déchira le rebord avec une certaine agressivité... qui le surprit... la colère tremblait en lui, la fillette le regardait reconnaissante, sécurisée...

Le commissaire Durand ouvrit l'Opinel que Blanchet lui tendait, et commença à déchirer et gratter à plusieurs endroits du mur... cela résistait... mais plus rien ne l'aurait arrêté... soudain, la lame du couteau dérapa et lui entailla profondément la chair entre le pouce et la paume de la main gauche qui s'appuyait sur la cloison, la lame vint par mégarde se coincer dans une fente du mur... le commissaire Durand s'enveloppa la main dans son mouchoir, et jurait contre sa maladresse...

— Nom de dieu de nom de dieu, je saigne comme un bœuf, remplace moi Blanchet, suis bien la fente, n'enlève pas le couteau, il est fait le salaud, bon dieu que ça fait mal, il manquait plus que ça !

Il tourna la tête vers la fillette qui regardait la rue, derrière le voile blanc, il s'approcha d'elle...

— Tu regardais la rue d'ici ?

— Oui, des fois, je voyais mémé !

— C'est pourquoi tu t'es réfugiée chez elle ?

— Oui, elle avait l'air tellement gentille, et puis elle était souvent seule !

— Tu crois, moi je crois plutôt qu'elle aimait se retrouver seule chez elle après avoir été au foyer, elle faisait des parties de belotes très mouvementées paraît-il, sa maison c'est un peu son refuge, son havre de paix...

— Elle va pouvoir y revenir alors ?

— Bien entendu, il n'y a plus rien qui l'en empêche.

— Et moi, oncle Georges ?

— Et bien en premier lieu ma chérie, tu iras chez elle, puis nous aviserons par la suite... viendrais-tu habiter chez moi ?

— Oui, mais mémé ?

— Nous devons bien réfléchir, mais tu choisiras et je ne te ferais pas de peine, tu feras selon ton cœur...

— Et patron ça y est venez voir !

— Restes là je reviens !

Le commissaire Durand inspecta la cavité dans le mur avec surprise et dégoût...

« Comment la fillette avait-elle pu vivre là-dedans... »

Lefennec n'avait même pas pris le temps de nettoyer, il y avait une couverture, une poupée de chiffons, une assiette en ferraille, il restait un peu d'alimentation dedans, de la bouillie séchée, ou de la purée, il ne savait pas au juste discerner ce que cela pouvait être, dans le coin du placard, un petit pot hygiénique de plastique bleu ciel était rempli d'urine et d'excréments, une puanteur s'échappait de ce placard, il fit noter à un agent tout ce que les hommes découvraient...

La porte de ce trou fermait de l'extérieur, genre loquet de cabane de jardin... il laissa là ses hommes, se dirigea vers les autres pièces de la maison, la cuisine, le bureau de Lefennec, tout y était d'un ordre parfait, il ouvrit le tiroir du classeur qui se trouvait encastré dans le coin de la fenêtre du bureau, papiers, dossiers, fiches furent passés en revue, puis au dernier tiroir, une grande enveloppe marron obstruait l'ouverture... il en força le tiroir, puis en soutira l'enveloppe qu'il ouvrit sur le champ... lettres et photos tombèrent pêle mêle sous le sous main de cuir noir... le commissaire en visionna quelques-unes, c'était Mme Lefennec au bras de Maître Mallet assise à une terrasse de café, à l'entrée d'un hôtel, au guichet d'un cinéma, à l'entrée d'un parc zoologique, elle était toujours accompagnée du même homme, souriante, ravissante elle l'était, elle ressemblait énormément à la fillette... « ce salaud de Lefennec la faisait suivre... » ; il y avait d'autres papiers qui concernaient le paiement des frais du détective qui avait été employé pour surveiller sa femme, cela datait de quatre ans, qu'avait-il bien pu se passer à cette époque ?

La fillette vint le rejoindre, le commissaire prit deux photos, les mit dans son portefeuille, puis fit signe aux hommes de ramasser le reste et ce qu'il y avait dans le bureau... le téléphone sonna... le commissaire Durand prit la communication... rien... il reposa machinalement l'appareil et commença à sortir du bureau de Lefennec, quand le téléphone se remit à sonner... il redécrocha d'un coup sec... rien... il sortit du bureau en maugréant, entraînant la fillette par la main...

— Blanchet, je ramène Angèle chez sa grand-mère, tu téléphones à la poste l'appareil doit être en dérangement, c'est sûrement la brigade qui nous appelle, je file, on se retrouve ce soir à vingt et une heure. Je vais me soigner, prépare tout, l'interrogatoire sera long, allez à tout à l'heure !

— D'accord patron !

La fillette et le commissaire durent se frayer un chemin jusqu'à la voiture de police, une foule de curieux était postée là, et c'était à celui qui serait à la première place, ce qui provoquait une bousculade, les agents de services avaient toutes les difficultés pour leur faire évacuer le trottoir... Angèle se pelotonnait contre le commissaire, et lui souriait...

— Tu es contente c'est fini la misère, je prends des vacances la semaine prochaine, et nous allons au bord de la mer, ça te va ?

— Oui oncle Georges, tu es content de moi ?

— Ah oui, tu nous as rendu bien service crois-moi, maintenant, à nous la liberté, le commissaire criait avec joie ce mot tout neuf pour lui, la fillette éclatait de rire...

A leur arrivée, les vieilles dames se précipitèrent sur le trottoir...

— Mais vous êtes blessé ! s'écria Jeanne, que s'est-il donc passé ?

— Rien de spécial je vous raconterai plus tard, il l'embrassait sur les deux joues, donnez-moi un morceau de coton et de l'alcool, je vais nettoyer ça, Lucie courait dans la maison à la recherche de ce dont il avait besoin pour se soigner...

Durand grimaçait, l'effet de l'alcool sur la blessure ravivait la douleur qu'il avait oublié dans toutes ses émotions, il perdait beaucoup moins de sang, mais il fallait se rendre à l'évidence, la coupure était profonde et large...

— Il faut aller vous faire recoudre Georges, cette entaille est vilaine, ils vous feront une piqûre antithétanique, il faut que vous alliez à l'hôpital !

— Ah bon dieu, comme si j'avais le temps !

— Pourtant, il va bien falloir que vous y alliez, sinon, j'appelle un médecin, gronda Lucie.

— Bon, bon, ça va, j'y vais, je n'ai pas le choix, cela me tire de partout, ne m'attendez pas, je passerai tard ce soir, si la lumière est allumée, je m'arrêterai, sinon, à demain matin, bonsoir ma chérie, raconte à mémé, elle meurt d'envie de savoir, elle a été merveilleuse, notre petite fille c'est quelqu'un !

Il sortit heureux, en se tenant la main contre lui... il attendit à l'hôtel Dieu une bonne heure avant d'être pris en charge, un jeune interne lui fit quelques points de suture, lui pansa la main, puis lui fit une piqûre d'usage dans ces cas là, contre l'infection, cela prit beaucoup de temps, le commissaire s'énervait, beaucoup de travail l'attendait au bureau, il tempêtait contre l'interne impassible, qui prenait selon lui bien son temps, il n'en était rien bien sûr, mais Durand était un impatient..

Pendant ce temps... au quartier de la Chancellerie... un homme hirsute les yeux hors des orbites, échevelé sortit d'une porte cochère... il longeait les murs du quartier, la rue était sombre, les derniers véhicules de la journée passaient près de lui sans y prendre garde, la nuit était là, les becs de gaz étaient allumés, ils offraient une lueur blafarde aux derniers passants... il marchait... il marchait comme un pantin désarticulé, il guettait fenêtres et volets... sans tourner la tête, comme si le passé n'existait plus... il marchait... marchait dans de grandes enjambées mécaniques...

Il s'arrêta soudain devant une petite maison aux persiennes closes... il approcha ses yeux de fou sur la plaque numéralogique du bâtiment... sa bouche se tordit dans un sourire maniaque, il recula dans un coin de la rue assombrie par les H.L.M. qui cernaient la petite cité construite après la dernière guerre... il scruta les lieux... souffla un grand coup... et sortit en trombe de sa cachette, pris son élan et sauta par dessus le muret de la maison, un camion passa à ce moment-là, et couvrit le bruit de sa chute... il resta dans sa position, accroupi quelques minutes en guettant les moindres sons venus de la maison... il tendit l'oreille... la télévision fonctionnait, des rires féminins fusaient à travers le mur... il grimpa à l'échelle de meunier... leste comme un chat... il ouvrit délicatement la porte du grenier... y pénétra à pas feutrés... il ne respirait plus... c'était un halètement sifflant qui sortait de sa gorge... il tâta dans le noir les parois de l'habitation qui se trouvait vide... il cherchait une éventuelle issue... mais rien... l'échec le faisait ruer méchamment contre les poutres de l'habitation... puis... comme si le mauvais œil lui donnait raison, la lune éclairât la porte du grenier laissée ouverte, et envoyât un reflet de lumière sur la trappe de bois, qui donnait à l'intérieur de la maison... un sourire sadique parcourut sa bouche torturée par l'angoisse... il empoigna la chaîne de fer scellée sur le plateau, il souleva le tout de toutes ses forces... la posa silencieusement sur le sol poussiéreux... puis s'appuya sur les paumes de ses mains blanches... il descendit dans le trou béant... L'homme se retrouva dans un couloir minuscule entravé par les marches de l'escalier... les voix des habitantes de cette maison lui parvenait beaucoup plus claire... il se tapit dans le coin de l'escalier... attendit...

— Il est l'heure d'aller au lit ma chérie, il se fait tard, tu as eu une journée fatiguante, demain tu veilleras un peu plus tard, allez ! on dit bonsoir à Jeanne et je t'accompagne...

Angèle docile embrassait les deux vieilles dames, puis s'en retourna sereine vers la salle de bain, elle fit une petite toilette, et commença à se vêtir pour la nuit... elle sentit soudain sa peau se craqueler, une douleur lancinante... effroyable lui parcourir le dos, puis ses yeux s'enveloppèrent de brume... la fillette s'écroula sur le carrelage... l'homme lui administra encore de nombreux coups de couteau, sur tout le corps... les nerfs de son corps tressautaient... puis son regard bleu, vide d'expression se mit à le regarder... sa chemise de coton était mouillée de sang, il la secouait comme un pantin, s'assurait de sa mort... soudain... il entendit la vieille dame rire et s'approcher de la salle de bain, il se jeta derrière la porte du couloir... attendit... il lui plaqua sa main sur sa pauvre bouche ridée, fit glisser la lame de son couteau sur la gorge plissée par la vieillesse, il appuya vivement... un flot de sang gicla dans un gargouilli, le liquide rougeâtre bouillonnait et laissait de longues traînées de limons séchés le long de son corsage en dentelle... il la traîna ensuite pantelante, et l'engouffra du mieux qu'il put sous les marches de l'escalier... il donna un dernier coup de pied dans une de ses jambes qui, rebelle, émergeait de sa cachette... puis, il s'engagea dans la salle à manger... Jeanne buvait une tisane, délicatement elle tenait l'anse de la petite tasse de porcelaine de chine, elle regardait la pièce de théâtre à la télévision... elle secouait quelquefois la tête et riait de bon cœur... quand, elle sentit une présence étrangère dans son dos, elle se retourna vivement et voulut crier mais la stupeur la cloua sur place... c'est une bouche vide de sons qui s'ouvrit et grimaça quand la lame du couteau pénétra dans sa chair... la vieille dame s'affala dans un bruit mou, sur le tapis de la salle à manger... il essuyat son couteau sur le revers de sa veste de tweed... il éteignit la télévision ainsi que les lumières de la maison... il se lava les mains soigneusement dans l'évier de la cuisine, se donna un coup de peigne devant la glace de la salle de bain, au passage, il donna un coup de pied dans le petit corps flasque de la fillette... enfin... François Lefennec reprenait de l'allure... il sortit par le même chemin qu'il était entré quelques minutes plus tôt... il referma délicatement la porte du grenier, puis sauta une deuxième fois le muret... et sa silhouette se confondit dans l'ombre de la nuit...

Pendant ce temps... à l'autre bout de la ville, tout le commissariat et la gendarmerie étaient en effervescence, les hommes couraient partout ; voitures et minicars patrouillaient la ville à la recherche de Lefennec qui s'était enfui... et le commissaire qui était introuvable, celui-ci arriva, la main gauche enveloppée d'un pansement qu'il trouvait ridicule, quand il eut vent de la situation, il ressentit un immense trou noir à l'intérieur de lui...

Dans le véhicule de police, accompagné de Blanchet, il embraya comme un forcené, les pneus crissèrent, deux motards mirent en marche leur sirène et devançaient la voiture comme prise de folie... la circulation était clairsemée... par endroit de la ville la voiture forçait quelques passages puis elle freina sèchement devant l'habitation de Jeanne... Durand ouvrit la grille avec la clef que la vieille dame lui avait confié, ses mains tremblaient... il monta les escaliers à grandes enjambées, et frappa... rien... pas de réponse... pendant ce temps, sur le trottoir se garaient deux estafettes de la gendarmerie, une dizaine d'hommes armés en sortirent, se postèrent dans la cour, le jardinet...

« Il y eut pourtant assez de bruits, même en dormant profondément, elles devraient être éveillées » pensait Durand...

Il prit donc la clef que lui avait confié Jeanne et... l'introduit dans la serrure... il ouvrit la porte délicatement... la maison lui paraissait un peu trop silencieuse si l'on en jugeait le brouhaha de l'extérieur...

— Jeanne ! Lucie ! vous dormez ? chuchottait-il...

Blanchet énervé le devança... Durand alluma la lumière de la cuisine... et longea le petit couloir afin d'aller frapper à la porte de chambre de Lucie...

Quand Blanchet buta dans la chaussure de la vieille dame qui traînait négligemment près de l'escalier... le policier se mit à trembler comme une feuille... cette odeur qu'il reconnaissait entre toutes...

— Georges !

Le commissaire Durand alluma le couloir... stupéfait... Blanchet tirait à lui son macabre colis... le corps ensanglanté de Mme Renoir... le commissaire Durand toucha le sang poisseux entre ses doigts... sa gorge étouffait un sanglot, sa voix chevrottait...

— Mon dieu, nous sommes arrivés un quart d'heure trop tard, c'est encore chaud... Angèle ! il hurlait... courait dans la maison, allumait toutes les lampes... il ne fut pas surpris d'y retrouver Jeanne baignant dans son sang... il se jeta presque à la porte de la chambre d'Angèle... rien... le lit n'était pas défait... presque soulagé... Il ouvrit aussi la chambre de Jeanne... son lit non plus n'avait pas bougé...

« Elles n'ont pas eu le temps d'aller se coucher, d'ailleurs, elles étaient encore vêtues de leur vêtement du jour... il a dû emmené la petite... elles ont dû s'interposer et ce fou les a massacré... » quand Blanchet apparut dans l'encadrement de la porte... il était méconnaissable... il s'essuyait la bouche... des vomissures restaient dans le coin de ses moustaches... il fit un signe de pouce et se tenait au chambranle de la porte, son teint était grisâtre... il désignait la salle de bain... Durand le bouscula et se rua vers la dernière pièce de la maison... il poussa les agents qui obstruaient l'entrée de celle-ci... puis... atterré, il vit le corps sans vie de la fillette... le corps, les vêtements... hachurés par les coups de couteaux... le regard étrangement serein... comme si cela avait été une délivrance... La main tendue... une sueur glacée dans le dos... sur le front... le commissaire Durand s'écroula... les hommes affolés lui portèrent secours... ils l'allongèrent dans le couloir... lui dégraffèrent son col de chemise... le masque de la mort était sur son visage... sans connaissance... les hommes se relayait et lui faisait la respiration artificielle... ils en oublièrent quelques instants leurs macabres découvertes... Durand ne revenait pas à lui... les hommes entendirent les sirènes des pompiers... le soulagement passa sur tous les visages inquiets...

Le commissaire Durand fut transporté à l'hôpital... ce fut une course à la vie, effrénée...

Ce fut un grand branle bas dans le quartier, des curieux, des secouristes de tous poils proposaient leur service... Blanchet suivit le commissaire, il sentait sa présence inutile en ces lieux... plusieurs ambulances partirent à la queue leuleu...

Le commissaire Durand fut amené au pas de course le long des couloirs de l'hôpital, un masque à oxygène avait été déposé sur son visage, son ami Blanchet le suivit tout en s'essuyant les larmes qu'il ne pouvait empêcher de couler... on le fit asseoir dans une salle d'attente près de la salle de réanimation... le chirurgien et plusieurs internes de service, cette nuit là, l'encadrèrent et lui portèrent secours une bonne partie de la nuit...

On l'emmena ensuite dans une chambre appareillée pour des soins d'urgence ; goutte à goutte sur l'aile droite du lit, électrocardiogramme de l'autre, oxygène adaptée au-dessus de la tête du lit en fer, pour le cas où ! Le commissaire Durand avait les bras piquetés de partout, une ribambelle d'aiguilles l'alimentaient, elles étaient toutes rattachées à de petits tuyaux accrochés sur des trépiers près du lit... une infirmière s'avança près de Blanchet qui somnolait sur le siège de la salle d'attente...

— Monsieur Durand se trouve hors de danger, il repose à la chambre n° 14, si vous voulez revenir demain, pour l'instant ce n'est pas possible !

— Je comprends... que lui est-il arrivé ?

— Une violente crise cardiaque, il devra maintenant prendre soin de lui ! Abasourdi, Blanchet n'en croyait pas ses oreilles...

« Georges ! une crise cardiaque, si jeune, lui si fort, ça alors ! » Il empoigna sa gabardine, s'habilla vivement... puis partit pour les bureaux annoncer la mauvaise nouvelle...

Il frappa à la porte du grand patron, il n'attendit pas la réponse... hébété... il entra et s'asseya la tête basse, les yeux rouges...

— Alors mon brave Blanchet, comment va-t-il ?

— Ça va comme çi comme ça, il est hors de danger, mais il en a pour un moment à s'en remettre, quel carnage !

— Je n'aurai jamais dû lui donner mon acceptation, cette histoire ne nous a apporté que des ennuis, je me suis laissé séduire, tous ces sentiments, Durand a pris trop à cœur la vie de cette petite !

— Si vous l'aviez connu... cette petite, elle était si attachante... si jolie, si... Blanchet pleurait, ce fou l'a abimé de partout... elle était méconnaissable... il sanglottait, elle baignait dans son sang...

— Remettez-vous, je vous en prie, et lui ou en est-on ? Levasseur semblait très embarrassé de devoir dialoguer en ce moment sur des instants si tragiques.

— Georges est méconnaissable, du goutte à goutte

plein les bras, une violente crise cardiaque l'a terrassé, pour l'instant, il est sous surveillance, personne ne peut l'approcher, mon pauvre Georges ! se donner tout ce mal, en une heure de temps, tout ce carnage... impossible de le joindre il était à l'hôpital il s'était coupé profondément la main pendant la perquisition, il ne nous avait pas dit qu'il était blessé à ce point, et ce fou qui nous échappe, si je l'avais entre les mains !

— Bon, je vous remercie Blanchet, vous continuez les recherches, vous en prenez la direction, je n'aimerai pas qu'il arrive quoique ce soit à Georges, mettez des hommes en action à l'hôpital, et aussi autour de la maison de Maître Mallet ainsi que de cette chère Mme Lefennec ! je crains malgré tout pour leur vie, dépêchons-nous !

Levasseur donna une tape amicale sur l'épaule de Blanchet, celui-ci sortit du bureau et s'éloigna vivement près des hommes qui attendaient ses ordres...

— Les gars, j'en veux un groupe de six chez Mallet, un autre à la clinique de Mme Lefennec, un groupe pour l'Hôtel Dieu auprès du commissaire Durand vous prenez un nombre important d'agents, soyez vigilants, ouvrez l'œil, vous ne quittez pas votre poste sous aucun prétextes, je désignerai un gars pour chaque groupe, il devra présenter sa carte, sinon refus catégorique de vous éloigner de la porte et des couloirs visés, vous n'hésitez pas si vous êtes agressés, voici la photo de Lefennec, celui ci peut-être déguisé, ouvrez bien votre imagination, mais ne bougez pas de votre poste, moi je passe à la clinique, allez! vite ! le temps presse il n'y a pas de temps à perdre.

Blanchet et deux assistants s'engouffrèrent dans les véhicules en faction devant la porte de sortie des bureaux de la PJ, ceux-ci démarrèrent en trombe et s'éloignèrent de Bourges.

Ils roulaient à vive allure, quand Blanchet aperçut la voiture de Maître Mallet garée devant une station service...

— Arrêtes-toi là, tourne à droite, va sur la piste de

la station, tu me rejoins, Blanchet descendit du véhicule garé sur le bas côté de la route, courut vers la station...

— Maître ! interpella-t-il, s'il vous plaît ?

— Tiens, commissaire Blanchet, comment ça va ?

— Mal, très mal, on prend un verre, je vous explique en quelques mots, dépêchons-nous, le temps presse...

— Que se passe-t-il donc ? alarmé, Mallet le suivait à grands pas...

— Un alsace s'il vous plaît !

— Moi aussi répliqua Mallet...

— Lefennec a été arrêté hier après-midi, il s'est échappé des locaux de la police, dans l'impossibilité de joindre Durand, le temps de réunir tous les hommes, ce fou a massacré la fillette ainsi que les deux vieilles dames dans leur pavillon hier au soir, le commissaire Durand n'a pu supporter le choc, il a été terrassé par une crise cardiaque, il est à l'hôpital sous surveillance, Lefennec court toujours, il faut absolument faire attention à vous, nous avons désigné des hommes pour surveiller votre domicile ainsi que la clinique où se trouve Mme Lefennec, nous craignons beaucoup pour le commissaire, j'allais voir Mme Lefennec m'accompagnez-vous ?

La nouvelle avait abasourdi le Notaire qui ne pouvait prononcer une syllabe, il se contenta de le suivre, il tremblait pour la jeune femme. Ils arrivèrent dans le parc de la clinique, le silence y règnait... le personnel marchait sur des semelles de crêpes, chacun vacait à ses travaux, apparemment... rien n'avait troublé le repos des malades... ils demandèrent, sous présentation de la carte administrative la permission de rendre une visite à Mme Lefennec...

— Vous allez me chercher le médecin chef d'urgence, qu'il nous rejoigne dans la chambre...

Les deux hommes frappèrent doucement à la porte de la chambre, et entrèrent, elle somnolait... elle paraissait reposée... quand elle sentit la présence des deux hommes... elle s'éveilla... se trouva un peu perdue... Maître Mallet la rassura chaleureusement... un sourire timide apparut sur son visage pâle...

Blanchet se posta derrière la vitre et regardait le parc... les allées et venues des pensionnaires... ses pensées allèrent aux événements de la veille, il se moucha bruyamment, la fatigue, la peine immense qu'il avait dès qu'il avait une pensée pour son ami, lui fit monter les larmes aux yeux... à travers ses larmes, il vit ses hommes se poster autour du parc... le médecin chef de la clinique entra...

— Bonjour commissaire ! comment ça va ?

— Tràs mal, je ne puis vous le cacher plus longtemps, l'histoire qui concerne Mme Lefennec a perpétré un massacre, son mari a tué hier au soir la fillette et les deux vieilles dames qui s'occupaient de son éducation !

— C'n'est pas possible !

— C'est pourquoi nous avons posté des hommes de la maison, Lefennec est toujours en fuite, nous craignions pour la vie de votre pensionnaire !

— Je comprends, bien entendu faites votre travail... je ferai en sorte que Mme Lefennec ne soit pas dérangée...

— Je mettrai en faction deux de mes hommes devant sa porte, ils seront relayés toutes les trois heures sur présentation de la carte, ils lui passeront les plats pour s'alimenter, les fenêtres, comment sont-elles ?

— Incassables de ce côté-ci, il n'y a rien à craindre !

— Bon je vais vous laisser, tenez-moi au courant, moi-même de mon côté... si nous arrêtons Lefennec, tout ira bien, rassurez-vous, il jetait un regard de temps à autre de l'entretien sur le couple Lefennec Mallet... ils se soutenaient mutuellement, ils s'étreignaient les mains...

— Maître, je vous laisse, vous pouvez rester ici, Monsieur le chef de clinique n'est pas contre, si vous deviez partir, pour une raison ou une autre, faites le moi savoir, bonsoir Madame, je peux vous poser une petite question ?

— Faites monsieur !

— Maintenant que vous ne craignez plus rien, pourquoi la fillette était-elle tenue au secret ?

— Mais ?... je ne me souviens pas avoir eu cette enfant, François ne l'aurait pas acceptée !

— Mais vous jouiez avec cette petite, chez vous, vous lui avez appris à lire et à écrire !

— Je m'en souviendrai... je n'ai jamais eu cette petite fille, dis le lui Pierre, ne me tourmentez plus, j'ai toujours des maux de tête très violents dès que je suis contrariée, François, où est-il ?

— Elle vous ressemblait beaucoup, pourquoi vous ne m'aidez pas, votre mari avait-il un endroit bien à lui où se réfugier ? sa voix tremblait d'émotion en faisant revivre par la pensée, Angèle...

— François était exalté, son seul refuge c'est sa maison, il en était très fier, pourquoi... ma tête refuse cette petite... je ne comprends pas et puis... toutes ces grands-mères autour d'elle, je ne comprends pas, je n'ai jamais eu de grands-mères...

— Non bien sûr, celles-ci étaient adoptives pour quelques temps... mais cela ne fait rien... reposez-vous... bonsoir !

— Bonsoir commissaire, donnez-moi des nouvelles de Durand, j'y tiens, je serais à la maison vers vingt heures, ne donnez pas trop d'explications à mon épouse, elle ne comprendrait pas, merci !

Blanchet sortit de la clinique en compagnie d'un poids énorme sur la poitrine, saluant au passage les hommes en faction puis reprit le volant, prit la direction de Bourges... comme un somnambule, il suivait les deux motards qui lui dégageaient la route... il ne les suivait pas... le mot juste serait que c'était son véhicule qui le menait... arrivé au chevet du commissaire Durand... la police en civil grouillait dans les couloirs blafards de l'Hôtel Dieu.... il s'adressa à deux de ses hommes en faction devant le n° 14...

— Ça va ?

— Ça va commissaire, rien à signaler !

Blanchet n'entra pas tout de suite... il se dirigea vers les bureaux du médecin chef... il frappa... une voix féminine lui répondit... hésitant à la porte...

— Bonjour docteur !

— Entrez, entrez, vous désirez certainement des nouvelles de M. Durand, je ne puis vous en dire davantage que cette nuit, son état n'a pas évolué, il s'est éveillé dix minutes environ pendant les soins, mais il est très fatigué, nous en saurons un peu plus dans vingt quatre heures, son électrocardiogramme est loin d'être positif, la crise est passée, mais son rythme cardiaque ne me donne pas satisfaction, voyez, les nouvelles ne sont pas bonnes, mais pleines d'espoir.

— Vous croyez qu'il va s'en tirer ?

— Je ferai tout pour cela, mais lui, m'aidera-t-il ?

Blanchet hocha la tête...

— Je peux lui rendre visite ?

— Oui, mais ne lui parlez pas trop s'il s'éveille !

Blanchet s'éclipsa... entra dans la chambre de Georges... s'asseya près de son ami...

Il était branché à des appareils électronique qui impressionnait Blanchet qui avait toujours eu une crainte des hôpitaux...

Il somnolait... quelquefois il s'éveillait... il avait de la peine à garder les paupières ouvertes... quand il réalisa enfin que son ami Blanchet était près de lui... celui-ci mit sa main sur la sienne en signe d'encouragement... le commissaire cligna des yeux... Blanchet s'aperçut bouleversé que son ami pleurait... l'électrocardiogramme se mit à tinter irrégulièrement... inquiet, Blanchet sonna de l'aide... une infirmière s'approcha et fit sortir le pauvre commissaire éberlué... l'infirmière ressortit vivement et l'interpella.

— Voulez-vous aller chercher le docteur Rollet s'il vous plaît, je vous remercie.

Blanchet à cet appel se mit à courir le long des couloirs, à ouvrir les portes, à appeler ce médecin, qui ne répondait pas vite selon lui quand il arriva enfin... il entra en trombe dans le bureau de celui-ci et s'écria...

— Vite, mon ami ne va pas bien l'infirmière vous demande !

Le médecin courut aussitôt à son chevet précédé d'un Blanchet essoufflé, il fut stupéfait de retrouver son ami, coincé dans des draps blancs, les bras reliés par le goutte à goutte, la cage thoracique prise comme dans un étau, il soufflait péniblement, son visage était d'une pâleur cadavérique, le blanc de ses yeux était rouge, sanguin, il pleurait péniblement... Le docteur Rollet lui injecta un tranquilisant... le commissaire Durand s'endormit quelques instants plus tard, le visage mouillé... la bouche crispée... sa respiration redevint normale... La porte fut refermée sur le malade endormit, le chef de l'hôpital proposa à Blanchet de l'accompagner...

— Que s'est-il passé ?

— Rien, justement, il se mouchait bruyamment... il m'a regardé... je ne lui ai pas adressé la parole, je lui ai simplement mis mes mains sur les siennes afin de le rassurer, il ne disait rien... puis je l'ai vu pleurer... et cette bon dieu de machine s'est mise à fonctionner anormalement, plus rapidement qu'à mon arrivée dans cette chambre... et là, j'ai appelé l'infirmière, il s'essuyait les yeux et se remouchait, il se fichait complètement du « qu'en dira-t-on » un chagrin immense s'était emparé de lui, et il ne voyait pas de honte à pleurer son ami...

Le docteur Rollet lui tapa amicalement l'épaule...

— Que lui est-il arrivé, je ne vais jamais pouvoir le soigner, s'il ne me donne pas la solution de son mal ?

— La fillette qu'il avait projeté d'adopter, a été assassinée cette nuit avec sa grand-mère et une amie, tous ces gens lui étaient chers, il est arrivé sur les lieux le premier, c'était atroce... il secouait la tête...

— Ça, il y aura beaucoup de travail à faire, il est dans un état de faiblesse qui ne date pas de cette nuit !

— Il devait partir pour la mer la semaine prochaine, avec la petite, en vacances d'une certaine façon.

— A mon avis, il aurait eu une attaque dans les jours à venir, il ne vous a jamais rien dit sur sa santé ?

— Il ne se plaignait jamais, comment allez-vous faire ?

— Il est jeune, il s'en remettra.

— C'est un caractère entier, j'ai bien peur du contraire, je vous quitte docteur, mes hommes attendent, soignez le bien, je compte sur vous ! merci pour tout.

Arrivé au poste de police, il y avait du remu-ménage, Levasseur était en grande discussion avec une partie de ses hommes, il se retourna...

— Ah vous voilà ! Lefennec est retrouvé, il s'est pendu dans son garage, on aurait pu le chercher longtemps, vous pouvez mettre au repos vos hommes avez-vous des nouvelles de notre ami Durand ?

Blanchet mima de la main la santé critique de Georges...

— Il ne reprendra pas de sitôt le service, et moi-même j'aimerai que vous m'accordiez quelques jours, je ne me sens pas en forme, l'image de cette petite me couvre continuellement l'esprit, je n'arrive pas à me fixer sur un point précis, la fatigue sans doute.

— Vous me clôturez ce dossier, puis vous venez dans mon bureau, nous verrons cela ensemble, il le salua et s'éloigna du groupe...

Blanchet regardait ses hommes, apparemment, ils étaient tous soulagés de la tournure des événements, leurs propos ne laissaient aucun doute. Blanchet ressentit sa solitude devant tous ces hommes qui lui étaient un peu étranger, Georges lui manquait beaucoup... il resta assis derrière le bureau du commissaire Durand, sans bouger, les mains croisées sur le sous main de cuir noir, son regard était plongé dans le vide... il ne pensait plus à rien... quelques minutes plus tard, il ouvrit enfin le tiroir du bureau de son ami, il en sortit le dossier Lefennec, puis... l'ouvrit...

Georges, concienciеux, l'avait tenu à jour, de nombreux feuillets correspondaient à l'affaire, puis s'ajoutaient au dossier, de nombreuses photographies de la fillette, celles-ci étaient récentes, tout d'abord il y eut des clichés sur son martyre, puis à la fin du dossier, une photo de famille, un très mauvais cliché, mais un cliché heureux, la fillette souriante avec une énorme barbe à papa, encadrée par la gentille Mme Renoir et de Georges, joyeux, métamorphosé par la présence de la fillette...

Blanchet sentit la gorge lui picoter, une grosse boule se caler dans sa poitrine... il se mit à pleurer, il referma le dossier, mit la petite photographie dans son portefeuille qui n'avait rien à voir avec la justice, il ressortit son mouchoir à carreaux, se moucha bruyamment, les larmes affluaient abondamment... quand la porte s'ouvrit... Levasseur gêné, suprit Blanchet dans un état lamentable... il s'excusa maladroitement...

— Je comprends, je venais chercher le dossier, je dois partir plus vite que prévu, vous avez besoin de repos vous aussi, rentrez chez vous, venez me rendre visite, vous savez où j'habite, je crois bien que vous avez pris trop à cœur cette histoire, mes deux collaborateurs se sont faits piéger comme des gamins, remettez-vous, et revenez nous tous les deux en bonne santé, je compte sur vous pour motiver notre ami Georges...

— Merci Monsieur !

Levasseur lui tapa le dos...

— Allez, tiens, je vous retiens à déjeuner, je fais une course d'une heure, je vous attends au « Bon Laboureur » à midi trente, d'accord ? rentrez chez vous, une bonne douche et une chemise propre, vous retape un homme, et Mme Blanchet fera le reste, allons mon ami, tout n'est pas perdu, il est dans de bonnes mains, il s'en sortira, il est plein de vitalité, il est jeune, vous le connaissez aussi bien que moi, alors je ne vous en dis pas plus, à tout à l'heure !

— A tout à l'heure Monsieur !

Levasseur s'éloignait à grands pas, le dossier macabre sous le bras, Blanchet s'essuya les yeux, sortit du bureau... salua ses collègues de travail... sortit du poste de police... et... partit chez lui...

Pendant ce temps Sylvie Lefennec tournait en rond dans la petite chambre de la clinique... comme une bête en cage...

Maître Mallet, près d'elle, la tenait au courant des derniers événements survenus dans son quartier, il prenait de multiples précautions afin de ne pas l'effrayer, elle était pâle, frêle, très belle, une grande douceur attristée noyait ses yeux... elle ne pleurait pas la mort de son mari... mais elle n'acceptait pas en retour les condoléances de Maître Mallet... cette histoire troublait sa mémoire... elle sentait un besoin vital de s'échapper, d'être libre, de ne plus penser à ce tournant de sa vie... « François, plus-là... mort... c'est l'air pur, la campagne, les fleurs, le soleil, le ciel bleu, des chevaux dans les champs, des oiseaux dans les arbres, plus de mascarade, plus besoin de tournoyer dans 8 m² pour prouver sa beauté, son corps allait sortir de cette carcasse hypocrite, la chrysalide allait devenir papillon, fini les robes du soir ridicules, les dessous les plus extravagants, fini les maquillages grossiers pour cacher sa haine, cacher les pleurs couvées sous ce masque indéchiffrable, fini de jouer à la poupée, idiote et imbécile, fini de jouer à faire semblant, fini les coups, les mains crispées sur un corps étranger, fini les ongles qui la griffent, fini aussi, la pénétration volontaire et douloureuse de cet homme, haït, fini le non amour, l'indifférence du corps et sa mémoire, fini l'amant des mauvais jours, l'amant du malheur qui profite du désarroi pour aimer, toucher un corps qui ne lui appartiendra jamais... »

Maître Mallet sentit son regard glacé posé sur lui, sa présence ne lui était plus nécessaire, il eut envie de la supplier, de pleurer, se mettre à genoux, mais il sut qu'il était inutile, elle ce détournait de lui regardait maintenant le parc... « il n'existait plus pour elle, dix ans de sa vie qui venaient de s'envoler, en quelques minutes, elle l'avait irrémédiablement oublié, rayé de sa vie... »

Mallet sortit de la clinique comme un somnambule, monta dans sa porsche et partit à grande vitesse sans se retourner... quelques kilomètres plus loin, il aperçut avec soulagement le panneau de signalisation « virage dangereux à droite » conciemment, il ne fit aucun effort pour le négocier, le bolide se jeta littéralement sur la muraille, qui le projeta contre un arbre l'autre côté de la chaussée... ce ne fut plus qu'un amas de ferraille enlacé à un énorme chêne... Le Notaire exhala un soupir... son visage serein reflétait un immense soulagement, un mince filet de sang glissa sur le coin de sa bouche...

Sylvie Lefennec n'apprit la nouvelle que quelques jours plus tard, lors de sa sortie, le médecin chef vint lui faire ses adieux et lui glissa la mauvaise nouvelle... elle ferma les yeux... ses mâchoires se crispèrent...

— Ça ne va pas ? s'alarma le médecin.

— Si, je ne m'attendais pas, les obsèques ont eu lieu quand ? elle avait les yeux brouillés de larmes.

— Voici quinze jours à Saint-Doulchard !

— Ah bon, merci !

— Revenez-nous bientôt !

— J'espère que non ! en lui souriant...

Elle s'éloigna, fit un dernier signe de sympathie, puis monta dans le taxi qui l'attendait.

— 84 rue Jacques Cœur s'il vous plaît !

Le chauffeur secoua la tête, démarra doucement... la jeune femme jeta un dernier regard sur la grande bâtisse calfeutrée dans une verdure épaisse, une énorme grille en fer forgé se referma derrière eux... elle se retourna, il n'y avait plus personne... elle sortit de son sac à main, un poudrier miniature, et remit quelques mèches de cheveux à leur place, son regard était toujours mouillé... mais le mot « liberté » était dans ses mains, il s'imprégnait d'elle... et pourtant... quand ils arrivèrent devant le 84 de la rue Jacques Cœur, une crainte l'étreignait bien malgré elle... elle s'adressa au chauffeur de taxi :

— Attendez-moi quelques instants s'il vous plaît !

— Ok, il mit son compteur en marche, s'alluma une cigarette, ouvrit son journal..

Pendant ce temps, elle ouvrit la porte du garage... la Renault 30 était garée, elle en ouvrit les portes et les fenêtres, elle sursauta quand elle fut à l'arrière de la voiture, des signes de craie sur le sol lui signalait l'emplacement de la mort de son mari... elle s'était évertuée à oublier que son mari s'était pendu en ces lieux... la délicatesse de la justice... lui fit affluer une multitude de souvenirs désagréables... un frisson lui parcourut l'échine... elle monta les escaliers menants aux appartements, au pas de course... l'atmosphère y était glaciale... elle n'était pas plus rassurée que dans le sous-sol... elle ouvrit la porte des bureaux, ainsi que toutes les portes et les persiennes, cette maison plongée dans l'ombre ne lui plaisait pas... elle alluma les lumières du premier étage et se décida de monter dans les appartements... en ouvrant les volets de la salle à manger, elle recula soudain... la stuppeur la cloua sur place en ayant vu la petite maison de Mme Renoir... elle savait que cette maison avait un lien avec elle... mais aucun souvenir ne venait à ce sujet lui troubler l'esprit... et pourtant... le fait de voir et de visionner cette petite maison l'inquiétait... elle tira d'un coup sec les rideaux, puis se mit à inventorier le déménagement de la pièce... elle éclata d'un rire nerveux et s'écria :

— Mais qu'est-ce que c'est que cette histoire de fous... les meubles n'étaient plus à leur place mais encore ce n'étaient pas les siens... Le papier peint sur le mur était déchiré à plusieurs endroits... un placard en bois lui offrait un trou béant... intriguée... elle s'avança... s'accroupie et regarda l'intérieur du placard... elle éclata encore une fois d'un rire nerveux, elle ne comprenait pas ce trou, dans sa salle à manger... elle referma perplexe la petite porte, la crocheta... puis décida pour se changer les idées de remettre tous ces meubles en place... Elle savait que la police était intervenue chez elle, mais de là à tout bouleverser... elle s'interrogeait... essouflée... elle pénétra dans sa chambre qui était rangée soigneusement... stupéfaite tout de même par le changement...

« La police n'avait pas perquisitionné ici, elle le pressentait, mais... alors... c'était François... mais pourquoi... ! une foule des questions lui bousculaient l'esprit.

Elle ouvrit toutes les portes de l'appartement... tous les meubles quelque soit la pièce, avaient soit changé d'endroit, ou bien d'autres les avaient remplacé... elle en fut contrariée... prise de courage, elle remit la cuisine en ordre... les meubles de la salle de bain, le petit bureau, tout redevint à peu près normal, sans en être satisfaite...

Quand la sonnette d'entrée sonna vivement, elle sursauta... son cœur se mit à battre très fort... elle descendit l'étage craintivement ouvrit avec précautions la porte d'entrée... qu'elle ne fut pas son soulagement quand elle vit le chauffeur de taxi qui trépignait d'impatience.

— Ben ma petite dame, je trouve pas l'temps long ; mais je suis entrain de me demander si vous pensez encore à moi, le compteur tourne toujours !

— Excusez-moi souffla-t-elle, attendez-moi, je reviens elle s'en alla laissant la porte ouverte... elle pénétra dans le bureau de travail de son mari... elle décrocha une petite clé accrochée derrière le diplôme de gynécologie, puis elle ouvrit un tiroir du meuble d'encoignure encastré dans le mur, elle en sortit une liasse de billets apparemment, personne n'avait trouvé cette cachette, elle en fut rassénérée... elle tendit au chauffeur cinq cent francs, puis le remercia... elle referma la porte derrière lui, s'y adossa... soulagée... elle remonta quatre à quatre l'escalier du premier étage, se mit sous la douche, ouvrit la grande penderie où étaient entreposées sa garde robes...

elle s'habillât devant la glace... tous ces gestes précis l'intriguaient... elle se sentait bien... elle se trouvait belle... mais... cette maison la mettait tout de même mal à l'aise... elle descendit au rez-de-chaussée... referma les portes à clé... elle fit tourner quelques minutes le moteur du véhicule... puis elle le sortit du garage, qu'elle referma aussitôt... craintive... elle évitait de regarder la petite maison d'en face... le moteur vrombit... la voiture s'éloigna dans les rues de la ville...

C'est dans la cour de la police judiciaire qu'elle stoppa... elle pénétra de pied ferme dans les bureaux... les hommes de service, la regardèrent passer, étonnés par tant de hardiesse...

Elle frappa au bureau de Blanchet-Durand, puis, sans en attendre de réponse, entra...

Quand il l'a vit entrer si gaillardement, Blanchet s'étrangla :

— Qu'est-ce que vous venez foutre ici, s'écria-t-il, l'affaire est terminée pour nous !

— Peut-être mais pas pour moi !

Blanchet fit signe à ses hommes de sortir...

— Je vous écoute, une lueur de haine voilait ses yeux.

— Je voudrai lire le dossier concernant mon mari et moi-même ?

— Impossible, je le regrette bien, je me serai fait un plaisir d'énumérer les ignobles salauds que vous étiez.

— Pouvez-vous m'aider ?

— Alors, vous avez encore rien compris ma petite dame, je ne peux rien pour vous !

— Qui s'est occupé des obsèques de mon mari ?

— Maître Mallet, je suppose !

— Impossible s'écria-t-elle !

— De toute façon je m'en contrefous, d'accord !

— Comment je pourrai obtenir les derniers imprimés concernant cette affaire, j'aimerai les consulter !

— Aux archives, ou bien au centre régional de l'édition, qu'en ferez-vous ?

— C'est mon affaire commissaire, ma vie m'a échappée

depuis mon mariage avec François, ma mémoire, j'ai un trou énorme derrière moi, je suis sortie de clinique ce matin, et certaines choses m'effraient, m'intriguent, j'ai beau chercher dans ma tête, il n'y a rien... je ne comprends pas, je me suis rappelée ma maison, mes meubles, excusez-moi, mais ceci ne concerne que moi, bonsoir commissaire !

Blanchet haussa les épaules et l'interpella :

— Vous prenez un chocolat glacé en consultant ces journaux, vous verrez, c'est sublime de se vautrer dans sa propre boue !

Il la poussa fortement dans le couloir, et referma vivement la porte sur elle...

Les hommes entrèrent, intrigués... Blanchet s'esclaffa :

— Une dingue, que l'on a oublié d'enfermer voici quelques temps ! Le téléphone sonna...

— Oui !

— Levasseur !

— Bonjour patron !

— Bonjour, avez-vous des nouvelles de Georges ?

— Oui, malheureusement, je n'ai plus le droit d'aller lui rendre visite, je lui rappelle trop de bons souvenirs, mais je téléphone régulièrement, ils lui ont enlevé tout son attirail, hier, je vais m'y risquer dimanche prochain, il va beaucoup mieux paraît-il, son appétit reprend un peu, ce sera encore long pour lui.

— A-t-il quelques visites ?

— Oui, sa famille, et puis les gars y vont régulièrement...

— Vous me tenez au courant ?

— Ok patron, à bientôt !

— Bonsoir Blanchet, ma femme passera le voir cette semaine, je serai absent dimanche, passez lui le bonjour !

Blanchet raccrocha songeur... « aurait-il peur des hôpitaux, il n'avait pas mis une seule fois les pieds à l'Hôtel Dieu, et pourtant Georges était son ami ».

Pendant ce temps Sylvie Lefennec ressortait des bureaux de « La Nouvelle République » et du « Berry Républicain » les bras chargés de journaux, elle avait réuni le plus de documents possible concernant l'affaire. Elle gara ensuite son véhicule devant un restaurant berruyer, elle dîna avec appétit, puis se remit en route vers son domicile... elle passa la nuit à consulter chaque paragraphe concernant leur vie... les moindres petits détails de leur vie de couple y étaient inscrits, elle s'attarda davantage sur l'histoire d'Angèle et sur la folie meurtrière de son mari... puis... elle revint sur le passage d'Angèle... Angèle... elle répétait ce prénom et en attendait une réponse... elle creusait sa mémoire... mais rien... « J'ai donc été malade si longtemps » se disait-elle.

Angèle...

« Qu'avait-elle fait... c'n'était pas possible... »

Elle se leva... poussa la commode du salon... puis ouvrit le petit placard... elle s'agenouilla devant le trou béant... rien...

— Angèle ? elle parlait tout haut, dans l'espérance que quelqu'un lui donne une réponse...

Elle se mit debout et se dirigea vers la chambre à coucher... ouvrit le tiroir de la table de nuit... en retira un fume cigarette en ivoire... ses mains tremblaient devant cet objet... une preuve de son crime... elle se fit peur, jeta l'objet du martyre de la fillette referma le tiroir sèchement... elle se serrait les mains l'une contre l'autre, nerveusement... se regardait dans la glace de la coiffeuse... « calme-toi, se disait-elle, je dois regarder les choses en face, je ne dois en aucun cas perdre mon sang froid... »

Elle retourna à la salle à manger, s'allongea sur le ventre, sur la moquette et se remit à feuilleter l'énigme de sa vie... elle s'aperçut que François son mari avait été un être très fragile, violent... il n'aimait pas qu'on lui désobéisse... elle se rappelait le supplice... quand il lui ramenait une robe ou une paire de chaussures, il la faisait tournoyer, marcher, sourire pour lui, elle devait parader à ses exigences... de cela, elle s'en rappelait... il lui interdisait aussi de côtoyer, de descendre dans le hall pendant les heures de visites, il ne voulait pas qu'elle rencontre ses patientes... il ne parlait jamais des enfants que ces femmes attendaient où avaient eu... Elle en vint à lire le massacre perpétré par celui-ci... l'angoisse l'étreignait... tant d'horreur lui faisait peur... elle se leva... elle frissonnait, elle mit un lainage et s'approcha de la fenêtre... elle y vit en face, la petite maison de Mme Renoir... elle recula vivement, ferma les lourds rideaux de reps... elle claquait des dents elle imaginait sans se forcer ce que François avait pu commettre dans l'autre maison... son grain de peau s'épaississait comme de la chair de poule, elle sentait et entendait son cœur battre, un moment elle crut qu'il y avait une autre personne dans la pièce... elle se ressaisit piétina de colère les journaux étalés sur la moquette... elle entra dans la salle de bain, fit couler de l'eau bien chaude dans la baignoire, elle jeta un coup d'œil dans la glace de la coiffeuse... ses pupilles étaient dilatées, son blanc de l'œil était opaque... elle ressentait un vide immense en elle et pourtant ses pensées bouillonnaient. Sylvie Lefennec se maîtrisait, elle appréhendait tous ces mots qui ressemblaient tant à François Lefennec... terrifiée... elle se rendit compte qu'un double était en elle... qu'il vivait... elle plongea son corps dans l'eau, une langueur l'envahit à ce moment-là, sa peau reprit sa douceur initiale, elle sentit sa vision redevenir claire, son cœur se remit à battre régulièrement, elle ferma les yeux, la tête appuyée sur le rebord émaillé de la baignoire, elle vit avec lucidité que ce passé lui revenait, quand un cliché précis lui venait à l'esprit, la troublait, et la contrariait... elle ressortit de l'eau, se saisit d'une sortie de bain pendue dans l'armoire de toilette, quand, elle s'aperçut que le vêtement était celui de son mari, elle poussa un cri et le laissa tomber...

« N'importe quoi, pensait-elle, si je me fais peur avec des vêtements, je suis bonne à enfermer... »

Elle enroula courageusement le tissu d'éponge et le jeta dans le bas de l'armoire...

« Demain, je fais un rangement complet, et je jette tout ce qui ne m'appartient pas... »

Elle s'enveloppa ensuite de la bonne sortie de bain et

revint dans la salle à manger... elle s'agenouilla et reprit les feuillets concernant le commissaire Durand... elle comprit que cet homme s'était pris d'affection pour la fillette et à quels points les événements l'avaient bouleversé...

Elle plia les journaux, les remit dans le carton, se dirigea dans sa chambre, s'habilla d'un pantalon d'un pull, se chaussa de bottines, puis sortit de la maison... elle marchait à grands pas... contourna quelques quartiers puis pénétra sous un large porche au-dessus duquel était inscrit « Hôtel Dieu »... elle pénétra ensuite dans le premier hall venu, se fia à la documentation lu quelques heures auparavant... les couloirs étaient déserts, ses semelles de crêpes étouffaient le son de ses pas rapides... comme un félin, elle se faufilait, guettait chaque entrée de hall de l'hôpital... elle tendait l'oreille, puis continuait sa marche volontaire... elle stoppa soudain... devant la porte n° 14, derrière le commissaire Durand dormait... elle tourna doucement la poignée de celle-ci, pénétra sur la pointe des pieds, grâce à la petite veilleuse au-dessus de la porte, elle s'approcha du commissaire Durand... celui-ci l'avait entendu, il pensait à une femme de service...

« Il n'y a vraiment pas moyen de se reposer dans cet hôpital, pensait-il ». Il la regarda avancer, elle ne portait pas de blouse rose, il vit de superbes cheveux blonds dorés sur ses épaules, il s'exclama l'esprit troublé :

— C'est toi Angèle ?

Sylvie Lefennec ne répondit pas, elle prit un fauteuil en plastique léger et s'asseya près de lui...

Il la regardait et lui souriait...

— Tu es enfin venu me voir, je croyais que tu m'avais oublié !

La jeune femme se contenta afin de le rassurer de poser sa main fraîche sur la sienne, elle comprenait avec stupéfaction, combien cet homme avait souffert à cause d'elle et de François, et qu'il revenait de loin... elle n'était pas venu pour le contrarier, mais elle aurait tant voulu lui parler, afin de comprendre...

— Pourquoi tu n'es pas venue plus tôt, je trouvais le temps long !

La jeune femme mit son index au travers de sa bouche, et lui fit signe de se taire, et de ne pas faire de bruits, elle chuchotta :

— Je n'ai pas le droit d'être ici, il est très tard, il ne faut pas éveiller le personnel, et lui sourit tendrement.

— Angèle, ma chérie, je ne sais pas ce qu'il m'est arrivé, explique-moi, je ne vois personne, les jours et les nuits se succèdent, je ne sais plus ! puis il s'assoupit... le peu de paroles l'avaient épuisé...

Elle se leva, puis disparue de la chambre...

Il s'éveilla à six heures trente, l'hôpital était en effervescence, il était l'heure du petit déjeuner, il entendait tinter au loin les pichets de lalit en inox, les bols que l'on installe sur les chariots roulant, les petites cuillères que l'on laisse tomber dans la porcelaine, petit à petit, il reprenait goût à la vie, s'intéressait au va-et-vient du personnel de service, le ménage, les soins, tout cela allait très vite, les journées défilaient les unes après les autres, il avait un trou pendant les visites qu'il comblait par le sommeil... quand il essayait de remettre en place, tous les événements antérieurs, il n'arrivait jamais jusqu'au bout, cela l'épuisait énormément, il fermait les yeux et se rendormait encore une fois.

— Alors M. Durand, ça va ce matin, lui fit une infirmière chaleureuse.

— Oui, merci, quel jour sommes-nous ?

— Dimanche, regardez ce beau soleil, et il faut tout de même travailler, vous aurez sans doute de la visite aujourd'hui ?

— Peut-être ! vous enverrez quelqu'un m'acheter le journal du dimanche ?

— Oui oui, ne vous inquiétez pas, avez-vous besoin d'autre chose ?

— Non merci ! j'ai tout ce qu'il me faut ici, il lui sourit, allume le poste de radio, une voix cristalline chante...

Vers quatorze heures, c'est un Blanchet, les bras chargés de paquets qui arrive à grands pas dans le hall de l'hôpital, il frappe et entre dans la petite chambre et s'exclame :

— Alors mon vieux Georges, comment va ? et lui tend une main franche fraternelle.

— Enfin, tu en as mis du temps à venir me voir, tu croyais que j'étais mort ou quoi ?

— J'osais pas trop, j'ai été secoué moi aussi, et puis ton état nécessitait un calme absolu, alors comment te sens-tu ? il déposa son bardas sur le lit de son ami, tiens, toute l'équipe te dis bonjour et a fait des frais, devant l'air béat de Georges, Blanchet se mit à rire, le commissaire Durand secoua la tête et ouvrit un à un les cadeaux si gentiment offert...

— Je n'en ai jamais eu autant en une seule fois, tu les remercieras !

— Comment te sens-tu ?

— Ça va, cela suit son cours, j'en ai encore pour quelques temps, après j'irai en repos à la clinique des Pins, à Lamotte Beuvron, tu connais ?

— Oui, comme ça, j'en ai entendu parler, tu as beaucoup maigri, as-tu de l'appétit, dors-tu bien ?

— Ça vient tout doucement, que veux-tu... ah oui ! il faut que je te dises, j'ai des cauchemards la nuit, c'est peut-être dû aux somnifères, mais cette nuit, ça n'était pas comme d'habitude, j'ai rêvé qu'Angèle était adulte et qu'elle venait me voir, je suis sûr d'avoir eu les yeux ouverts cette nuit...

— Tiens c'est curieux fit Blanchet, tu en as parlé à quelqu'un de la maison ?

— Non j'ai pensé que c'était peut-être dû aux médicaments, tu sais que chaque personne réagit différemment, alors comment veux-tu que je prenne un exemple typique au mien, tu ris mais vraiment, ce matin j'y ai repensé à froid, il y a des phénomènes bizarres que je ne m'explique pas enfin, passons de sujet, comment va la maison ?

— Très bien, on attend impatiemment ton retour, Levasseur te passe ses amitiés, il est parti ce matin pour huit jours en Corse pour le boulot je crois, il en avait l'air fâché !

— Son épouse est venue hier, et ne m'en a rien dit, que des gentillesses, tu vois !

— Oui, en ce moment on a des petites enquêtes sans grandes lacunes, c'est un peu les vacances, larcins et petites escroqueries en tous genres.

— Je m'en doute, à côté de notre affaire, c'est sûrement plus calme, puis il continua la gorge obstruée de sanglots, as-tu été au cimetière dernièrement, ne t'en fais pas tu peux me répondre, je suis un peu plus coriace, et lui posa sa main sur la sienne afin de le rassurer...

— J'y vais toutes les semaines, j'arrose les fleurs de ses trois malheureuses, j'y veille n'y pense pas, tu verras cela ira beaucoup mieux, plus tard nous irons ensemble ; quand tu reprendras le boulot !

— Tu as sans doute raison, mélancolique...

— As-tu regardé le match de foot hier au soir, qu'est-ce qu'ils ont pris dans la gueule, ma femme m'a engueulé parce que je faisais trop de bruit, entre nous, elle avait raison, les deux hommes se mirent à rire joyeusement, Blanchet fut heureux de redonner pour un instant le sourire à son ami, il n'aimait pas quand celui-ci perdait pied, il se sentait tout penaud, heureusement qu'il était un homme vigoureux optimiste...

L'infirmière passa dans la chambre à ce moment-là...

— Ça va M. Durand, avez-vous soif et bien je vois que la bonne humeur est dans cette chambre, ne le faites pas trop rire, en secouant son index vers Blanchet et fronçant les sourcils, à ce soir.

Puis elle referma la porte délicatement, les deux hommes pouffèrent, le commissaire se tenait les côtes...

— Bon dis donc, c'est pas le tout, t'as vu l'heure qu'il est, j'ai un service à vingt heures, j'ai promis de rentrer tôt, ma femme t'embrasse mon vieux Georges, je t'embrasse pas mais le cœur y est, les deux hommes riaient encore !

— Tu payes quand même, tu es vraiment le joyeux

drille de la maison, à bientôt Blanchet, merci d'être venu, je t'attendais depuis si longtemps !

— A lundi alors ?

— Ah bon !

— Ben oui, maintenant que tu as le droit de rire, j'peux venir tous les jours.

— Je crois que tu peux, souriant.

— Allez à demain, salut Georges.

— Salut Blanchet, à demain, ramène-moi « L'équipe » tu prends des sous dans le placard.

— Ça va pas, je ne suis pas à trois francs, allez c'coup ci je pars, il lui fit un signe amical et sortit joyeux de l'hôpital.

La routine des hôpitaux se remit en marche, les couverts furent mis sur les chariots, le dîner était servi de bonne heure dans la soirée, le potage fut servi avec du jambon et une purée, une compote clôtura le repas, pour la première fois, le commissaire Durand mangea avec appétit, en pensant à l'agréable soirée que lui avait offert son ami Blanchet, les filles de salle en furent réjouies, et puis, c'était dimanche, il avait fait beau, les malades n'avaient pas été trop exigeants, alors, il y avait comme un esprit de fête dans ce quartier des soins.

Vers vingt heures, une aide-soignante vint lui apporter les médicaments de la nuit dont il était sensé avoir besoin...

Comme tous les soirs, Georges avala pilules et poudre, puis se mit à lire le journal qu'une jeune femme lui avait ramené...

Il s'endormit vers vingt deux heures, tout allait bien...

— Bonjour Angèle, pourquoi viens-tu si tard ?

— Bonsoir, je ne puis venir le jour, je voudrai tant vous parler, que vous m'aidiez.

— Tu ne me tutoies plus, tu me fais de la peine.

Puis il se rendormit... quand il s'éveilla une seconde fois, Angèle lui tournait le dos, partait... il l'appela, mais il eut l'impression que son souffle n'était pas assez puissant, il ferma les yeux...

Comme prévu, Blanchet arriva le lendemain après-midi, trouva mauvaise mine à son compagnon...

— Alors, comment vas-tu mon vieux Georges ? tiens, v'là deux belles brioches, la nourriture des hôpitaux n'est pas toujours affriolante, et la mère Blanchet a tenu à ce que je te les amène.

— Merci Blanchet, en lui faisant un timide sourire...

— Y a donc quelque chose qui n'va pas ?

— Ecoute, je me demande si je ne deviens pas fou.

— Ah ben, v'là autre chose !

— Eoute, Angèle est revenue cette nuit, je lui ai parlé, j'en suis sûr !

— Tu m'racontes des blagues !

— Mais non, et j'ai été très vexé car elle ne me tutoyait plus !

— Tiens tiens, vous voulez que je fasse une ronde cette nuit ?

— Non, surtout pas !

— Comment savoir si vous dites la vérité, vous prenez des cachets pour dormir ?

— Eh bien, je ne les prendrai pas ce soir, je veux en avoir le cœur net, tu n'as jamais plus rien entendu de cette affaire ?

— Non, sauf l'autre jour, la femme Lefennec est venue au bureau me demander avec un de ces culots, le dossier relatant l'enquête.

— Ah bon ?

— Oui, bien entendu, il m'était impossible de les lui donner, elle est repartie, je ne l'ai pas revu depuis.

— Tu n'as pas insisté pour savoir ?

— Non, j'ai une horreur physique pour ces gens-là.

S'apercevant que toutes ces questions inattendues agaçaient Blanchet, Georges n'insista pas, changea de conversation...

— Tu as regardé les résultats du FCB ?

— Tu parles, pas mal, pas mal, ils iront en finale, tu verras, vivement que tu sortes, nous irons les voir en fin de saison, à Vichy, ce n'est pas loin tu sais...

— Non, ce sera plutôt pour l'année prochaine maintenant, tu remercieras Paulette.

Blanchet se leva, donna une poignée de main ferme amicale à son ami...

— Allez, salut, je passe demain.

— Si tu as quelque chose sous le coude d'intéressant, fais moi participer ?

— Ok Georges, mais s'ils l'apprennent, quel savon ! Salut.

La porte se referma sur le calme, le commissaire Durand souriait encore sur la visite de son collaborateur qu'il appréciait vivement...

Il somnola jusqu'à l'heure du dîner... le chariot de victuailles tintinabula en entrant dans la chambre...

Le dîner consommé, il se mit à lire son journal, regarda pour la première fois d'un œil intéressé les informations, puis l'heure vint pour la distribution des médicaments réservés pour la nuit...

Ce soir là, il eut une recommandation :

— Si vous vous sentez bien, vous ne prenez qu'un cachet, il faut éliminer au fur et à mesure de votre équilibre, un sommeil naturel est encore ce qu'il y a de mieux pour votre santé, ça va ce soir Monsieur Durand ?

— Oui merci, vous me les laissez sur ma table, j'en prendrai un, un peu plus tard, merci !

— Bonne nuit.

— Bonne nuit, répondit Georges.

Elle referma la porte souriante, puis il l'entendit ouvrir la porte de chambre la plus proche, ainsi que des voix feutrées, puis... plus rien...

Le commissaire Durand s'installa confortablement sur les coussins de son lit, puis regarda la télévision jusqu'à une heure avancée de la nuit, il somnola quelques minutes mais se reprit il ne voulait pas dormir, il se concentra... quand vers deux heures du matin, elle se glissa comme un chat dans la pièce... il sursauta, il était pourtant aux aguets, et elle était là... sans qu'il ne se fut aperçu de sa présence... il maugréa contre lui... contre sa faute d'inattention.

— Bonsoir !

— Que voulez-vous ? il était suffoqué à l'idée de la présence dans ces lieux de Sylvie Lefennec. Comment osez-vous entrer au nez et à la barbe de tout le personnel de cet hôpital ?

— C'est bien connu, le personnel est plutôt restreint la nuit, je suis prudente, et je désire vous parler !

— Nous nous sommes tout dit je pense, et fit mine d'attraper la sonnette d'appel.

Elle lui attrapa le poignet, en arrêta son élan.

— Je vous en prie, écoutez-moi, je voudrai tant que tout ce passé qui nous concerne, n'est pas existé.

— Vous avez un de ces culots !

— Croyez-moi, c'est tout ce que je vous demande, je n'ai aucune connaissance de la naissance d'Angèle, mais je sais le pourquoi d'avant.

— Je m'en contrefous !

— Chut ! ne criez pas, n'alertez personne, écoutez-moi ! elle s'asseya près de lui et lui raconta quelques passages de sa vie, qui lui revenaient successivement dans sa mémoire... J'étais jeune et belle, ma profession me donnait l'occasion de rencontrer des hommes, j'étais de conditions très modestes, quelques-uns m'aidèrent financièrement, mais le plus attentif de tous, était Philippe enfin, Monsieur Mallet. Je rencontrai François banalement et je me lassais de tous ces hommes de paille, lui, c'était un homme de terrain, toujours très pressé, il m'épousa, ne me posa aucune question, il me promit voyages, amour, bonheur, la réalité fut tout autre... Je dus tout d'abord quitter mon emploi, il fit cela très adroitement et je me retrouvai enfermée entre quatre murs, je ne manquais de rien c'est vrai, mais j'étais enfermée. François avait beaucoup de travail, je pensais devenir une collaboratrice, mais là aussi je me suis trompée, je ne savais plus rien de la vie extérieure, mais encore moins de ce qu'il se passait à l'étage en dessous, il ne me tenait aucunement au courant de toutes ces femmes qui allaient et venaient se faire soigner, je les enviais moi-même pour combler cette inactivité, je désirais la grossesse de ces femmes. Il ne voulait pas en entendre parler, il me comblait de cadeaux afin de me faire oublier cette liberté que j'avais perdue, je commençais à sombrer, je pleurais très souvent surtout quand il n'était pas là, il avait une horreur des femmes qui pleurent. Il me soignait à sa façon, mais ce qui était bizarre chez lui, quand nous étions couchés, il me prenait toujours de force, violemment, il me pinçait même et, si j'avais le malheur de crier ou de pleurer j'étais battue jusqu'à ce que je pleure en silence. Il aimait la perfection me disait-il, je ne compris rien à ce qu'il désirait, mon calvaire dura toute la durée de mon mariage, je devenais dépressive, agressive, il me soignait, me préparait des soins médicamenteux que je buvais bien malgré moi, je devenais dolente... et puis je me suis échappée, je me suis retrouvée chez Philippe, je me réfugiais chez lui souvent, dès que j'en avais la possibilité et je pleurais tout mon saoul, il me consolait... je vous ennuie peut-être ?

— Non, non continuez.

— Je fus enceinte et là ce fut un martyre... il savait que je le trompais, depuis quand, je ne sais pas, mais il le savait. J'avais donc demandé à Philippe de cesser pendant quelques temps nos visites. Il accepta.

— De qui était l'enfant ? demanda le commissaire.

— De Philippe.

— Il ne le savait pas ?

— Oui et non, il savait que j'attendais un enfant, nous avions fait l'amour un après-midi, mon ventre était rond, mais je ne lui ai rien dit, j'en avais l'ordre formel.

— Comment ça ?

— François connaissait son infortune, j'étais enceinte, mais pas de lui, car il prenait de multiples précautions à cet effet, il me fit des menaces, en neuf mois, je ne suis sortie que deux ou trois fois, là je ne me le rappelle plus très bien, il me harcelait, j'étais très mal en point, il ne me cognait plus mais il prenait plaisir à me brûler, m'insulter, à chaque voyage il me ramenait du linge qui m'écœurait, je devais m'habiller séance tenante et je devais marcher tourner devant lui, jusqu'à ce qu'il décide d'arrêter, sinon... j'avais droit aux brûlures et autres sévices... elle sanglota à ce moment-là.

Le commissaire Durand en fut gêné.

— Mais vous n'en parliez pas à Maître Mallet, il aurait pu vous aider.

— Lui ? non, je l'ai compris plus tard, il se contentait de m'aimer à sa façon, il m'écoutait, mais il ne voulait en aucun cas que je trouble sa vie de famille, mon corps l'intéressait plus que tout le reste, j'acceptai je n'avais que lui comme soutien.

— Si on peut dire, vous rappellez-vous quand vous avez accouché ?

— Non pas exactement, je sais qu'il s'est passé un événement très important au huitième mois de ma grossesse, François me soignait, je dormais continuellement, j'allais du lit au lit, puis plus rien...

— Vous ne vous souvenez pas quand vous faisiez du mal à votre petite fille ?

— Pas du tout, je regarde ce placard et je reste devant les yeux grands ouverts, ma mémoire à leur service, mais rien, le vide complet, que m'a-t-il fait ? est-ce que vous vous rendez compte que j'ai huit ans de ma vie que je traîne comme un boulet, sans aucun souvenir, rien... et pourtant d'après les journaux, j'ai éduqué Angèle, je m'en suis occupée, elle a eu quelques moments heureux avec moi...

— Peut-être, répondit le commissaire...

— Je vais vous laisser vous reposer, je pourrai revenir ?

— Croyez-vous que cela soit utile ?

— S'il vous plaît, laissez moi venir ?

— Soit, je suppose que vous viendrez la nuit ?

— Oui, merci... à demain... elle lui tendit la main amicalement.

Il plongea son regard dans le sien, il n'y vit aucune haine, aucune désinvolture, elle lui souriait timidement.

— A demain.

Elle s'éclipsa comme les autres fois, en silence, le commissaire s'endormit...

Le lendemain après-midi, après avoir mûrement réfléchi, il raconta les événements nocturnes de Mme Lefennec... Blanchet en était ébahi.

— Qu'allez-vous faire patron ?

— Oh, y'a plus de patron qui tienne, je vais laisser faire, elle ne demande pas grand chose, que je l'aide simplement, alors, si je peux faire quelque chose pour elle !

— Vous êtes trop bon, cette femme est peut-être dangereuse ?

— Mais non, elle a la tête fatiguée, justement pour qu'elle recherche son passé, c'est un signe qu'elle est en train de se remettre sur pied.

— Bon, je me tais, vous aurez toujours le dernier mot... j'me sauve, je ne viens pas demain, je pars trois jours, retrouver le patron en Corse, il a besoin de mes services... on se retrouvera dimanche prochain, s'il y avait quelque chose, fais moi signe et j'accours ?

— Mais non, que veux-tu qu'il m'arrive ici ?

— On n'sait jamais, allez salut, à bientôt !

— Salut Blanchet.

Sylvie Lefennec vint le voir cette semaine là, la nuit, le jour, une amitié s'installait entre le couple... quand elle partait, elle l'embrassait maintenant sur le front... petit à petit, Durand prenait de la hardiesse, il conversait plus longtemps elle lui faisait la lecture quand elle le sentait fatigué... elle devenait simple... charmante, elle ressentait un immense besoin de parler, d'écouter, d'apprendre.

Georges Durand voyait arriver le dimanche avec mauvaise grâce, Blanchet empêcherait Sylvie de venir l'après-midi, il ne comprendrait pas cette soudaine amitié venant de lui, elle lui avait confié que le soir, elle passerait, mais il en était pas plus heureux pour autant...

La jeune femme ne prenait plus aucun médicaments...

Elle mit en vente sa maison, déménagea de la rue Jacques Cœur sans regrets, puis elle prit une petite location près de l'hôpital... A chaque visite, son cœur battait plus fort dès qu'elle pénètrait dans le hall de l'habitation.

Quand ce jour là...

— Tu sais la bonne nouvelle ?

— Non, mais tu vas sûrement me la dire ?

— Et bien je sors lundi matin.

— Tu pars directement en maison de repos ?

— Oui, je n'ai rien à faire chez moi, je m'y sentirai désœuvré.

— Mais, je serais là, tu ne désires plus mes visites ?

— Je ne sais pas, ma sortie va changer le courant de notre vie, au vue de la société et de mes supérieurs, ils ne comprendraient pas mon chagrin, Angèle et toi ensuite.

Elle baissa la tête, le sourire qu'elle avait eu en entrant était devenu une moue de tristesse.

— Je comprends... bon... je n'ai plus rien à faire ici, ni à Bourges.

— Tu pars ? En la tenant par le poignet.

— Oui, que veux-tu que je fasse dans cette ville, je n'y ai jamais été acceptée et puis, j'ai vendu la maison.

— Quoi, déjà ?

— Ce quartier me fiche la trouille, cette maison m'empêche de dormir, j'ai loué un petit deux pièces près d'ici.

— Pourquoi me l'as-tu caché ?

— Cela n'avait pas d'importance, il y a des choses plus intéressantes que du matériel, des meubles ou des bibelots.

— Où vas-tu ?

— A Paris, que je n'aurai jamais dû quitter.

— Je croyais que tu n'aimais pas le bruit ?

— En effet, mais là-bas je passerai inaperçue.

— Que feras-tu ?

— Je vais chercher du travail, je ne suis pas encore dans la misère.

— Je ne te verrai plus ?

— Et bien non, c'est toi qui le désire, non ?

— Pas vraiment, tu viendras me chercher lundi matin ?

— Oui Georges, je viendrai, mais tu n'auras pas peur de traverser Bourges à mes côtés ?

Il lui haussa les épaules.

La jeune femme était très nerveuse, elle triturait le coin de son sac à main, il la sentait triste, agacée, elle stationnait debout près de la fenêtre de la chambre, cette position lui rappelait de mauvais souvenirs.

— Assieds-toi, viens là près de moi, raconte moi les nouvelles.

La jeune femme s'approcha de lui, s'asseya sur le rebord du lit... Georges lui prit les mains, puis plongea son regard dans tout ce ciel bleu...

— Laisses moi le temps que je leur explique notre amitié, ce n'est pas facile, crois-moi, demain Blanchet vient me voir, je vais lui faire comprendre ce que je désire, il comprendra... plus tard...

— Mais Georges, tu ne me dois rien, je te remercie pour la compréhension que tu as eu de m'écouter et de m'aider, je me sens beaucoup mieux, ces quatre mois passés ensemble, enfin si on peut dire, m'ont été d'un grand secours pour ma santé, ma vie, j'ai perdu huit ans de vie et grâce à toi, tu m'auras permis de te connaître, de t'apprécier, je ne sais pas ce que je t'ai apporté, beaucoup de chagrin sans doute mais si je pouvais faire quelque chose d'important pour toi, je le ferai...

— Tais-toi, j'ai du chagrin, c'est vrai, je ne peux le nier, j'avais porté beaucoup d'espoir sur ta fille, mais tu es là aujourd'hui et je ne t'en veux plus, je te remercie d'être venue à mon chevet, le jour, la nuit dès que tu en avais la possibilité, d'ailleurs, je me suis toujours demandé comment tu avais pu venir dans cet hôpital sans qui que ce soit ne s'en aperçoive, j'ai toujours trouvé cela comique. Tu étais perdue et maintenant, tu sais sourire, tu es gaie quand tu entres dans cette chambre, à tel point, que je me suis habitué à toi, à tes visites et que celles de mes amis m'ennuient car elles me séparent de toi, de courts instant, je sais, mais c'est ainsi, comme dirait Blanchet « tu as ramolli un vieux célibataire endurci »...

Elle lui souriait, elle aimait l'entendre parler, il avait une voix suave douce, il était entré dans sa vie dans son cœur...

« Comment lui faire comprendre... »

— Il se fait tard Georges, je dois partir, ton ami ne va pas tarder à arriver, remettons à demain cette conversation.

Il embrassa le dessus de ses mains et soupira :

— Déjà, si tu savais Sylvie, j'ai tellement besoin de te parler, et je coince là, (il désignait sa gorge), viendras-tu cette nuit ?

— Oui Georges, tu n'es pas trop fatigué ?

— Mais non, viens, je te le demande.

— Oui, bonsoir Georges, à tout à l'heure.

La jeune femme approcha ses lèvres près de la joue de son ami, qui se pencha légèrement, elle sentit le coin de ses lèvres, troublée... elle scruta son regard... impassible, il lui répondit :

— A ce soir, puis lui sourit.

La jeune femme referma la porte derrière elle, songeuse.

« Etait-il pensable que Georges... »

Celui-ci se leva, regarda énigmatique la jeune femme sortir de l'hôpital, elle flânait lui semblait-il, souvent à son insu il la regardait s'éloigner, elle marchait à grands pas.

Sylvie sentit son regard, elle se retourna, chercha pour la première fois la fenêtre amie, quand elle aperçut sa silhouette, elle lui fit un signe de la main, souriante... Georges lui répondit timidement...

« Aurait-elle vraiment oublié Angèle, se disait-il tout bas », comme elle avait changé ces derniers jours, elle était plus douce, plus craintive aussi elle ne parlait plus d'elle, ni de son passé, elle buvait ses paroles et était intarrissable, elle voulait tout savoir, tout connaître de lui, il n'y avait qu'une seule ombre à leur entente, « son métier et Bourges »... que faisait-elle quand elle ne venait pas le voir ? cela l'intriguait et l'irritait tout à la fois, elle ne se racontait plus et cela ennuyait Georges, elle était devenue son centre d'intérêt, son métier, il s'en était un peu écarté, le fameux repos qu'il s'était tant promis, il le passait ici malgré lui dans cet hôpital, Sylvie Lefennec était venue y chercher un réconfort et y apporter un peu de gaieté, il se l'avouait, il ne pouvait plus se passer de ses visites, il les attendait même avec une impatience extrême, il aimait Sylvie Lefennec...

« Et si elle ne venait pas cette nuit ? avec les propos que je lui ai tenu, elle était libre de ne pas revenir... »

Il se recoucha, essaya de penser à autre chose, mais son visage était incrusté dans sa pensée, par moment, il le voyait grave, enfantin, charmant ou très gai...

Blanchet entra en trombe ce qui le fit sursauter :

— Excuse-moi mon vieux, mais tu sais qui 'ai rencontré à l'instant ?

— Je le pense, mais reprend des couleurs, tu vois je ne suis pas mort ?

— Elle vient souvent ici ? Blanchet paraissait estomaqué.

— Tous les jours, Georges s'amusait beaucoup.

— Eh ben, tu m'en caches des choses ?

— Mais je te signale que tu ne m'as rien demandé.

— Bon et bien raconte, qu'est-ce que tu attends, cela m'intéresse !

— Tu y tiens, tu ne vas pas être déçu !

— Vas-y j'te dis, je peux tout entendre avec toi !

— Et bien, Sylvie Lefennec vient me voir régulièrement le jour et la nuit.

— La nuit ? ici ? des blagues !

— Non non, elle vient me rendre des visites térapeutique.

— Tu me feras toujours rire, va toujours !

— Et bien, elle vient me voir et je la soigne en douceur mon cher Blanchet.

— Toi ? c'est la meilleure !

— Oui moi, elle avait besoin que quelqu'un l'écoute, n'ayant aucune attache dans cette ville, elle a acheté tous les journaux concernant l'affaire, puis elle s'est rabattue sur moi, je n'étais pas d'accord, tu penses bien et puis elle m'a fait pitié, elle a cherché à comprendre, à se comprendre, c'était une femme déséquilibrée que j'avais devant moi, je t'avoue que je n'étais pas fier quand elle est venue en douce les premières nuits, j'ai eu tort, c'est une femme intelligente, fine d'esprit qui a besoin de beaucoup d'amitié.

— Que tu vas lui donner je suppose ? tu oublies...

— Rien, je n'oublie rien, Angèle et Sylvie ont été deux martyres de ce fou, inconciemment, elle lui a fait du mal, son esprit n'était vraiment plus en état, tu l'as vu comme moi à l'interrogatoire ?

— C'est vrai !

— Bien entendu, il y a certaine chose que je tiendrais en secret, l'affaire Lefennec est close, judiciairement, je lui ai promis, tu comprendras plus tard.

— Tiens tiens, elle te rend ton verbe à ce que je vois !

— C'est quelqu'un de très bien, tu verras.

— Ah parce que...

— Mais oui, je te la présenterai mieux que nous l'avons fait dans les locaux de la PJ, comme cela, tu ne seras plus surpris de la rencontrer, et elle ne sera plus obligée de partir avant l'heure !

— Ah parce que ?

— Mais oui, c'est un accord passé entre nous deux, je n'ai pas été très gentil avec elle tout à l'heure, un peu par ta faute, alors je rentre demain matin à Lamotte Beuvron, c'est elle qui m'y conduira, je ne veux plus qu'elle parte quand toi ou d'autres de mes amis viennent me voir !

— Tu sais là-bas, je ne risque pas d'y aller tout les jours, ça fait une tirée, je te téléphonerai plutôt, tu me tiendras tout de même au courant ?

— Bien sûr, tu es mon ami non ?

— Ça, pour sur, y a rien de changé !

— Moi non plus, il n'y a rien de changé.

— Combien de temps restes-tu là-bas ?

— Trois mois environ, mais les fins de semaine, j'aurai des permissions comme à l'armée.

— Tant mieux, j'aime mieux te voir comme ça.

— Alors, racontes-moi la Corse ? que s'y passe-t-il ?

— Aux dernières informations Levasseur va y être muté pour de bon, c'est pas le boulot qui manque, attentats en tous genres, tu sais que ça a toujours été son dada avec la pêche bien sûr, il aura tout sur place, même une piscine près de la mer, une maison superbe, mais pour chauffer, ça chauffe dur, les Corses sont muets comme des tombes, alors, il faut se donner un coup de pied au cul et enquêter tout seul. Et toi comment ça va, tu nous reviens bientôt ?

— Non je me soigne et j'ai un acompte à prendre sur ma santé, je verrai dans quelques mois.

— Tu vas pas tout lâcher ?

— Sûrement pas, regarde ce beau soleil, je vais aller dans la verdure me reposer, puis on verra, je n'ai plus l'intention de me bousculer, je suis un mort en sursis !

— Tu exagères toujours ?

— Un peu oui...

— Tu as raison, bon je pars, s'il y avait quoi que ce soit tu téléphones à la maison, je te laisse donc en de bonnes mains, réfléchis tout de même ?

— A l'âge que j'ai, ce serait bien non ?

— Oui, salut Georges, je t'embrasse puisque je ne te revois pas de sitôt.

Les deux hommes s'embrassèrent fraternellement, puis Blanchet lui fit un dernier signe amical avant de disparaître.

Le dîner comme d'habitude suivit les visites de l'après-midi, puis la jeune femme revint vers dix neuf heures chargée d'une valise.

— Qu'est-ce que c'est, s'écria en riant le commissaire Durand.

— C'est pour demain matin, tu ne t'en vas pas tout nu je suppose ?

— Cela m'était complètement sortie de l'idée, j'y serai

allé comme ça, en pyjama, c'n'est pas un problème pour moi.

— Peut-être, mais moi je préfère t'emmener habillé ! elle lui souriait et dépliait pull et pantalon qu'elle pendait dans l'armoire sur un cintre.

— Où as-tu pris cela ?

— Dans un magasin pardi !

Le commissaire Durand se leva, toucha amusé le linge neuf...

— Il manque quelque chose à mon avis.

— Ah oui, et quoi donc d'après toi ?

— Devine ?

La jeune femme faisait l'inventaire...

— Eh bien non, je ne vois pas !

— Et les chaussures, reprit Georges en riant.

— Oh mince, elle éclata de rire, je suis venue exprès à cette heure-ci, afin que tous ces effets n'intriguent pas le personnel de service si perspicace, (elle fit un clin d'œil à ce moment-là), et j'en oublie le principal, avoue que c'est idiot ?

— Ça, je ne te le fais pas dire, n'est-ce pas ?

— Goujât, je te rends service et c'est cela ton merci, d'ailleurs, comment veux-tu que je te ramène des chaussures, je ne connais pas ta pointure ; pour le reste c'est plus facile, tu pars à quelle heure ?

— Huit heures, allons-nous asseoir, il l'attira près de lui, merci pour tout, (il l'embrassa sur la joue)... tu as vu Blanchet, cet après-midi ?

— Oui, et lui ?

— Aussi, je lui ai parlé de nous de nos rencontres.

— Ah ! la jeune femme devint blême.

— Rassures-toi, il me laisse le champ libre à Lamotte Beuvron, d'abord cela lui fait trop loin pour me rendre visite et puis il est discret.

— Comment a-t-il pris cette nouvelle ?

— Ça, il a été très surpris, bien sûr, mais nous verrons plus tard, il me fait confiance tout simplement, et toi, qu'as-tu fais cet après-midi ?

— Devine ?

— Je ne sais pas, tu es si imprévue.

— Et bien tout d'abord j'ai fait les magasins pour ta sortie, et puis je déménage (et elle éclate de rire)...

— Déjà ?

— Oui !

— Quand ? Georges avait une boule d'inquiétude qui lui obstruait désagréablement la gorge.

— Demain matin.

— Mais tu ne seras pas là lundi, pour m'accompagner ?

La jeune femme ne répondit pas... un silence lourd s'installa entre le couple...

— Tu es si pressée de partir là-haut ?

— Mais... je ne vais pas à Paris, pas tout de suite en tous cas !

— Expliques-toi, où pars-tu ?

— Une agence solognote de Lamotte Beuvron s'est chargée de me trouver un petit appartement pour quelques mois, je serais près de toi tous les jours, alors ne soit pas fâché ?

Georges lui prit les mains, les embrassa chaleureusement, délicatement.

— Merci, je ne pensais pas que tu serais capable de cela...

— Que veux-tu que je fasse à Bourges ?

— Je ne sais pas, il lui étreignait les mains, la jeune femme en extirpa une, puis, du bout de ses doigts, effleura le contour de son visage, Georges sentit une bouffée de chaleur lui grimper le long de l'échine, son regard étonné était plongé dans un ciel immense, il sentit les lèvres de la jeune femme se poser délicatement sur les siennes... il répondit un instant au baiser brûlant de Sylvie Lefennec, puis... il s'en écarta... troublé... incertain...

— Il ne faut pas, ne recommence jamais, je te le demande, Angèle est entre nous deux et je l'ai aimée bien avant toi, tu le sais, ne salissons pas sa mémoire.

— Mais Georges, je ne salis rien, je regrette tout ce passé, mais je t'aime, tu ne peux plus m'en vouloir pour cela, Angèle n'est plus, mais toi, tu existes, moi aussi.

— Peut-être, mais je ne peux pas lui faire ça !

— Je ne comprends pas ce que tu veux dire, elle soupira, regarda sa montre, le bleu de ses yeux s'assombrit, elle se leva mécaniquement, il est l'heure, à demain Georges.

— A ce soir ! Georges avait le son de sa voix inquiète...

— Non, à demain, je suis fatiguée, tu ne me comprends plus.

— Sylvie ! Il cria son prénom sur la porte qui se refermait... elle partit en courant, elle entendait des cognements sourds dans sa tête, elle pénéntra dans son appartement, énervée, irritée par l'attitude du commissaire Durand, elle eut une envie folle de fumer, de faire mal... elle maudissait la terre entière... elle se dévêtit, prit une douche froide, son regard braqué sur la pomme de la douche était dur, glacial, sa bouche avait un rictus mauvais qui ne présageait rien de bon, elle était tendue comme une corde à son arc, elle se frotta énergiquement le corps... se sècha... se brossa les cheveux... tout en se regardant dans le miroir... elle ne se reconnut pas...

« Quelle était donc la femme qui était devant elle ? »

Elle écrasa durement son mégot de cigarette dans le cendrier... elle ouvrit le téléviseur, prit un verre de vin et deux Optalidons ; s'affala dans le fauteuil et comme une aveugle, elle fixait l'écran de son regard opaque...

La fraîcheur du matin la réveilla... la télévision sifflait de son image blanche, comme un somnambule, elle l'éteignit et se dirigea vers la chambre à coucher... elle s'engouffra dans le lit moelleux et s'endormit...

Huit heures moins le quart... Georges attendait, piétinait sur place avec anxiété...

« Mais qu'est-ce qu'elle fout ? »

L'ambulancier entra dans la chambre :

— Monsieur Durand ?

— Oui !

— Nous partons pour les pins !

— Je suis prêt.

L'homme en blanc se saisit de la valise, puis les deux hommes s'installèrent dans l'ambulance...

Georges regardait le cœur battant l'entrée de l'hôpital, il guettait les allées et venues des visiteurs, essayait d'y reconnaître une silhouette amie... mais rien... l'ambulance sortit au pas de la cour de l'hôpital... puis elle s'engagea sur la route.

Comme un gosse capricieux, il eut envie de pleurer, il n'appréciait plus de se retrouver seul aujourd'hui, il épiait toutes les voitures qui les doublaient, les croisaient, ou les suivaient... l'ambulancier s'aperçut de la grande nervosité de son malade, il se tut ne se permit aucune remarque... Puis... la voiture s'engagea sur la voie rapide, « c'était fini... »

Sur le siège arrière, il se renfrogna, ferma les yeux, essayait de somnoler... maussade... il n'avait pas du tout envie d'entamer une conversation avec le chauffeur...

Le visage de la jeune femme était gravé dans sa mémoire et lui revenait continuellement à la pensée...

« Que faisait-elle, pourquoi n'est-elle pas venue ? il lui est arrivée quelque chose, où habite-t-elle ? quel con, je ne connais même pas le lieu, ni son numéro de téléphone, pourquoi je ne le lui ai jamais demandé ?

De temps en temps, il ouvrait les yeux, des arbres, des champs, des maisons, tout cela défilait à vive allure, sous un regard indifférent... Ils arrivèrent à la clinique des Pins, sans encombres, il fut accueillit chaleureusement, on lui fit visiter les lieux, salle de restaurant, salle des visites, bibliothèque, salon de télévision, jeux, puis on le conduisit enfin à son grand soulagement à sa chambre, coquette reposante, il y avait deux lits inoccupés, Georges en fut soulagé, il n'aimait pas en la circonstance les gens bavards...

Il rangea soigneusement son costume, remit son pyjama et sa robe de chambre, il ouvrit grande la fenêtre à battant, s'y accouda, le cœur toujours aussi gros... quelques malades se promenaient le long des allées de pins, le jardinier tondait la pelouse, le cadre prêtait au repos... Il s'allongea sur le dessus du lit, s'endormit... la journée passa lentement... seul... le coup de téléphone de son ami Blanchet l'enleva de cette grisaille... il descendit en soirée à la bibliothèque, choisit quelques livres, salua poliment les autres patients, puis il s'installa près de la fenêtre... confortablement aussi, il se plongea dans la lecture.

Quelques instants plus tard... la porte s'ouvrit doucement... Sylvie Lefennec entrait, un sourire timide, la mine défaite.. Georges en fut surpris... qu'il en oublia toute sa colère...

— Bonjour Georges.

— Bonjour, qu'est-ce qu'il t'arrive, tu as une de ces têtes, il lui prit les mains et la regardait inquiet...

— Rien, j'ai été malade cette nuit, cela va mieux maintenant.

— Tu pouvais téléphoner !

— Mais enfin Georges, tu es dans un hôpital, on ne téléphone pas la nuit.

— Quand es-tu arrivée ?

— Aux environs de treize heures, les meubles sont

plus ou moins installés, le reste on verra ce soir, j'ai le temps, comment vas-tu ?

— Bien bien, tu as une de ces têtes, vraiment !

— Je t'ai emmené des chaussures, un peu tard, mais elles sont là (en souriant).

— Ça n'a aucune importance, je suis soulagé, j'ai été très inquiet, je ne savais même pas où te joindre, tu vas me donner ton adresse ?

— Non, parce que tu as le droit de sortir, c'est à quelques pas de la clinique, nous irons demain à pied, tous les jours nous ferons une balade, tu n'es pas encore impotent.

— Ah bon, si toi tu l'as décidé ainsi, je m'incline, mais explique moi ce que tu as eu cette nuit ?

— Non Georges, tu es là pour te reposer et non pour entendre mes tracasseries personnelles, plus tard quand tu iras mieux.

— Mais je suis en convalescence et je vais mieux, tu as mal dormi on dirait ?

— Je ne me sentais pas bien, j'ai pris deux cachets cette nuit et voilà.

— Tu recommences à reprendre cette cochonnerie, qu'est-ce qui ne va pas ? lui dit-il doucement...

— Plus tard Georges, je t'expliquerai !

— Tu ne pourras plus venir la nuit, téléphone-moi, si tu te sens seule.

— Ce n'est pas cela (elle eut un geste agacé).

— Mais enfin, explique-moi ?

— Chut, lui fit-elle, et mit son doigt sur sa bouche, tu restes là combien de temps ?

— Un mois pour l'instant, mais je peux aller chez moi toutes les fins de semaines, Blanchet récupère mon courrier, j'ai du linge à prendre. La jeune femme ne répondait pas...

— M'accompagneras-tu ?

— Si tu veux.

— Oui je le veux, tu ne vas rester seule ici ?

— Si cela doit être !

— Comme tu es pessimiste aujourd'hui, quelque chose ne va pas, je le sens bien.

— N'insistes pas Georges, je te le demande.

— Comme tu voudras.

Puis ils parlèrent de banalités, Sylvie Lefennec était encore très nerveuse et angoissée, Georges pressentait une mauvaise nouvelle, elle avait beau essayer d'être le plus détendue possible, il ne fut pas dupe sentant son regard interrogateur, elle se leva et s'apprêta à partir.

— A quelle heure viendras-tu demain ?

— Treize heures trente, ça te vas ?

— Oui, reposes-toi, à demain Sylvie.

— A demain, elle se pencha et embrassa timidement le commissaire Durand sur les joues, celui-ci lui prit le visage à pleines mains...

— Ne sois pas impatiente, cela s'arrangera, à demain !

Elle secoua la tête, sortit vivement de la chambre... elle marchait à grands pas traversant son nouveau quartier... elle passa à deux reprises devant son appartement sans se résoudre à y entrer... elle se dirigea vers un petit café sise au bout du village, elle consomma plusieurs verres d'alcool... le liquide lui chauffait la gorge... elle dîna d'un repas léger dans un restaurant de chasseurs... puis, courbaturée... elle se décidait enfin de rentrer à son appartement... le téléphone sonnait quand elle mit la clef dans la serrure, elle ouvrit la porte d'un geste malhabile, s'engoufra dans la pièce et décrocha l'appareil...

— Oui, j'écoute...

— C'est moi, et bien dis donc, où étais-tu, cela fait plusieurs fois que je t'appelle, tu n'étais pas là.

— Non, je suis allée au restaurant, je n'avais rien ici, demain je ferai le plein.

— Tu as bien fait, ça va !

— Oui oui, quand je t'entends je vais toujours bien.

— Tu exagères, en riant.

— Mais non Georges, je suis sérieuse, quand me croiras-tu ?

— Quand je serai guéri.

— Ça peut être long.

— Peut-être.

— Georges !

— Oui.

— Aide-moi... je voudrai tant te dire... je n'ai plus que toi... ne me renvois pas...

— Sylvie, l'appela-t-il, mais elle avait raccroché... Georges fronça les sourcils, inquiet... il n'aimait pas ses réactions... elles lui rappelaient de mauvais souvenirs...

« Que se passait-il donc chez cette femme ? »

Il s'endormit très tard cette nuit-là...

Sylvie Lefennec fumait cigarette sur cigarette, puis s'allongeant sur le canapé... elle s'interrogeait sur sa nervosité, sur sa transformation, ces maux de tête violents, inexpliquables, quand elle était ennuyée irritée, elle ne les comprenait pas toujours...

Le lendemain, elle se réveilla une fois encore, avec une formidable gueule de bois... la tête lourde, elle commença à ranger les cartons épars sur le carrelage du hall... armoire, placards, commodes et tiroirs furent remplit rapidement... elle fit ensuite quelques emplettes sur le marché... elle acheta un bouquet de glaïeuls aux couleurs chatoyantes, qu'elle disposa dans le fond du couloir dans une superbe jarre en grès...

« Cela donnerait une note de gaieté dans l'appartement, pensait-elle ».

Elle déjeuna ensuite... puis se prépara...

Elle se maquilla légèrement, fit de sa masse de cheveux d'or, une grosse natte qu'elle laissait négligemment pendre dans son dos...

Le reflet de douceur que le miroir lui renvoyait, la comblait d'allégresse « j'ai sûrement rêvé l'autre soir... »

Elle se vêtit d'une petite robe de coton rouge, et se chaussa de sandalettes de cuir...

Elle se regarda une fois encore dans le miroir, trouva avec satisfaction son reflet très agréable... puis, souriante... sortit...

Le soleil était chaud, Sylvie Lefennec partit d'un bon pied, en direction de « la clinique des pins ».

Georges l'attendait dans le parc, en bras de chemise, il avait minci depuis quelques temps, elle le trouvait plus jeune...

« Son cœur battait pour rien, pensait-elle ».

— Bonjour Sylvie, il l'embrassa affectueusement.

— Bonjour, nous faisons des courses, nous les déposons chez moi, puis nous faisons une balade, d'accord !

— D'accord, tu vas mieux on dirait, cette robe te vas à ravir, tu es très belle, quelle chance que j'ai, en riant.

— Viens ! en lui tendant la main...

Côte à côte, ils déambulèrent dans les rues de la petite ville solognote, la jeune femme était resplendissante de santé, elle riait de tout, Georges appréciait sa compagnie, il l'invita à s'asseoir à une terrasse, ils dégustèrent une pêche melba glacée, ils regardaient l'animation de la place de l'hôtel de ville... ils s'étonnaient de voir tant de touristes dans ce petit village.

— Il est l'heure, nous passons par la maison, et je te raccompagne.

— Déjà ! en principe ce sont les messieurs qui accompagnent les dames, nous ne faisons rien comme tout le monde.

— Rassures-toi, il y a bien longtemps, lui répond la jeune femme en riant.

— Non, je ne crois pas.

Ils pénétrèrent ému dans l'appartement.

Georges visita seul les pièces de celui-ci, visiblement la jeune femme n'avait plus le goût des folies... tout y était sobre, élégant, seules quelques fleurs agrémentaient l'appartement... il en fut heureux... au moins là dessus, elle n'avait pas menti...

Elle revint près de lui, un verre de soda frais à la main.

— Assieds-toi, j'ouvre les persiennes.

— Non, laisse, j'aime bien l'ombre et la fraîcheur.

La jeune femme s'installa devant lui, s'agenouilla sur la moquette du salon, plongea son regard bleu dans ses yeux sombres... tout son visage resplendissait de joie...

mais, Georges pressentait autre chose de plus grave en dessous ce masque de bonheur.

« Que lui cachait-elle ?

— Que feras-tu quand je serai sorti de clinique ?

— Je ne sais pas, mais je ne retournerai pas à Bourges.

— Même si tu m'y accompagnes ?

— Accompagner et demeurer, deux mots bien différents, non ! je garderai cet appartement, puis je monterai là-haut.

— Tu y es toujours décidée ?

— Je ne sais pas trop, je ne sais plus, je t'en prie Georges, pour le moment je suis là, peu importe plus tard.

— Qu'y a-t-il ? il lui prit les deux mains et les étreignait...

Son sourire factice disparut... elle éclata en sanglots...

— J'ai peur Georges !

— De quoi ?

— Je ne sais pas, mais l'autre soir, je suis entrée chez moi, et j'ai vu quelqu'un d'autre dans le miroir.

— Explique-moi veux-tu ? je voudrai comprendre, si je ne sais rien, comment veux-tu que je t'aide...

— Je suis folle Georges, il y a quelque chose dans ma tête qui ne va plus !

— Mais non, tu t'inquiètes pour des riens, tu es fragile, nous avons passé une période de notre vie avec des événements malheureux, c'est vrai, il faut que tu retrouves un équilibre, c'est normal, moi-même je suis très ébranlé, je me remets grâce à toi, petit à petit...

— Je ne peux pas Georges, je me sens si seule, si tu n'étais pas là, je me ferai hospitaliser pour de bon.

— Mais je ne comprends pas cette phobie que tu as de cet hôpital, tu vas te reposer maintenant, biens me voir qu'un jour sur deux !

— Non ! elle criait presque...

Surpris, Georges la prit entre ses bras...

— Mais que se passe-t-il ?

— J'ai peur de me retrouver seule, ce n'est pas qu'ici,

partout où je vais je me sens mal, il n'y a qu'avec toi que je me sente en sécurité...

— Tu as fait trop d'allées et venues pour moi, tu es surmenée, ce n'est pas si grave, enfin voyons, calme-toi !

La jeune femme sanglotait, elle n'avait plus la belle assurance de l'après-midi...

— Tu as peur de quoi, dis-moi ?

— De moi Georges, de moi ! l'autre soir je me suis vue dans la glace, je ne me suis pas reconnue, j'avais bu, j'avais fumé plus que d'habitude, j'ai pris deux somnifères... il n'y a que comme cela que j'ai pu m'endormir et me cacher.

— Te cacher ?

— Je me suis regardée dans la glace de la salle de bain ce soir-là, ce n'était pas moi, j'avais envie ce soir là de faire mal, j'avais des maux de tête très violents...

— C'est pourquoi, tu n'étais pas à l'hôpital ce matin là.

— Oui, je me suis réveillée, j'étais abrutie, le déménagement et puis dans ma tête quelque chose me disait qu'il ne fallait pas que je te suive, et puis j'avais une de ces têtes, épouvantable.

— Ça, je m'en suis rendu compte, il faut absolument te reprendre, laisser cette histoire et t'en sortir, tu as quitté Bourges, c'est déjà un grand pas, peux-tu m'expliquer l'attitude de ton mari à ces moments-là, et pourquoi, tu es devenue comme ça, avais-tu des troubles quand tu étais petite fille par exemple ?

— Mais non, j'étais comme tout le monde, j'ai le pressentiment qu'il se passait quelque chose quand j'étais contrariée, que François...

— Quoi donc, insista le commissaire Durand...

— Je ne sais pas, il ne recevait jamais... et quand j'étais abrutie... j'ai l'impression qu'il y avait plein de monde autour de moi à ces moments-là, tu vois bien que je deviens complètement folle.

— Mais non, une fatigue passagère, pas plus, lui répondit Georges qui laissait le côté administratif, et redevenait l'homme aux sentiments plein le cœur, et pourtant l'inquiétude le gagnait dans son fort intérieur...

« Elle ne mentait pas... elle cherchait simplement qui elle était... qu'était devenue sa mémoire, qu'en avait-il fait ?

— Si l'on marchait un peu maintenant, tu m'accompagnes, il sera bientôt l'heure, ne t'inquiète pas, tout s'arrangera, Georges lui essuyait délicatement les yeux, tu te remaquilles un peu, d'accord ?

— Oui, je n'en ai pas pour longtemps... elle disparut dans la salle de bain quelques instants.

Georges la suivit de quelques mètres, puis dans l'encoignure de la porte restée entrouverte, il la regardait se poudrer... il entra doucement dans la pièce, l'enlaça... puis fixant le miroir...

— Tu vois, tu es toujours aussi belle, tu as de très beaux yeux, je ne vois rien d'autre et toi que vois-tu en ce moment ?

— Rien d'anormal Georges... et lui sourit timidement.

Il desserra son étreinte... caressait sa masse de cheveux soyeux...

— Je suis ton ami à chaque fois que tu auras des idées bizarres, pense bien à cette image, regarde la glace... il se pencha, l'étreignit plus fort contre lui... puis l'embrassa dans le cou...

Ce baiser chaud, qu'elle n'attendait plus, lui apporta le calme, la quiètude dont elle avait besoin... Ils se regardèrent en silence... chacun dans ses pensées...

Georges n'en revenait pas de sa hardiesse, il tremblait de bonheur pour cette femme qui lui était interdite pour de multiples raisons.

Sylvie sentait son cœur battre la chamade pour cet homme qui l'aimait, mais qui n'avait pas confiance en elle... à ces moments-là, elle aurait tout donné pour lui prouver son attachement.

— Ça va ? partons, sinon je serai en retard.

Ils sortirent de l'appartement heureux, souriants... un baiser timide les sépara dans le parc de la clinique.

— A demain !

— Oui, à demain Georges !

La semaine passa comme un grand coup d'ailes, Georges se sentait jeune, amoureux... le samedi venu, il prit une permission et partit pour Bourges accompagné de la jeune femme...

Elle conduisait calmement, il aimait regarder son profil, son grain de peau était parfait, il était immensément heureux d'être auprès d'elle, il la sentait à son aise, calme, reposée... il ne lui avait pas fait de déclarations sentimentales... cela lui faisait peur, et pourtant elle le troublait... il n'était jamais retourné à son appartement, sa brusquerie l'aurait peut-être effrayé, elle était si fragile qu'il devait lui semble-t-il prendre de nombreuses précautions.

La jeune femme se demandait de son côté, quand Georges se déciderait à l'aimer, son corps bouillonnait d'impatience, ne s'en apercevait-il pas ! L'aimait-il vraiment, et comment ?

Elle avait accepté de l'accompagner à Bourges, car elle ne se voyait pas rester seule pendant quarante-huit heures, et puis ces deux jours entièrement ensemble, réunis, la réjouissait.

Depuis mardi, elle se sentait plus légère, elle n'avait pas eu de problèmes de sommeil, ni de maux de tête, elle s'était organisée une autre vie près de Georges... elle n'attendait plus que lui, elle se sentait prête à assumer autre chose...

— Tu veux bien prendre le volant, je n'aime pas conduire dans cette ville, elle se gara adroitement sur un parking, et changèrent de place... avant de boucler sa ceinture de sécurité, Georges enlaça timidement la jeune femme... elle frémissait contre lui...

— Ne crains rien, tu ne me quitteras plus, nous ne resterons que peu de temps mon courrier à revoir, puis du linge à prendre, sinon, j'ai une personne très compétente qui s'occupe de mon appartement... et du reste...

— Du reste ? je suppose que je devrai prendre une chambre en ville. Il lui sourit confiant...

— Je ne crois pas que nous dormirons ici, des amis

nous attendent, nous allons à la campagne, je dois me reposer, n'oublie pas !

— Ils sont au courant pour moi, sa voix tremblait.

— Non, ils ne suivent pas mes péripéties, ce sont des gens modestes, très discrets, ils sont simplement au courant de ma santé que je suis accompagné d'une jeune femme, d'une très jolie jeune femme.

— Idiot, tu me fais marcher, et qui sont ces gens ?

— Mes parents, tout simplement.

— Je croyais que tu étais seul, quelle idiote d'avoir pensé que tu n'avais plus de famille, comment sont-ils, tu ne m'en as jamais parlé pourquoi ?

— Doucement, doucement, ne me bouscule pas, je n'avais pas lieu de t'en parler, et puis je les ai boudé quelques temps, maintenant que tu es là que je découvre des sentiments à ton égard, ouf ! enfin c'est dit en souriant, cela me fait plaisir de passer quelques heures chez eux, c'est très calme, nous serons en pleine campagne, nous ferons un feu de bois si le temps le permet, sinon, nous ferons de belles balades.

— Merci beaucoup, elle le picorait de baisers...

Georges plaqua ses lèvres sur celles de la jeune femme, il l'étreignait contre lui, il lui embrassait les doigts, comme s'il avait voulu la remercier, il sentait ses lèvres glisser le long de son cou, ses doigts fins défaire ses cheveux, ses seins se gonfler sous l'étoffe de coton, ils se regardaient silencieux... et éclatèrent de rire... Georges démarra... Arrivés devant l'appartement, il la prit par la taille et la conduisit à l'intérieur... ils montèrent un étage...

— Tu verras chez moi, c'est tout petit !

Il ouvrit la porte, et fit passer la jeune femme au devant de lui... Elle pénétra à pas de velours, Georges la devança, ouvrit vivement les volets de fer, le soleil entra en intrus dans le petit studio, lui donnant un air de gaieté.

— Mais c'est ravissant, s'écria la jeune femme, tu as beaucoup de goût, c'est très masculin on ne peut pas dire, elle riait, cela te ressemble vraiment, mais pourquoi me regardes-tu comme ça !

— Tu es très belle, puis il s'approcha de la jeune femme, s'agenouilla devant elle, lui enlaça les jambes... il étreignit ses cuisses qu'il sentait fermes contre lui... il fermait les yeux, appuyait sa tête contre elles, il voulait tant la remercier... mais les mots restaient bloqués dans sa gorge inondée par un bonheur tout neuf...

Le silence était troublé par leur respiration saccadée...

— Georges, murmurait la jeune femme, lèves-toi, je t'en prie, elle passait la paume de ses mains dans ses cheveux bruns défaits... il ne répondait pas... il la sentait frémir à son contact, quand il la touchait, il se leva, se glissant doucement contre elle, sa bouche frôlait sa poitrine qu'il sentait petite...

— Georges, disait-elle d'une voix feutrée.

Il frippait le corsage de coton blanc, elle palpitait dans ses doigts, sa bouche frôla ses lèvres chaudes, il lui murmura dans le coin de l'oreille.

— Je t'aime Sylvie, je t'aime...

Leurs regards se croisèrent, le ciel bleu de ses yeux s'éclaircit et faisait penser à des billes d'enfant... la jeune femme prit les deux mains de Georges, et les mit sur le corsage fripé... Georges défit maladroitement les petits boutons de nacre... sous un soutien-gorge de dentelle de couleur ivoire, la poitrine de la jeune femme respirait très vite, il réussit enfin à en défaire les petits crochets... le vêtement de dentelle tomba à terre. Georges fut surpris de la douceur et du teint de sa peau, qui était d'un éclat presque transparent, elle avait comme une peau de bébé... il appuya sa tête sur cette poitrine offerte... il passa ses lèvres et sa langue sur de petits boutons de rose qu'elle lui tendait... il leva la tête vers la jeune femme qui lui souriait et l'invitait à parcourir son corps... à sa découverte...

Ils s'aimèrent profondément ce matin-là...

Georges prépara ensuite une valise de linge, mit à jour toutes ses factures et son courrier du mois... la jeune femme se brossait les cheveux, regardait amoureusement cet homme qui la protégeait.

Ils partirent heureux pour la campagne... ils eurent un accueil chaleureux, une table de fête était dressée à leur intention, la mère de Georges avait mis les petits plats dans les grands... Sylvie Lefennec visita la petite maison de pierres et de briques rouges, qu'elle trouva charmante... une chambre avait été aménagée pour recevoir la jeune femme... Mais Georges s'excusa auprès de sa mère.

— Je ne crois pas qu'elle soit nécessaire, excuse-moi, j'aurai dû t'avertir mais à l'âge que j'ai, et une femme si belle en ma compagnie, je ne peux vraiment pas la laisser dormir seule... son père riait et tapota l'épaule de son épouse.

— Bah, il faut suivre, c'est la mode.

— Tu vas te marier alors, répondit la vieille femme à l'encontre de son fils.

— Je n'ai pas encore fait ma demande, à vrai dire, je n'en voyais pas l'urgence, mais pour te faire plaisir, je vais lui demander son avis. Chère Sylvie, veux-tu devenir mon épouse ?

La jeune femme éclata de rire, puis les larmes aux yeux...

— Oui, je le veux !

Toute la maisonnée se félicita avec de gros baisers...

— Alors maman, maintenant, elle peut occuper ma chambre ?

— Que veux-tu que je réponde d'autre bien sûr que oui, de toute façon tu n'en feras toujours qu'à ta tête !

— Merci, il embrassa la vieille femme aux cheveux grisonnants, entraîna à pas pressés la jeune femme abasourdie par la nouvelle.

— On mange dans une heure Georges, heureusement que tu dois te reposer, en souriant et secouant la tête, s'en retournant auprès de ses fournaux. Sylvie visionnait la petite chambre campagnarde de Georges, propre, coquette... Georges allongea la jeune femme sur le lit, la regardait émerveiller...

— Tu étais sérieux tout à l'heure ?

— Bien entendu, sinon, tu n'aurais pas pu dormir près de moi, tu m'aimes ?

— Oui Georges je t'aime ! elle l'embrassa... j'ai faim !

— On y va, ils se levèrent vivement, puis enlacés ils se dirigèrent vers la cuisine où flottait dans l'air, une odeur agréable de civet.

— Vous vous mettez près de moi ma fille, lui dit la mère de Georges. Le repas fut copieux et très bon, la jeune femme en félicita la maîtresse de maison... la vieille dame se sentant mieux à son aise, s'adressa à Sylvie dont le teint rosissait.

— Vous travaillez je suppose, qu'est-ce que vous faites ?

— Hum, euh, oui, elle se raclait la gorge, elle ne s'attendait pas à cet interrogatoire, Georges vint lui apporter secours.

Elle n'ose pas te le dire maman, mais elle travaille avec moi, elle fait le même métier que moi.

— Une femme policier, t'entend René, on aura tout vu, c'est pour cela que tu ne voulais pas me le dire, vous savez ma petite fille, nous avons souvent tremblé à cause du métier de notre fils ; nous avons mis de l'eau dans notre vin, maintenant nous n'achetons plus les journaux, nous ne regardons plus la télé depuis bien longtemps, il n'y a que des crimes et des assassinats dans le monde entier, mon fils est complètement fou, si vous n'étiez pas aussi belle, je ne le comprendrai pas, pour sûr ! vous ne travaillerez pas toujours, vous aurez des enfants ?

Georges devint pâle... la jeune femme essayait de sauver la situation, et souriait...

— Nous en aurons peut-être un ou deux, qui sait !

— T'entends René, nous aurons peut-être la chance de les connaître, vous nous les emmenerez pendant les vacances, nous les garderons quand vous aurez besoin de sortir !

— Eh bien, tu vois dis Georges, je me suis décidé,

je n'ai pas choisi en vain n'importe quelle femme, il fallait le faire, non ! il bouillonnait de fureur... il se leva... enlaça la jeune femme..

— Je t'emmène faire un tour à la campagne.

— Dans un petit instant, j'aide ta mère à faire la vaisselle et je viens !

— Bon, et bien P'pa on va fumer une petite cigarette dans le jardin ?

— Oui, mon gars, j'te suis, puisqu'elles n'ont plus besoin de nous. Les deux hommes conversèrent sur des banalités, sur la santé de Georges sur son avenir.

Les deux femmes, elles s'activaient, rangeaient la cuisine...

— Vous verrez mon garçon est têtu, mais c'est un bon gars !

— J'en suis sûr, répondit Sylvie.

— Vous allez vous marier, quand et où ? pas trop loin, nous sommes vieux et pour les déplacements, c'est pas notre fort !

— Je pense que Georges attend de sortir de clinique, mais j'aimerai que ce mariage se fasse ici, je n'aime pas les grandes villes, elles sont froides.

— Vous avez bien raison ! (elle lui donne un coup de coude) ça va en faire jaser des curieux, et se met à rire.

La jeune femme déposa son torchon sur le dosseret d'une chaise, puis souriante s'en alla au devant des hommes...

— Alors, ça y est, nous pouvons partir, à tout à l'heure P'pa !

— A t'as l'heure mon gars !

Tenant la jeune femme par la taille, ils descendirent un sentier et se retrouvèrent seuls dans une allée de bruyère sauvage, puis l'ombre des arbres les recouvrit, leur apporta la fraîcheur...

— Dis-moi, ta mère pose beaucoup de questions !

— C'est bien normal, elle découvre un fils amoureux, elle s'était mise dans la tête que je resterai célibataire.

— Tu n'as jamais eu d'autre aventure, d'amies avant moi ?

— Je n'en ai pas eu le temps, je préparai mes études de commissaire de police, je voulais arriver, et voilà !

Elle se serra contre lui...

— Georges, aimerais-tu avoir des enfants de moi ?

— Non !

Ils se regardèrent froidement... elle, étonnée par le ton impératif qui ne donnait aucune envie à la discussion... lui, surpris de cette réponse sèche, cinglante, qu'il n'avait pas réfléchi...

— Excuse-moi, ce n'est pas ce que je voulais dire, comprend-moi, j'avais porté tous mes espoirs sur ta fille.

— Mais... elle n'était pas à toi !

— Tais-toi ! elle n'était à personne... mais encore moins à toi... excuse-moi... je suis si maladroit.

La jeune femme claquait des dents... frissonnait...

— Georges, comment oses-tu me parler, tu crois que nous pourrons vivre ensemble, malgré ça ?

— Mais quelle idée aussi, vous les bonnes femmes, il s'énervait, s'emportait dès que vous êtes amoureuses, vous éprouvez toutes le besoin de faire des enfants, c'est dément... pour t'aimer Sylvie, comprend-moi bien, je n'ai pas besoin d'avoir des enfants, il la tenait par les épaules, il la sentait raide, froide, son regard était inexpressif, glacial, la stupeur qu'il y avait de dessiner sur son visage, lui fit tomber les bras... il baissa les yeux, gêné d'y avoir découvert une autre facette inconnue de lui... d'y avoir découvert malgré lui... la haine... ce mot quelques instants lui tapa les tympans... il sentit les mains de la jeune femme aggripée à sa chemisette comme des serres... calmement, il les lui enleva sans hausser la voix...

— Et si j'étais une autre femme... que tu aimerais par exemple de la même façon, sans cette histoire, sans Angèle... que ferais-tu ? accepterais-tu d'avoir des enfants !

— Rien de plus, car figure-toi, j'ai quarante ans et je ne ferai pas un enfant de vieux maintenant, j'ai un cumul d'amour ici, à cet endroit (il désignait son cœur) et j'ai l'intention de le vider à son maximum, mais pas pour entendre des niaiseries de ce genre, tu es soulagée ? Elle ne répondit pas... elle était tendue comme une corde à son arc... elle s'assit sur un tronc d'arbre, et mit ses mains en position de se cacher le visage... Georges s'agenouilla devant elle... s'évertua d'échapper à une vérité qu'il ne voulait pas connaître... sa tête bouillonnait de pensées étranges... et puis à chaque fois, il se disait « non, tu as rêvé ».

— Chérie, ne m'en veux pas, tu as besoin d'être aidée, mais moi aussi, je t'aime, sois au moins sûre de cela, le reste, qu'est-ce que c'est ? rien !

— Georges, je suis sûre qu'un enfant dans quelques années nous sera bénéfique, ce sera notre sang à tous les deux, j'ai toujours rêvé en avoir un et de le choyer, d'avoir un mari comme toi, aujourd"hui tu me refuses, je ne te demandes pas d'oublier cette histoire, mais plus tard... avec le temps...

— Peut-être !

Elle se remit à claquer des dents... frissonnante, elle se frottait le haut de ses bras... inquiète...

— Qu'est-ce que tu as, tu as pris froid ?

— Je ne sais pas, non, je n'ai pas froid, Georges j'ai peur, c'est comme l'autre fois, serre-moi fort, très fort...

Ses yeux étaient opaques... Georges étreignit la jeune femme contre lui, il la consola, la rassurait par des mots tendres, il la sentait si petite entre ses bras, si craintive... il embrassait ses cheveux d'or il baisait ses paupières, soucieux... il sentait sous ce teint cireux, une peur accumulée depuis de nombreuses années... mais aujourd'hui, il savait qu'il était l'unique responsable de cette débacle...

— Rentrons, tu te reposeras !

— Non je t'en prie, pas tout de suite, ta mère va se demander ce qu'il se passe.

— Marchons un peu.

La jeune femme acquiesça... la tête posée sur l'épaule de Georges, elle se laissait guider...

Georges stoppa soudain... enlaça la jeune femme...

— Je te promets ma chérie de penser à cet enfant que tu désires, après tout, tu as sans doute raison... ne tremble plus, nous combattrons tous les deux ce mal qui t'étreint en ce moment... est ce que tu te sens forte pour vivre avec moi, de m'aimer chaque jour, je ne suis pas toujours facile à vivre.

— Georges, je t'aime, je t'aime si fort, j'ai si peur de te décevoir et pourtant je voudrai tant réussir seule, ce que je voudrai entreprendre, elle se relâchait, ses yeux s'adoucissaient enfin.

Le ciel bleu revenait, les plis de sa bouche disparaissaient Georges y déposa un baiser délicat... à son grand soulagement, elle répondit à son appel...

Il l'allongea sur un tapis de mousse, il la regardait, caressait sa poitrine de petite fille du bout de ses doigts...

Ils revinrent calmement à la fermette... le couple de vieillards les attendaient, assis sur un vieux banc de pierre, accolé au mur de la maisonnette...

— Alors, comment avez-vous trouvé notre village ?

— Nous n'y sommes pas allés, nous avons été vers le « Gué du roi » !

— Je vous y emmènerai demain matin, nous irons chercher le pain à la boulangerie du village, s'écria la mère de Georges.

— Je veux bien vous y accompagnez si Georges n'a pas besoin de moi !

— Je vous accompagnerai aussi, cela m'amuse de voir la tête de toutes ces commères qui vont accourir en te voyant avec la mère Durand... il fit un clin d'œil complice à la vieille femme... qui comprit l'allusion... et se mit à rire, le père de Georges tirait sur sa pipe en bois, heureux du retour de son fils chez lui...

« Après tout, pensait-il, flic, c'est un métier comme un autre ».

— Un p'tit blanc derrière la cravate ?

— Oui je veux bien, mais petit, ça ne m'est pas recommandé, je fais des abus !

— Tu vas pas vivre à la flotte toute ta vie !

— Oui et non, que veux-tu, j'ai un peu abusé de ma trop bonne santé, maintenant je paie la note.

— Ah si tu étais venu te reposer ici, plus tôt que de courir, c'est quand même un fichu métier que le tien.

— C'était !

— Ah bon, tous les trois le regardaient étonnés de la réflexion... Il enlaça la jeune femme...

— J'ai bien réfléchi, j'ai eu le temps en clinique, de dix huit heures à treize heures le lendemain, jusqu'à ce que Madame vienne perturber mes pensées, je vais certainement travailler à heures fixes, un gratte papier en somme, il y a une place qui m'est destinée depuis de nombreuses années je quitterai Bourges, je m'installerai, non, nous nous installerons à Paris, mes collègues parisiens me talonnent depuis longtemps, ils n'ont pas fini de me supporter.

— Mais pourquoi vous pleurez ma fille, c'est Georges qui vous fait déjà des misères, vous n'aimez pas les voyages sans doute, avec mon fils il faut s'attendre à tout.

La jeune femme se serrait davantage contre lui comme pour le remercier, elle avait passé son bras autour de la taille de Georges heureux...

— Non, non, votre fils est très gentil, je ne m'attendais pas à cette nouvelle qui m'a bouleversé.

— Vous m'avez l'air d'être bien sensible ma petite fille, enfin, c'est p'têtre mieux comme ça.

— Que feras-tu là-haut comme travail mon garçon, lui demandait son père tu ne vas pas avoir un manque d'activités, cela va te gêner, et puis c'est de la routine tout ça, tu n'étais pas habitué !

— Non, ma vie de famille comblera ce vide-là, je l'espère, il embrassait les paupières de la jeune femme, ce que je vais faire, je vais automatiquement monter d'un échelon, je vais m'occuper de la délinquance juvénile devenir en quelque sorte un juge pour enfant, je trancherai le travail de mes collaborateurs parisiens.

— Je comprends rien, qu'est-ce qui va te faire monter d'un échelon, lui demanda sa mère.

— Il y a longtemps que je n'ai pas eu de repos, j'ai eu une crise cardiaque pendant l'exercice de mes fonctions, et l'on nous gratifie souvent d'une prime, d'une médaille, même de la légion d'honneur, si l'on est mort bien entendu, etc etc...

— Ah ben, ça t'fait une belle jambe !

— Eh oui, que veux-tu, c'est comme ça dans l'administration, on te décore quand tu as un pied dans la tombe, sinon, on ne sait pas que tu existes j'ai la chance de n'avoir qu'un seul pied dans la fosse, alors à nous de faire attention, je me repose pour commencer, j'épouse Sylvie ensuite, je lui fais un poupon, enfin j'essaierai, et puis je retourne au boulou, il disait cela tout en riant ; alors on se le boit ce petit blanc, si tu as de la limonade, je veux bien que tu me le noies.

Le père donna une tape amicale sur l'épaule de son fils, la jeune femme empoigna le coude de la vieille dame, et tous les quatre, ils entrèrent à la fraîcheur des bâtiments...

— Il ne nous est pas interdit de boire à nous, hein ma fille !

— Non, Mme Durand, s'écriait en riant Sylvie Lefennec.

— Tu ne peux pas m'appeller autrement, si tu entres dans la famille et si Georges est capable de faire des enfants, comme je suis une grand-mère en sursis, appelle-moi donc Mamie ; ça me déplaît pas, et ça fait pas trop vieux, et puis dans le village, c'est toutes des grands-mères ou des mémés, alors exprès, on va changer, Mamie, cela fera bien, qu'en dis-tu Georges, et toi René ?

— Mais oui, mais oui, le père de Georges homme bonasse, avait toujours bien voulu ce que sa femme décidait afin d'avoir la paix, et pourtant, quelquefois, elle en aurait mérité des coups de pied au cul, mais maintenant, elle s'était assagie avec le temps, ma foi, il en était bien heureux, le fils allait fonder une famille, cela allait l'occuper un bon bout de temps... ils se sentaient bien seuls tous les deux sur ce banc de pierre, et toutes ces années perdues bêtement, par leur entêtement, ils avaient souhaité que leur fils unique devienne un grand médecin, la vie en avait décidé autrement, ils s'étaient fâchés et ne s'étaient plus revus depuis de nombreuses années, combien de fois avaient-ils cru entendre son arrivée, aux aguets des moindres bruits approchant leur petite maison de pierres, mais non, il avait été aussi têtu que ses parents.

Qui pouvait lui en vouloir ?

La famille allait enfin s'agrandir à leur grande joie, il était satisfait de croire que son fils n'était pas un ingrat.

— Quand est-ce que vous repartez mes enfants ?

— J'avais dit demain soir ou lundi matin, directement en clinique, c'est toi qui décide en regardant la jeune femme rayonnante...

« Elle l'aimait... cela seul comptait... cela seul le comblait... »

— Demain soir, répondit-elle en riant.

— Déjà, vous vous plaisez donc pas ici, grondait la mère de Georges.

— Oh que si, mais j'aimerai me retrouver seule avec Georges, chez nous.

— Vous reviendrez dimanche alors ?

— C'est promis, Sylvie embrassa la vieille dame qui ne désirait plus rester seule.

La veillée se passa dans le petit jardin, assis près du chèvrefeuille en fleurs qui les enveloppait de son parfum sucré.

Ils parlaient de tout et de rien... il y avait de long silence de bonheur le coucou chantait son culot, et son cri raisonnait dans la campagne, les pies, les pigeons, les tourterelles, les bruissements d'un vent léger dans les feuilles d'arbres, tout cela... Sylvie Lefennec le buvait, sereine. Cette nuit-là, ils parlèrent longuement... ils ne firent pas l'amour, mais leurs corps, leurs pensées le firent pour eux et sans eux.

Le dimanche soir venu, ils se quittèrent avec la promesse de revenir le vendredi prochain, à la prochaine permission.

Chaque fin de semaine, c'était un peu la fête dans

la petite maison solognote... puis, chaque dimanche soir, le couple se retrouvait éperdu d'amour dans l'appartement de la jeune femme.

Les jours et les mois passèrent, le séjour de Georges en clinique se terminait...

Il avait meilleur mine, reprenait du poids, ses tempes grisonnaient, la jeune femme le trouvait séduisant et si gentil... elle fondait d'amour près de lui... elle ne savait comment le remercier de tout ce qu'il avait fait pour elle.

« Pensait-il toujours à Angèle ?

Chaque semaine, Blanchet l'ami de toujours, allait déposer quelques fleurs sur les trois tombes édifiées à l'abri d'un énorme cyprès...

Un jour, il reçut avec une grande surprise, un fair-part de mariage... son supérieur Durand, son ami Georges, se mariait, il était convié lui et sa femme au petit village de Nançais pour la cérémonie...

Ce mariage... il ne savait pas s'il devait en rire ou en pleurer, cette femme l'intriguait, et cette histoire l'avait ébranlé lui aussi, il ne comprenait pas trop bien les sentiments qui poussaient le commissaire Durand. Mais Georges était son ami, et il était un homme réfléchit, alors, il n'y avait qu'à s'incliner...

A l'arrivée des invités, près de la petite église, une foule d'amis et de curieux étaient venus le féliciter.

Seule... la jeune femme se trouvait seule...

Georges ne manquait pas de la présenter à chacun, les poignées de mains et les sourires furent moins francs quand elle fut présentée devant ses hommes, ses anciens compagnons de route... Georges leur en voulut ce jour-là...

Levasseur avait fait le voyage de Corse spécialement pour son ami, bien entendu, des langues bien intentionnées, le préparèrent à l'événement, les présentations furent faites rapidement... impassibles, Levasseur et sa femme embrassèrent la mariée et la félicitèrent comme il se doit. Habillée d'une robe floue vert pâle, coiffée d'une capeline du même ton Sylvie Lefennec était très belle... mais froide... tous les convives de Georges la contrariaient... Ils étaient tous là ; ceux de l'interrogatoire il y avait d'autres gens bien sûr, mais la jeune femme ne voyait qu'eux.

— Ma chérie, je crois que mon supérieur acceptera notre invitation, ils sont tellement gênées de nous voir ensemble ; qu'il serait de bon ton d'aller maintenant nous restaurer.

Les mariés s'installèrent au milieu des convives qui n'avaient rien à voir avec l'ancien métier de Georges... la jeune femme le remercia d'un sourire timide... les parents de Georges jubilaient, les commères en avaient eu pour leur frais, et n'oublieraient pas de sitôt le mariage de la fameuse « brebis galeuse ».

Puis l'atmosphère se détendit au fil du repas, Blanchet regaillardit par le bon vin ouvrit le bal au bras de la mariée...

Les flonflons du bal allaient à qui mieux mieux, chacun se rappellerait des épousailles de Georges, il avait tout mis en œuvre pour cela... Levasseur s'approcha de lui, deux coupes de champagne dans les mains, il entraîna son ami dans le parc du restaurant...

— Alors Georges, ça va !

— Oui, et vous, en Corse tout va bien.

— Oui, je bronze, ça ne se voit pas ?

Un sourire... puis le silence...

— Tu es mon ami Georges, ici nous ne sommes pas obligés de suivre le protocole.

— Oui, je le pense toujours.

— As-tu réfléchi à ce mariage ?

— Oui, je sais, il dérange !

— Non, personnellement, mais tu sais comme je suis, je n'ai jamais vu ta femme, et bien, elle a quelque chose chez elle qui m'intrigue.

— Expliquez-vous ! Georges sentait la colère le gagner, il n'admettait pas que l'on critique ouvertement qui que ce soit, sans connaître, encore moins Sylvie qui était devenue ce jour même son épouse, et qui le rendait heureux... ce qui le rendait malheureux avant tout, il connaissait Levasseur, et connaissait son instinct d'intuition sur les êtres humains, il voulait avant tout défendre son amour propre, et ne voulait surtout pas penser à un échec venant de lui...

— Je n'ai rien à dire de plus Georges, mais si un jour tu as besoin d'aide je serai toujours là.

— Qu'est-ce que cela veut dire, expliquez-vous, je vous l'ordonne.

— Ne t'énerve pas, mais je crois que tu fais une connerie !

— Nous verrons bien, à ce propos, je reprends du service dans quelques temps, j'aimerai que cela se fasse au poste 112.

— T'es complètement cinglé, je t'avais réservé mon poste, puisque je suis muté définitivement à Bastia, c'est pour elle que tu quittes Bourges ?

— Un peu pour elle, et pour moi, je ne pourrai plus naviguer jour et nuit comme je le faisais autrefois, je dois me dorloter, et je ne supporte pas les regards méfiants de mes collègues, je ne peux pas !

— Est-ce qu'on se reverra Georges ?

— Pourquoi pas ! étonné de cette question.

— Tiens, cet été, viens me rejoindre, cela me fera plaisir, nous ferons connaissance avec ta femme, cela fera une compagnie à mon épouse qui se sent un peu seule, nous irons à la pêche.

— Volontiers, je maintiens cette invitation, et je parie que je gagne !

— Pari stupide, lui dit en riant Levasseur, mais si tu as marre de Paris, ma maison te sera grande ouverte, n'oublie pas, je t'aurai un poste là-bas, rappelle-toi...

Georges le prit par le bras, et l'entraîna vers la salle de danse... Blanchet s'occupait admirablement bien de la mariée qui était souriante, mais sans plus...

Georges l'enlaça et la fit danser à son tour...

Elle se serra contre lui, et se laissa enfin aller sur la piste...

— Ouf, tu me sauves, que faisais-tu, je ne connais

pas ces gens, et j'étouffe, si l'on se sauvait maintenant, il se fait tard.

— Comme tu veux, il l'embrassa dans le cou, puis ils s'échappèrent en douce vers les cuisines du restaurant.

Les parents de Georges clôturèrent la soirée, recevaient des compliments pour la réussite de cette manifestation... ils étaient heureux, ce mariage les comblaient de bonheur...

« Pour sûr, c'était un beau mariage que leur fils leur avait offert là » pensait la mère de Georges.

Les quelques mois qui suivirent, furent un repos, un bonheur tranquille pour le couple qui s'aimait.

Un soir, à l'heure du dîner, la jeune femme avait préparé un repas et une table de fête... pour lui annoncer la venue d'un bébé dans leur foyer. Georges prit cette nouvelle joyeusement, il se sentait fier soudain d'avoir pu créer à son âge un double de son image, il ne pouvait en être autrement.

« Après tout pourquoi pas, je me sens bien moins vieux depuis que je vis avec Sylvie, et puis des rires d'enfants dans cette maison chassera la mélancolie... »

Il entoura la jeune femme de soins, d'amour, de tendresse... il désirait que cet enfant naisse sans aucune contrariété, que cet enfant s'épanouisse dans un foyer uni...

Quelques mois plus tard, Georges reprit du service, dans de nouveaux locaux avec de nouveaux collègues.

Il partait à six heures du matin à ses bureaux et n'en revenait qu'à dix neuf heures le soir, sinon plus, suivant les cas des dossiers qui lui demandaient chaque jour de plus en plus d'efforts, de temps... Georges prenait à cœur son travail, perfectionniste, il ne laissait aucun dossier en attente...

Surchargé de travail, les journées passaient très vite, et puis la futur naissance le survoltait de joie, si bien que, dès qu'il avait fini, ou qu'il avait une heure devant lui, il se baladait dans les magasins du genre « Prémaman » il revenait les bras chargés de lingerie pour le bébé, et n'oubliait pas les jouets en peluche qu'il raffolait...

Sylvie, elle, n'en voyait pas le bout de ses journées, longues, ennuyeuses maladives...

Elle se remit à stationner derrière sa fenêtre, attendait que Georges rentre le soir de son travail...

Elle cuisinait un peu... mais n'avait aucun goût pour les travaux de la maison.

Tout l'amour que Georges s'évertuait de lui donner le soir, quand il dînait en tête à tête, retombait à la levée du jour dans un ennui profond son physique s'arrondissait, son visage s'adoucissait, mais ses yeux étaient tristes sans volonté.

Elle détournait son regard, quand il se précipitait vers elle, il lui déposait un baiser tout en lui montrant les achats faits quelques minutes plus tôt...

Georges en était quelquefois irrité, mais il mit cela sur le compte de sa grossesse qui la rendait nerveuse, agressive, il s'en alarma auprès de son médecin traitant, qui le rassura, lui demandant d'être très patient la jeune femme, selon lui, était de santé fragile, il lui fallait beaucoup de calme, de repos...

Il ne s'inquiéta donc plus de son changement d'humeur au restaurant, dans le monde afin de ne pas la fatiguer...

Georges ne comprit pas qu'il lui retirait toutes les joies de la vie, de courir les magasins, d'aller pour le plaisir dans les salons parisiens, de rencontrer ses amies au club hippique, en quelque sorte, elle se sentait punie, comme une enfant qui n'aurait pas bien appris ses leçons. Elle l'aimait... il lui avait fait un enfant... et aujourd'hui cette grossesse allait la clouer à jamais dans cet appartement qu'elle trouvait d'un goût sinistre, douteux, disait-elle à Georges qui lui fit la remarque.

— Je ne comprends pas ce que tu désires, c'est toi-même qui a décoré, arrangé cet appartement, aujourd'hui tu m'en reproches le goût, la décoration, je ne te reproche rien, ma chérie, mais dès que tu auras le bébé, tu pourras renouveler les tapisseries, la moquette, que sais-je tu voix mieux que moi, les travaux qu'il y a à faire dans cette maison. Elle ne lui répondait jamais rien... et c'est cela que Georges trouvait pénible.

La jeune femme se mit donc, volontairement à excécrer cette grossesse qui lui avait enlevé toute sa joie de vivre et sa taille de guêpe...

Un mois avant la naissance de l'enfant, elle ne parlait plus de lui, elle regardait dans le vague son mari s'affairer, préparer la chambre du bébé... elle se balançait dans un fauteuil d'osier à bascule, et s'étonnait de son ardeur... « pour si peu de chose » pensait-elle.

— Quand tu voudras, nous irons dans un magasin acheter le nécessaire qui lui manque, un landeau, un berceau, un lit par la suite, tu choisiras les teintes, si tu voyais ce qu'ils font pour les nourrissons actuellement, c'est superbe, de notre temps, les garçons étaient en bleu, et les filles en rose, c'était débile en fin de compte, maintenant c'est une myriade de couleurs, et crois-moi, il y en a pour tous les goûts, il la regardait et s'alarmait souvent de ses silences longs, lourds, pesants... il lui demandait pardon, posait tendrement sa tête sur son ventre rond, elle lui coulait à ces moments-là, un regard sombre, haineux... il la rassurait... « tu verras, après tu iras mieux ».

Quelques semaines plus tard, elle entrait à la maternité, en fin de matinée les coliques l'avaient prises dans le courant de la nuit, mais elle ne voulait partir qu'au dernier moment, Georges était d'une nervosité extrême. Elle mit au monde une petite fille aux cheveux pâles, aux yeux noisette, elle mit ses charmes en valeur dès son premier jour, elle criait à pleins poumons, rouge écarlate, elle gesticulait ses petits pieds et ses petits poings comme un futur boxeur...

Georges n'avait pas voulu assister à l'accouchement, cela lui faisait peur, il n'osait l'avouer... mais il accourut près de la jeune femme dès la naissance, il regardait émerveiller ce poupon, tout rond, tout rose qui hurlait et qui ouvrait une petite bouche édentée... la sage femme l'emmaillottait et le secouait comme un petit paquet de linge sale...

Georges tremblait à l'idée qu'elle lui échappait des mains, il fermait les yeux, se détournant de ce spectacle qui le bouleversait... il s'approcha près du lit de la jeune femme qui pleurait...

Georges l'embrassait, la remerciait en baisant le bout de ses doigts fins.

— Comment l'appellerons-nous ma chérie, c'est vrai, tu n'y as jamais vraiment songé !

— J'aimerai qu'elle s'appelle Angèle, j'ai toujours rêvé d'avoir un enfant avec ce prénom, elle avait un sourire figé...

Elle fixait le plafond, ne se souciait aucunement de Georges pétrifié sur place... de cette nouvelle... de ce coup de poing dans l'estomac... son visage était devenu grisâtre, il eut envie d'éclater en sanglots, il se retourna vers le bébé... « son bébé », la sage femme s'approchait du couple...

— Alors, c'est décidé, on note Angèle pour son état civil ?

Georges ne put répondre, il bouscula l'employée de la maternité, sortie en courant...

— Excusez-le, fit Sylvie, il est bouleversé, il y a neuf mois qu'il attend cette naissance, oui, notez bien, Angèle Durand...

Georges s'engouffra dans le véhicule garé devant la porte de la clinique, il s'en alla promptement au hasard des rues...

Il pénétra dans son appartement, et se mit à pleurer... il fuma cigarette sur cigarette, depuis deux ans qu'il n'avait pas touché cette saloperie, aujourd'hui, il regouttait ce poison qui lui était interdit, mais qui lui apportait un certain réconfort... il téléphona au hasard... composa un numéro, c'était Blanchet, son ami qui répondait à son appel...

Georges reconnut avec soulagement sa voix...

— C'est moi, Georges !

— Ah ben mince, c'est toi mon vieux Georges, comment vas-tu ?

— Mal, très mal, il sentait sa voix qui venait d'outre tombe.... un long silence...

— Dis-moi quelque chose, nom de dieu, criait Georges dans l'appareil.

— Eh oh, calme-toi, je ne sais pas c'qui t'arrive moi, viens à Bourges, que veux-tu que j'te dise, ma maison t'es grande ouverte, tu le sais, tu peux t'échapper une journée ou deux ?

— Oui, j'arrive, merci !

— Quand ?

— Maintenant, dans trois heures environ, à tout de suite Blanchet !

— D'accord !

Georges reposa l'appareil fermement comme si la voix de son ami lui avait redonné un coup de fouet, il recomposa un numéro...

— Allo, la clinique Sallé, oui, c'est Monsieur Durand à l'appareil, voulez-vous faire une commission à mon épouse, merci, dites lui que je serai absent une à deux journées, je lui téléphonerai, qu'elle ne s'inquiète pas c'est ça, merci beaucoup, à propos, pour l'état civil de ma fille, ne l'enregistrez pas encore officiellement, j'aurai d'autres prénoms à ajouter, bonsoir Madame !

Georges empoigna un sac de voyage, y mit quelques effets, sortit de son appartement, s'engouffra dans la petite Renault cinq, et partit à toute allure dans un Paris encombré, qu'il execrait tout d'un coup...

Il se surprit en cours de route, à pleurer sur son sort, ses pensées revinrent sur la jeune femme et Angèle... qu'il s'était efforcé d'oublier pour ne pas empoisonner leur amour...

Comme un enfant, il avait beau se moucher, s'essuyer les yeux, rien à faire les larmes affluaient, inconciemment, il se mit à penser tout haut... « mon enfant, mon bébé, pourquoi l'a-t-elle appellé comme l'autre ? Il se posa cette question tout le long de son trajet, sans jamais y trouver d'explications.

Il arriva chez son ami Blanchet, le visage défait, les yeux rougis sanguins la peau grisâtre...

Madame Blanchet empoigna énergiquement son sac de voyage, le mit dans sa chambre et s'éclipsa... laissant en tête à tête, les deux hommes heureux de se retrouver.

Blanchet lui tapait l'épaule amicalement...

— On boit un coup ?

— Oui, je veux bien.

— Alors, lui fit son ami, quand ils furent installés dans la salle à manger.

— Sylvie vient d'accoucher, ce matin, d'une petite fille.

— En bonne santé, s'alarmait Blanchet.

— Oui oui, de ce côté-là tout va bien !

— Et ben alors, t'es pas heureux ?

— Non, plus maintenant, elle l'a prénommé Angèle, et Georges éclata en sanglots.

— Ben merde ! t'as pu rien faire ?

— Ça m'a fait un de ces coups, j'ai pas réagi, je me suis sauvé de la clinique, c'est pas ce que j'espérai...

— J'm'en doute ben !

— Tu comprends, j'ai mis tellement du mien pour oublier cette histoire, pour reconstruire une vie à nous, elle tenait à avoir cet enfant, ma fois j'ai accepté, je me sentais un peu vieux, mais j'aimais Sylvie, et puis elle a une telle façon de vous faire espérer, que j'y ai cru, et voilà ! je ne pourrai jamais l'appeler par ce prénom, je ne peux pas, à chaque fois des souvenirs afflueront dans ma tête, j'ai trop souffert de cette histoire, mais... pourquoi, elle a fait ça ?

— Je ne sais pas mon pauv'vieux, je ne vis pas avec elle, vous vous entendiez bien ?

— Oui, je ne vois pas, non, je ne vois pas pourquoi elle a fait ça.

— Tu lui a fait sûrement quelque chose ?

— Mais non, ça fait deux ans que nous sommes mariés, nous nous aimons, rien n'a changé, au contraire, c'est de là qu'est venue notre envie de faire un enfant, je n'y voyais pas d'obstacles, je voyais notre union s'épanouir, Sylvie n'était plus malade, elle était pleine de santé, je ne comprends pas.

— Elle était malade, mais de quoi ?

— Elle était perturbée par cette histoire, elle se voyait un double de personnalité, elle avait de fréquents malaises, puis petit à petit cela s'est estompé, elle n'en parlait plus...

— Si nous sortions, il fait beau, cela te ferais du bien de marcher, nous dînerons plus tard.

— D'accord !

Ils sortirent et se mirent à longer les murs, les rues, quartier par quartier...

— J'aimais Bourges, c'est pour elle que j'ai quitté cette ville, mes copains, mon bureau, je ne serai jamais parti d'ici, si elle l'avait voulu.

Leurs pas les guidèrent inconciemment vers la rue Jacques Cœur... Georges en fut estomaqué...

La petite maison de Madame Renoir revivait, il y avait des fleurs aux fenêtres, des jouets d'enfant dans la cour...

— Mais ! qui a permis... en se tenant à la grille...

— L'Etat mon vieux, en lui posant la main sur son avant-bras, Lucie n'avait pas de famille, cette maison a été vendue par adjudication...

Georges se retourna vivement, ferma les yeux...

« Toute cette histoire, tous ces souvenirs allaient donc disparaître comme le désirait Sylvie ».

Il rouvrit les paupières et fixa la maison des Lefennec, un autre Gynécologue avait pris place... la vie avait repris son cours...

— C'est pas possible, moi, je n'oublie pas ! il criait presque... et toi ! tu as oublié ces trois malheureuses ?

— Non, Georges, je vais chaque semaine sur leur tombe, viens, allons-y si tu veux, tout ça, en montrant les immeubles, n'ont plus d'importance, il nous reste le souvenir de trois femmes adorables, alors le reste !

— Tu es vraiment un ami Blanchet.

Celui-ci lui tapota amicalement l'épaule, et l'entraîna vers le cimetière de la ville.

Une paix immense traversa le corps et l'esprit de Georges, quand il pénétra dans ces lieux de silence...

« C'est vrai que Blanchet a raison, le reste, ce n'est vraiment rien... »

Trois pierres tombales, les unes près des autres, accompagnées de croix et d'un ange, offraient la paix de leur âme à Georges qui éclata en sanglots. Blanchet, les larmes aux yeux, remplissait les vases d'eau pure, et y déposa de nouveaux bouquets de fleurs...

Ils restèrent un bon moment à l'ombre d'un immense Cyprès, à se recueillir devant ces trois stèles... le passé leur revint à la mémoire...

Georges s'essuyait les yeux, Blanchet se mouchait bruyamment dans un large mouchoir à carreaux.

Ils quittèrent l'enceinte du cimetière, et se dirigèrent vers un petit bistrot, ils s'y installèrent...

— Une bière, s'il vous plaît, et toi Georges ?

— Un orangina, bien frais s'il vous plaît !

— Comment va ta santé, je n'ai même pas eu le temps de te d'mander d'tes nouvelles.

— Ça allait bien jusqu'à ce matin, j'ai l'impression d'être un ballon trop gonflé.

— Veux-tu que nous rentrions ?

— Non, on est bien là, je me repose la tête, c'est calme ici, je réfléchis et je reviens toujours au point de départ.

— Si j'peux t'aider !

— Je voudrai aller voir le médecin chef de la clinique où Sylvie était soignée, j'ai le pressentiment que c'est là que je saurai.

— Que cherches-tu exactement ?

— Je ne sais pas trop au juste, m'a-t-elle menti ou non ! sur cette affaire elle ne se rappelle pas d'Angèle et appelle son bébé de ce prénom, tu ne trouves pas ça bizarre toi ?

— Vu sous cet angle là, bien sûr, mais les femmes sont si imprévisibles et si inattendues !

— Non non, pas pour cela, Sylvie a ressenti le besoin

d'appeller la petite comme ça, pourquoi ? qu'y a-t-il vraiment dans sa tête ? quelle heure est-il ?

— Dix sept heures dix !

— On peut y aller, tu veux bien m'y accompagner ?

— Allez, puisque tu insistes, tu ne te sens pas trop fatigué ?

— Non, ne perdons pas de temps, allons !

En cours de route, ils prirent un taxi qui les conduisit à la destination demandée...

Le médecin chef fut surpris de les revoir, Georges lui demanda un entretien, et en vint tout de suite au fait...

— Vous souvenez-vous de Mme Lefennec, voici deux ans...

Le médecin lui coupa la parole.

— Je me souviens très bien de cette dame, je l'ai eu comme cliente, en traitement dans cet établissement pendant huit ans, son mari était un ami de longue date, d'ailleurs j'étais souvent convié chez eux... Il m'emmenait sa femme tous les trois mois, faire une cure de sommeil, d'ailleurs j'ai un dossier la concernant... il se leva et... ouvrit un tiroir métallique... un fichier complet y était encastré, il trouva rapidement la fiche signalétique de Sylvie... et, de celle-ci, il communiqua à l'interphone un code qui permit à la secrétaire de lui emmener un volumineux dossier, aux yeux de Georges et de Blanchet, ce dossier leur apparaissait très gros, trop imposant à leur gré... « qu'avait-il donc à leur révéler »

Soulagé, Georges s'aperçut qu'à son ouverture, il y avait d'accumulé de nombreuses radios, des doubles d'ordonnances et d'analyses de toutes sortes, ainsi que des réglements de factures...

Le médecin chef feuilletait le dossier, une routine comme une autre, ce que demandait le commissaire, pour lui, n'avait rien d'époustouflant, il communiqua donc les renseignements que l'ex commissaire lui réclamait.

— Madame Lefennec souffrait de troubles mentaux depuis sa petite enfance, c'est une déduction faite par rapport au travail que j'ai effectué sur le sujet, troubles de la mémoire, dédoublement de la personnalité, sensibilité exagérée, crise profonde, mutisme, pleurs... de cela, j'ai eu l'occasion de la voir vivre dans son milieu naturel, familial, affectif, elle ne réagissait pas mieux.

— En dehors de chez elle, l'avez-vous vu en crise ?

— Oui, naturellement, elle a été filmée !

— Filmée ! où sont ces films ? était-ce bien légal ?

— François tenait à avoir ce genre de document, je ne lui refusais pas, c'était un éminent praticien, et un ami.

— Il était friand de ce genre de films ? devant le visage devenu fermé du praticien, Georges insista, je pense qu'il serait bon que vous me répondiez, il y va de la vie d'un enfant.

— Encore ! s'exlama-t-il, écoutez, je n'ai plus rien à voir avec ça ! je n'ai plus rien à vous dire, d'ailleurs, vous n'avez rien à me reprocher.

— Pas encore, mais sachez que Sylvie Lefennec est devenue mon épouse, qu'elle a accouché d'une petite fille qu'elle a prénommé Angèle, comme la précédente, vous connaissez cette histoire, ou faut-il que je vous la rappelle ?

— Non non, lamentable, une bien triste histoire, mais je ne savais pas... Angèle, nous avons eu des films à ce sujet, elle se prenait pour une mère de famille, elle jouait à la poupée, et discutait longuement avec elle, elle la prénommait Angèle, effectivement, bien sûr par la suite j'ai eu connaissance du drame, mais ce que je sais, Sylvie est sortie d'ici reposée, mais allez donc savoir ce qu'il y avait dans sa pauvre tête !

— Lefennec y était pour quelque chose non ? et les coups qu'elle recevait ?

— Il ne s'en cachait pas, il organisait de petites veillées qui finissaient dans ce goût-là, elle se faisait consoler par les uns, et se faisait corriger par les autres, il faut dire que François avait de l'ardeur.

— Et personne ne bougeait, ne la défendait, vous êtes du joli monde !

— Ah ça, ce serait long à vous expliquer, à vrai dire,

nous avions deux cas de schizophrénie, allez donc savoir lequel des deux était le plus atteint, je n'en sais pas plus que vous dans ce domaine, François Lefennec se perfectionnait en la matière, il allait de séminaire en séminaire, il travaillait dur sur ce sujet, il avait laissé tomber la gynécologie, il pratiquait toujours bien sûr, mais ce n'était plus son hobby, je l'enviais, c'était une science que cet homme-là, croyez-moi... excusez-moi... mais j'ai des soins à donner... il se leva... au plaisir Messieurs. Les deux hommes se retrouvèrent dans le parc de la clinique, sceptiques, sur l'entrevue et son déroulement...

Georges tremblait, ce qu'il venait d'entendre correspondait en partie aux réflexions de la jeune femme, qui avait peur d'elle-même...

— Excuse-moi Blanchet, mais je dois repartir à Paris sur le champ !

— Tu es complètement fou mon pauv'vieux, t'as vu la mine que tu as, non non, on va dîner, d'ailleurs la patronne ne sera pas contente après toi, ta fille ne crains rien, donne un coup de fil si ça peut te rassurer, repose-toi un peu, réfléchissons, demain on y verra plus clair.

— Tu as sans doute raison, on rentre ?

— On y va !

Pendant le dîner, ils discutèrent ferme sur plusieurs points, ils cherchaient des tas de réponses et solutions...

— Et si c'était Lefennec qui l'avait rendu malade, afin de pouvoir contrôler ses réactions, il était bien placé pour la soigner, mais comment ?

— Tu crois que la petite est en danger ?

— N'y pense pas le rassura Blanchet, fais confiance à ta femme, après tout elle peut être une mère de famille agréable, tu dis toi-même que c'est une épouse parfaite alors, pourquoi pas oublier qu'elle a fait une gaffe, la fatigue de l'accouchement a pu inconciemment lui ramener à l'esprit ce prénom, elle va sûrement mieux maintenant, j'en suis sûr !

— Tu crois ? Georges avait encore de l'espoir dans

le fond de son cœur, et le regard de bonté de son ami Blanchet ne pouvait lui faire penser autrement...

— Mais oui, laisse le temps cicatriser tout cela, tu verras !

— Mais je ne pourrai jamais l'appeller par ce prénom.

— Et bien, donne lui en un autre, apprends-toi à le dire dans ta tête et puis cela viendra ensuite tout seul, bah ! ce n'est pas une catastrophe en somme.

— Comment je pourrai l'appeller ?

— Ch'ais pas moi, dis dont Paulette, en s'adressant à son épouse, comment appellerais-tu la petite ?

— Donez-lui un nom actuel, pas ridicule : les enfants en souffrent plus tard !

— Vous avez raison, mais quoi ?

— Moi, je l'appellerai Peggy, Claire, je ne sais pas moi, il y en a tellement, regardez le calendrier, attendez ? je vais chercher celui des postes, elle s'éloigna un court instant, puis revint... elle poussa les couverts et déposa le calendrier sur la table... les hommes plongèrent leur nez dedans... et cherchaient désespérément un prénom... ils rirent bien malgré eux, à l'énoncé de quelques-uns, plus ridicules les uns que les autres...

— Non, tout compte fait, je vais garder Claire, c'est très doux, c'est court et c'est joli, je reste là-dessus !

Claire... top là... elle s'appellera Claire...

Je peux en désignant le téléphone...

— Oui oui, allez-y, dit Madame Blanchet souriante...

Georges composa un numéro d'appel et attendit...

— Allo, bonsoir, est-ce que je pourrai avoir l'infirmière de service à l'appareil, maternité, oui, s'il vous plaît ! c'est de la part de Monsieur Durand, c'est ça, merci ! hum !

— Oui, allo, bonsoir Madame, je désire donner un état civil à ma fille qui est née ce matin à huit heures, il n'est pas trop tard ? j'ai droit à une dizaine d'heures je crois, c'est ça ?

Silence... Georges hochait la tête...

— Débrouillez-vous, je ne veux pas le savoir, donnez-lui un deuxième prénom Claire et ensuite Peggy, je vous remercie, je serai là demain en matinée, passez-moi la chambre de mon épouse s'il vous plaît, merci ! silence...

Allo, bonsoir ma chérie, oui ça va et toi ? bien ! je rentre demain matin, à propos, j'ai donné un autre prénom à la petite, Claire, c'est beau non ? Georges se rembrunit à ce moment-là... c'est bien dommage, il est regrettable que notre première dispute soit sur le prénom du bébé que nous avons tant espéré, enfin à demain ma chérie, repose-toi bien... il raccrocha... perplexe... Je ne comprends pas son attitude agressive envers moi...

— Ne t'en fait pas, lui dit Blanchet, les femmes sont toutes comme ça quand elles ont un enfant, cela disparaîtra au fil du temps, et pour le prénom ?

— Pas très chaleureuse, elle en avait assez d'un d'après elle, nous verrons bien.

— Tu pars demain matin alors ?

— Oui, je n'ai plus besoin de m'attarder, j'ai appris bien des choses, à moi d'être vigilant.

— Ne sois pas sévère quand même ?

— Mais non !

Georges fit cette nuit-là de nombreux cauchemards, Lefennec revenait en sa mémoire continuellement, c'était une valse de folie et d'hommes... le notaire... le médecin chef... Lefennec...

Agacé, il se leva... bût un verre d'eau... pensait...

« Quels étaient exactement tous ces gens qui avaient entouré Sylvie ? que s'était-il passé entre eux ? l'avaient-ils tous aimé, meurtrie ?

Le sommeil ne revint pas cette nuit-là, Blanchet le retrouva fin prêt de très bonne heure ce matin-là, dans la cuisine... Madame Blanchet lui préparait son petit déjeuner...

— Déjà debout ?

— Je ne me serai pas retenu, je serai parti depuis longtemps, je n'ai pas fermé l'œil de la nuit, je ne pouvais quand même pas m'en aller sans vous dire au revoir.

— C'est la moindre des choses, c'est vrai que t'as une

sale gueule, tu te fais trop d'idées, tu nous tiens au courant, si tu as besoin je suis là !

— Merci Blanchet, bon j'y vais, Georges se leva, embrassa l'épouse de son ami, et fit une accolade à celui-ci...

D'un signe de la main... ce fut son départ... Blanchet ne le revit pas pendant six ans... quelques coups de téléphone anodins les reliaient, mais rien de plus...

Georges revint vers Sylvie, le cœur gonflé de pardons et d'excuses, il ne trouva qu'une femme indifférente, seulement préoccupée par le bébé. Georges suivit les conseils de son ami Blanchet... il ne lui fit jamais de remarques désobligeantes... par contre, le prénom de Claire qu'il employait couramment, l'irritait, elle ne voulait pas comprendre... Pourquoi, deux prénoms ? et pourquoi Claire ? qu'elle trouvait ridicule, commun...

Les années passèrent tant bien que mal...

Sylvie s'occupait admirablement bien de la fillette qui était devenue une enfant délicate et excessivement nerveuse...

Georges n'y voyant aucunes malices, se plongea dans son travail, n'entrait chez lui, que pour embrasser la fillette endormie dans son lit.

Sylvie, en parfaite maîtresse de maison, cuisinait, le soignait... mais, Georges s'aperçut de la métamorphose de la jeune femme... elle était moins gaie, elle l'aimait moins... elle l'embrassait du bout des lèvres, quand il entrait de son travail... il la sentait nerveuse, fatiguée, mais lui-même fourbu, il ne se pencha pas davantage sur les états d'âme de son épouse... ils dînaient ensemble en silence... devant une télévision presque muette, il ne montait plus le son depuis longtemps déjà, Sylvie n'aimait pas la politique, et... « Angèle dormait »...

Il profitait de la joie de la petite Claire, les fins de semaine, il l'emmenait, seule, au parc... Sylvie n'aimait pas sortir, elle n'aimait pas que les autres enfants la bousculent, elle préférait rester à la maison, et ne rien voir... Georges lui en faisait souvent la remarque... Elle lui répondait que c'était son affaire, et surtout, elle lui recommandait de faire bien attention à la petite...

Un dimanche matin, Georges décida d'emmener la petite Claire au parc Montceaux.

Sylvie la préparait, puis main dans la main, ils partirent en promenade avec regrets, il laissait la jeune femme à la maison, il ne lui proposait plus de les accompagner, elle refusait tout systématiquement...

Il porta tout son amour sur la fillette, puis, petit à petit, il ne vivait plus que pour elle... L'indifférence s'installa entre le couple.

Pendant que Georges et sa fille goûtaient aux joies de la promenade, la jeune femme se préparait un bain... puis, elle se poudrait le corps, délicatement... elle se revêtait d'une superbe robe de soirée qu'elle extirpait d'une malle de cuir, qui suivait les déménagements.

Ainsi habillée, elle marchait de long en large, et tournoyait élégamment devant la glace du salon... elle repartait vivement vers le fond du couloir et à l'entrée de celui-ci, elle s'exclamait :

— Nuages dans le vent, Mademoiselle Sylvie Marchand !

Elle refaisait ces gestes et ces paroles des heures durant, quand elle sentait la fatigue la gagner, elle s'asseyait dans le fauteuil du salon, le fume cigarette vide dans le bout de ses doigts, puis elle secouait de temps en temps la tête en arrière et riait aux éclats...

Si Georges avait vu à ces moments-là, ses yeux vitreux, sa bouche amère ces gestes secs saccadés, il aurait certainement fuit...

L'horloge sonna dix-sept heures, elle rangea avec un soin extrême, dans la malle ancienne, tout son équipement de jeune fille que sa pauvre tête ne pouvait oublier.

Puis, derrière la fenêtre, en attente, elle reprenait son allure de femme au foyer sans histoires... elle ne voulait plus voir personne, elle se cloîtrait pour retrouver son monde à elle...

Au dîner ce soir-là, Georges éteignit la télévision qui marchait en sourdine... entreprit la conversation.

— Tu sais ma chérie que Claire est une enfant très intelligente, il faut que nous l'aidions, elle a cinq ans bientôt, il va falloir songer à la scolariser.

— Quoi !

— Mais oui ma chérie, tu oublies que ta fille à l'âge

d'entrer à l'école, plus les enfants entrent de bonne heure, plus ils sont éveillés à ce qui les entoure, je pense que Claire a du retard, nous avons fait le nécessaire en tant que parents, mais maintenant, nous devons songer à son intégration dans la vie scolaire.

— Certainement pas, Angèle restera ici, je lui apprendrai à lire et à écrire moi-même.

— Je ne doute pas de tes capacités ma chérie, mais elle doit côtoyer des enfants de son âge, et l'éducation est si vaste, tu ne connais pas tout !

— Eux non plus !

— J'irai l'inscrire jeudi à l'école du quartier, tu n'auras que cent mètres à faire, pour l'emmener et la chercher.

Silence...

— La rentrée scolaire a lieu dans huit jours, ne crains rien, je m'occupe de tout.

— Comme tu voudras, mais je trouve ridicule d'envoyer Angèle dans ces institutions.

— Nous y sommes tous allés ma chérie, tu verras, ce sera quelqu'un notre fille, souriant, confiant, Georges rassurait.

La jeune femme se leva, contrariée visiblement, elle mit ses vêtements de nuit, verrouilla la porte de la chambre à coucher.

Georges avait compris, ce soir, il devait dormir dans la petite chambre d'amis, il ne cherchait plus à comprendre ses sautes d'humeurs. « L'avait-elle vraiment aimé ? Peu lui importait maintenant, il avait sa fille, une adorable petite fille aux cheveux clairs, agrémentée de petits yeux noisette, il l'aimait plus que tout, il ne se sentait plus seul depuis que la fillette parlait couramment et lui entretenait la conversation...

La rentrée des classes fut laborieuse... Sylvie ne voulait pas accompagner la fillette qui pleurait.

Agacé, Georges la prit par la main et l'emmena fermement à l'école... Faits curieux, Claire ne pleurait plus, et retrouvait son équilibre et sa gaieté dès que son père la prenait en charge, il avait une telle façon de la rassurer, et puis elle se sentait si fière avec son petit cartable de cuir marron sur le dos, elle se sentait grande !

Son père lui faisait découvrir mille bonheurs près de lui, elle se sentait très importante...

Un soir que Georges fièvreux, revint plus tôt que d'habitude de son travail, il fut surpris de l'atmosphère de sa maison...

La jeune femme était allongée dans sa chambre, Claire écrivait sur un cahier, et avait les yeux anormalement rouges...

— Bonsoir Claire, tu as des devoirs, déjà ! qu'est-ce que tu écris, il se pencha au-dessus de la fillette et lui embrassait les cheveux, et se mit à épeler... mimi... toto... maman... mais c'est bien ma chérie, continue, où est maman ?

La fillette se mit à renifler et tendit son doigt vers la chambre à coucher...

— Et bien, qu'est-ce que tu as, tu as pleuré, qu'est-ce qui ne va pas ?

— C'est maman !

— Ah... et puis ?

— Elle ne veut plus jouer avec moi, ni me parler, parce que je vais à l'école.

— Maman est sans doute fatiguée, allez continue tes devoirs, quand tu auras fini tu me montreras, quand tu seras grande, tu seras instruite, tu deviendras quelqu'un et je serai fier de toi, à tout à l'heure ma chérie ! Georges embrassa la fillette, puis sentait la colère gronder en lui, il prit une cigarette, l'alluma, en aspira quelques bouffées... Quand le tremblement de ses mains disparu, il pénétra le plus calmement possible dans la pièce où Sylvie était sensée se reposer... il referma la porte derrière lui...

Il fut désagréablement surpris de trouver la jeune femme, stationnée contre la fenêtre, une paire de jumelles entre les mains... Il sentit une bouffée de chaleur malsaine dans le fond de sa gorge, remonter sournoisement et lui mordre la nuque et les oreilles...

— Que fais-tu ?

— Rien, je regarde la rue, les gens, j'aime bien.

— Pourquoi tu ne vas pas sur place, ce serait mieux que de rester enfermée toute la journée dans cette maison, enfin ! nom de dieu, qu'est-ce que tu as, tu n'es plus comme avant, que me reproches-tu ? et Claire ! tu n'y penses pas, de quel droit tu contraries cette enfant, qui nous aime, nous n'avons aucun désagrément venant d'elle, alors, explique !

— Angèle, s'il te plaît, Angèle, et je n'ai rien à te dire, c'est toi qui l'a mise dans cette école, non ?

— Mais... elle doit aller à l'école comme tous les enfants de son âge... je ne comprends pas... explique-moi... il baissait la tête, assis sur le rebord du lit... il se cachait le visage... d'une vérité qu'il ne voulait pas admettre...

Elle ne lui répondait pas... elle avait repris ses jumelles et amusée, elle regardait la rue s'animer...

— C'est marrant, tu ne peux pas savoir !

— Tu me dégouttes, puis il se leva, tremblant s'avança près d'elle, je te préviens, n'y touche pas, jamais... garde-toi bien de cela... Claire deviendra quelqu'un et pas une minable de ton espèce...

Il s'en retourna d'un pas chargé de colère, claquant la porte... Pour la première fois, il prépara le dîner, il mit la petite Claire au lit comme chaque soir, avec des paroles rassurantes et de multiples baisers...

— Maman ne vient pas me dire bonsoir ?

— Non, pas ce soir ma chérie, elle est un peu fatiguée, allez dors mon poussin, à demain.

Les jours suivant, Georges embaucha une femme de service qui emmènerait la fillette à l'école, elle lui ferait à manger, la protégerait en quelque sorte...

Les deux femmes se croisaient dans l'appartement, mais elles ne se parlaient jamais...

Claire reprit de l'appétit à la surprise de son père, elle poussait comme un champignon, lui disait-il souvent... cela la faisait beaucoup rire de se comparer à une girolle ou à un cepe énorme... elle étudiait conciencieusement... le mercredi, Madame Lesage ne pouvant la garder,

Georges l'avait donc inscrite à un cours de danse classique, le soir il s'en allait la chercher, elle était radieuse, tout lui convenait...

Toutes les semaines, elle écrivait à ses grands-parents comme elle pouvait elle était si heureuse de griffonner sur du papier, elle leur envoyait des dessins, des lettres pleines d'amour pour eux, Georges ne manquait pas de l'emmener les voir régulièrement à chaque vacances scolaires... qui lui donnait l'occasion à lui aussi, de se reposer... là aussi, la jeune femme refusait de les accompagner...

Puis arrivèrent les vacances de Noël... la nourrice de la fillette devait s'absenter... Claire se retrouva seule en tête à tête avec sa mère... Georges n'avait pu obtenir cette fois-ci quinze jours de repos à la suite. Il se vit à contre-cœur, confier la fillette une semaine entière à sa mère. Il avait fait le nécessaire pour se retrouver avec sa famille pour les fêtes mais hélas... il ne pouvait s'absenter de son travail, les quelques jours qui précédaient Noël...

Tous les après-midi, la télévision diffusait des émissions enfantines... Claire adorait les dessins animés, et les animaux, et en oubliait sa mère, qui prise de jalousie pour cet appareil, trouva mille prétextes, afin de la punir de ce divertissement.

La fillette docile, refoulait ses larmes, et allait dans sa chambre jouer avec ses poupées et ses puzzles qu'elle aimait...

La jeune femme entra ce jour-là dans la chambre de la fillette qui allongée sur la moquette, reconstruisait un jeu de légo défait...

Sylvie piétina ce jour-là le jeu de construction, tout en fixant le regard incrédule de la fillette... elle avança un peu plus ses pieds, et écrasa fermement le bout des doigts de la petite Claire, qui se mit à hurler, puis à pleurer...

— Tais-toi ! si tu pleures, je te brûle et je te ferai plus de mal encore !

— Maman maman, criait la fillette terrorisée, sanglotante, elle ne comprenait pas ce qu'elle voulait dire, par contre, elle sentait une douleur vive sur le bout de ses doigts rougis.

Sylvie retira ses pieds, prit la fillette par les cheveux, sèchement elle lui tira la nuque vers l'arrière...

— Si tu dis à papa que je t'ai puni, je te brûle comme ça, attends ! avec des yeux de folle, elle courut chercher une cigarette dans le boîtier de Georges... l'alluma... revint... excitée... les yeux figés dans une brume opaque...

La fillette hurlait de terreur... elle la gifla si fort que la petite Claire alla se cogner contre le mur de la chambre à coucher... son nez se mit à saigner abondamment... Sylvie l'agrippa méchamment par les cheveux, la coinça entre ses cuisses musclées de haine... elle releva sa petite jupe de laine dans un sourire narquois, et appliqua vivement le bout en fusion du mégot de cigarette sur ses petites cuisses qui gigottaient par la peur...

Claire s'évanouit à ce moment-là... jamais elle n'avait subi une douleur aussi intense...

La jeune femme était assise devant la fillette inanimée, indifférente au teint cadavérique... elle finissait de consumer l'objet du martyre de la fillette, puis elle riait aux éclats... elle repartit en dansant vers sa chambre, en laissant là, l'enfant que son cerveau avait oublié.

Elle avait repris son train train quotidien... jumelles au bout des doigts elle épiait le voisinage, secouait la tête, riait aux éclats...

Elle s'était vêtue d'une robe de soirée bleue ciel, les épaules dénudées la taille serrée dans une large ceinture de soirie bleu foncé, chaussée d'escarpins dorés... elle avait l'allure d'une jeune fille qui attendait son cavalier pour aller à son premier bal, elle était tapie dans l'ombre de la pièce et guettait... seuls... ses gestes nerveux et le tremblement de ses yeux, démontraient à quel sinistre bal elle s'était préparée...

Dans la chambre d'à côté, Claire se relevait... meurtrie... la tête lourde, elle sanglottait... se demandait d'où elle venait, ce qui lui était arrivée... elle appelait presque à voix basse son père... elle se dirigea vers la porte et la ferma à clé...

La peur la tenaillait... elle prit sa poupée entre ses bras et se mit à la bercer... tout en guettant l'arrivée de Georges son père...

Elle s'avança près de la fenêtre et comme sa mère se mit à espérer, elle tremblait... angoissée, à l'idée qu'il n'arrive un malheur à son papa... Ses pauvres petites cuisses la chauffaient désagréablement... mais rien ne pouvait être pire si sa mère se décidait de rentrer encore une fois dans la chambre...

Quelques heures plus tard, interminables pour la petite, Georges arrivait les bras chargés de cadeaux... en entrant sur le seuil de la porte... il pressentit que l'atmosphère de la maison n'était pas sereine... Il laissa tomber tous les paquets enrubannés, se pressa vers la chambre de la petite Claire, il se buta sur sa fermeture...

— Claire, cria-t-il effrayé, tout en tapant de grands coups de poing sur le bois... la fillette ouvrit rapidement celle-ci, et se jeta dans ses bras...

— Papa papa, sanglottait-elle.

Quand il la prit contre lui, serrant fortement ses cuisses, elle hurla de douleur sous la pression de ses doigts...

Effrayé, Georges la déposa à terre, souleva sa petite jupe de laine... Elle avait trois petits trous bleus, rouges et noirs sanguinolents de chaque côté de ses cuisses... elle lui montra le bout de ses doigts, ses ongles violacés par l'écrasement de la chaussure, la fillette pleurait, se soulageait près de ce papa si rassurant...

Georges étouffa un sanglot...

— Reste-là, ne bouge pas, je reviens !

Il se dirigea vers la chambre à coucher de son épouse... elle était toujours derrière sa fenêtre, et riait aux éclats... de grands tics nerveux lui secouaient la tête... Georges ne fut pas surpris de sa tenue... il découvrit un scénario qui quelques années plus tôt, lui aurait bien rendu service...

Il prit de rage, une valise, empila au maximum du linge qui lui appartenait puis, il empoigna une autre valise qu'il vida de son contenu... robes de satin les plus extravagantes et chaussures colorées glissèrent sur le sol dans un bruit feutré...

Georges pénétra dans la chambre de la fillette, vida les tiroirs de la commode, il habilla chaudement la fillette, docile, elle se laissait faire, elle embrassait à la volée ce papa qui était venu à son secours.

— Ne bouge pas, je téléphone.

En sueur, Georges composa un numéro...

— Allo Maurel, c'est moi, envoie-moi une ambulance, un toubib, s'il te plaît, rapidement, merci, je t'expliquerai, bon Noël, oui merci !

Il revint près de la fillette, et attendit patiemment l'arrivée des ambulanciers...

Tout le monde arriva en même temps...

— Vous attendez que je vienne vous chercher, d'accord, allons-y docteur, c'est pour ma femme, regardez !

Il montra tout d'abord les cuisses de la fillette, ainsi que le bout de ses doigts...

Sceptique, le praticien entra dans la chambre de Sylvie qui s'approcha de lui en riant, dans sa robe de taffeta... elle était superbe...

Elle s'adressa au praticien :

— Entre chéri, regarde, je l'ai mise pour toi, je suis belle, elle tournoya et tournoya dans la chambre... Georges détourna la tête... la honte le submergeait...

— Je crois que votre femme a besoin de repos M. Durand, vous pouvez les appeller, je fais les papiers nécessaires, mais ce n'est que provisoire.

— Ecoutez, faites ce que vous voulez, mais je ne veux plus en entendre parler, pour vous donnez davantage d'explications, prenez le carton qu'elle chérit tant, lisez tout ce que vous trouverez à son sujet et de son ex époux, et de son ex enfant, et de moi et de mes amies... lisez son jugement... mais oui docteur, ma femme est une patiente de la cour d'Assises « irresponsable » qu'ils ont dit, « irresponsable » qu'ils ont écrit en bas du dossier 404, pauvre fou que je suis, c'est moi l'irresponsable, oh et puis, fichez-moi la paix ! débrouillez-vous avec cette folle, moi, je pars et je ne veux plus en entendre parler, faites-en ce que vous voulez, ma fille ne sera pas son souffre douleur... Excusez-moi, Georges fit entrer les deux ambulanciers. Elle se laissa emmener en riant aux éclats... sans un regard pour l'homme et la fillette qui s'étreignaient dans le couloir sur son passage...

— François, criait-elle, à quoi on joue ce soir ?

Quand le silence fut revenu dans l'appartement, il s'adressa doucement à la petite Claire.

— On va chez mémé voir ce père Noël ?

Elle secouait la tête...

— Tu m'aides, on met les cadeaux dans la voiture, tu laisses ceux-là !

La fillette se jeta dans ses bras et mit son petit visage boursoufflé par les larmes dans le cou de son père... il l'étreignit... l'embrassait et pleurait tout en même temps...

— Allez c'est fini, on est fort tous les deux, on se mouche bien fort !

— Oui papa !

— Alors, on ne pleure plus, c'est Noël ! tous les petits enfants sont heureux ?

— Oui papa, et maman, elle ne vient pas avec nous ?

— Non, maman est partie se soigner, elle est très malade.

— Elle reviendra bientôt ?

— Dieu seul le sait chérie, allez on y va, fermes bien la porte...

Pour la dernière fois, il regarda l'appartement sur lequel il avait émis tant d'espérance, tant de bonheur.

Il se retourna vers la fillette, son seul espoir, son seul amour... Chargés de colis enrubannés, ils descendirent en silence l'escalier de bois, pour la dernière fois, Georges hésita quelques secondes sur le seuil de la maison... la fillette le pressa...

— Dépêche-toi, mamie va nous attendre !

— On y va ma chérie, on y va...

Il embrassa le creux de sa main...

— Je t'aime mon poussin...

— Moi aussi, et très fort, elle éclata de rire... il lui souriait... il enclancha le moteur... la voiture vrombit... et s'éloigna vers un autre bonheur...

ACHEVÉ D'IMPRIMER
LE 30 SEPTEMBRE 1985
SUR LES PRESSES DE
L'IMPRIMERIE GUÉNIOT
LE BROCHAGE A ÉTÉ RÉALISÉ
PAR LES ÉTS A.B.C.
A CHILLY-MAZARIN

DÉPÔT LÉGAL : OCTOBRE 1985
N° D'IMPRIMEUR : 1317